某には策があり申す

島左近の野望

谷津矢車

時代小説文庫

角川春樹事務所

目次

某には策があり申す

島左近の野望

序

　細かな雨粒が吹き付けてくる。磨き上げていた黒い胴具足《どうぐそく》も、胴に合わせて真っ黒く塗った籠手《こて》も、鳳凰《ほうおう》の刺繍《ししゆう》をあしらった筒袖《つつそで》の服も、佩楯《はいだて》や脛当《すねあ》ても、まとわりつくような水気に等しく晒《さら》されている。

　顎《あご》から落ちようとする水滴を腕で拭《ふ》きながら、左近《さこん》は天を睨《にら》んだ。雨足は収まるどころか強くなりそうな雲行きであった。

　横には騎馬武者の隊伍《たいご》が整然と並び、後ろには足軽《あしがる》隊が控えている。騎馬武者たちは槍《やり》を携えて戦場を睨んでいるが、車座になった足軽たちは大きな椀《わん》の中に賽子《さいころ》を投げ入れて喚声を上げている。いつもならば喜んで参加するところだが、今日ばかりはそんな気にはなれなかった。

「左近」

　一人の騎馬武者が左近の許《もと》にやってきた。赤糸で縅《おど》した式正《しきしよう》の鎧《よろい》をまとい、弓と薙刀《なぎなた》を携え箒鞘《ほうきざや》の太刀を左腰に佩《は》いている。源平武者のようないでたちをしたその男は、左近の盟友だった。

「右近《うこん》か。何しに来た」

大和《やまと》広しといえども、ここまで時代錯誤の鎧姿はそうそう見ることはない。この男は、同じ筒井《つつい》家家中の重臣、松倉《まつくら》右近だ。

兜《かぶと》の縁を指でなぞりながら、右近は左近の横に並んだ。

「今にも一人で抜け駆けしそうな気配ぞ。それゆえ、釘《くぎ》を刺しにな」

「分かっているではないか」

「付き合いももう長いゆえな」

右近は右頬《みぎほお》についた傷を歪《ゆが》ませるように笑って見せた。左近より二歳年上だから、四十五になるはずだ。年齢相応に刻まれた皺《しわ》の数が、この男の顔に一種の風格を与えている。だが、今日ばかりは濡《ぬ》れ鼠《ねずみ》のように情ない。

左近は顎で前を指した。左近たちが布陣しているのは洞《ほら》ヶ峠《とうげ》と呼ばれる小さな山だ。北には木津川《きづがわ》と宇治川《うじがわ》の合流点、そして西に流れていく淀川《よどがわ》を望むことができる。さらに北に目を向ければ、雨に霞《かす》む京の町をも一望できる。

木津川と宇治川の合流点近くの対岸に大きな山、天王山《てんのうざん》が霞み、この山を挟むように、二つの軍が睨み合いをしている。どちらも一万を優に超えた大軍だ。

右近は苦々しく右手の麓《ふもと》にいる五百ほどの兵を見下ろした。

「殿からの命令である。我らはここ洞ヶ峠で動かず、ただただ明智《あけち》勢を見守れ、とな」

その言には他ならぬ右近の不承不承ぶりが透けて見える。

松倉右近といえば戦上手で通っている。ずっと大和の覇を競い合っていた主君の宿敵・松永弾正《まつながだんじょう》との戦では敵をさんざんに悩ませ続け、あの弾正をして、

『味方に引き入れたいものだ』

と称賛せしめたという話すらある。

右近もこの戦の成り行きには納得できていないのであろうと左近は推し量った。そして、それゆえに言い募る。

「ここで戦わねば男ではない。見ろ。あれは、我らが夢にも見た天下第一の戦ではないか。若い時分、お前と一緒に見た信玄《しんげん》公と徳川《とくがわ》三河《みかわ》との戦を我らで演じることができる。斯様《かよう》な機はもうやってこぬかもしれぬ」

「分かっておる」

短く答えた右近は雨のせいか青くなっている唇を噛《か》んだ。

「ならば、我らだけでも抜け駆けを――」

「何を言うか。我らはあくまで筒井家の家臣であるぞ。順慶《じゅんけい》様の命をないがしろにするつもりか」

「いつから松倉右近は斯様な物言いをする男になった」

「言うな」

一度口をついて出た嘲《あざけ》りの言葉は止《と》め処《ど》を知らなかった。

「松倉右近といえば、筒井家一の猛将ではなかったか。臆病風《おくびょうかぜ》に吹かれたか」

右近は薙刀を持つ手を掲げた。斬《き》られるかと身構えたが、杞憂《きゆう》だった。右近は忌々《いまいま》しげに石突《いしづき》を地面に突き刺すや、拳《こぶし》を固めて大袖《おおそで》越しに左近の肩を殴りつけた。札《さね》がしなる嫌な音が辺りに響く。痛みはない。ただ、殴られた左肩に圧迫するような感覚があるばかりだった。

雨の中、うつむき加減に顔を背ける右近は吐き捨てるように口にした。

「ならば、大和の猛将の名はそなたに譲る。斯様な名、もはやわしには名乗れぬ」

「何を言うか。そなた、どうかしておるぞ」

「どうかしているのはお前のほうであろう、左近」

薙刀を取り直して肩に担いだ右近は、騎馬武者たちに道を譲らせて己の持ち場へと戻っていった。

一人残された左近はその後姿を苦々しく見送っていた。

幻滅した、という言い方は、あまりに酷かもしれない。だが、左近の胸中に渦巻いていたのは右近という男に対する落胆であった。

いつから右近《あれ》は牙《きば》を抜かれた犬になってしまったのだろう。

主君・筒井順慶の命に唯々《いい》諾々《だくだく》と従うような武士だったなら、松倉右近の名はもっと小さいものだったろう。幼くして家督を継がざるを得なかった順慶は、お世辞にも政略や軍略に通じていたとは言えなかった。大和をまとめるために推戴《すいたい》した主に、右近は政略・軍略問わず多くの策を披露してきた。そして順慶は『そなたの言うことならば間違いはあるまい』と右近の策をずっと取り入れてきた。

だが此度《こたび》の戦に限っては、順慶は右近の献策を聞かなかった。参戦せず、というのが主君の決定であった。

望むと望まざるとに拘《かか》わらず、敵は向こうからやってくる。明智惟任《これとう》の兵百名あまりが洞ヶ峠の麓に布陣した。言わんとするところは明白だ。いつまでも旗幟《きし》を鮮明にせず城に籠《こも》っておるのなら、こちらも意趣返しをする用意がある――。という脅しだ。

本拠に籠るつもりであった順慶もこれを捨て置くことはできず、右近と左近にこの惟任軍の抑えを命じたのであった。

罪なことをなさる。左近は順慶の顔を思い浮かべた。我が子とも思い仕えてきた主の顔が、今日ばかりは雨にかき消されてしまった。

しとしとと降り続く雨の最中、左近の軍中から、おお、と声が上がった。

兜の縁を持ち上げながら足軽たちの指すほうを見ると、天王山近辺の軍――羽柴《はしば》軍と明智軍――に動きがあった。南に布陣する羽柴軍が左手の天王山の奪取に動いたのだ。これを見取ったのか明智軍も進軍を始める。かくして数万の兵による睨み合いは正面衝突へと切り替わった。

賭《か》けに興じていた足軽たちも、戦の熱気に誘われて目をそちらにやっている。騎馬武者たちも、間近に陣を張っている明智軍に体を向けているものの、興味は天王山近辺に向いているのは明々白々であった。

左近は思わず歯噛みしていた。

なぜ、俺はあそこにおらぬ？　なぜ、俺は天下の大戦を眼前にしながら、槍を振るうことも銃を撃つこともできず、こうして高みの見物と洒落込《しゃれこ》んでおるのだ？　心中で浮かぶ自問が、容赦なく左近の身を千々《ちぢ》に引き裂く。

見通しのいいところから戦を眺めていると、敵の布陣の穴や、味方の攻め手の不備が見えてくる。勢い、もし俺があそこにいたら、と自問するきっかけになってしまう。そして、軍を突き崩す策を見つけるたびに、己が戦場から遠く離れたところで何もできずにいるということに気づかされる。

馬に鞭《むち》をくれたくなる衝動に駆られる。

左近は叫んだ。力一杯に。

兜の緒を緩め、棄《す》てた。古風な兜が地面に落ち、泥に汚れた。

左近は背負っていた重籐《しげとう》の弓を手に取り矢をつがえ、力一杯に引いて放った。後ろの家臣から、ああ、と声が上がった。左近が間近の明智軍に弓を放ったものと勘違いしたのであろう。だが、左近の狙《ねら》いはそこではない。

左近の放った矢はうなりながら、天王山目指して飛んでいった。いかに重籐の強弓《つよゆみ》とはいえど、天王山はあまりに遠い。降りしきる雨にも邪魔されて、木津川に届くこともなく青々とした森に落ち、消えた。戦に何の波紋も起こさぬ矢の姿は、何をするでもなく天下の大戦を睨む己の姿と重なった。

「この島《しま》左近が、なぜ戦場で働いておらぬのだ。信玄公直伝の武略が泣く」

もっと大きな場で働いてみたい。大和の小競り合いではなく、天下に聞こえる大戦で。だが、そんな日はやってくるのだろうか。今のままで、斯様な大戦に出ることができるのだろうか。

左近の問いに答える者はない。大粒の雨粒が、鎧を穿《うが》たんばかりに空から落ちてくるのみであった。

第一話　豊臣秀長陣借り編

九州の山河は大和のそれとは随分と違う。愛用の黒塗りの鎧《よろい》に身を固めている左近は、ふと辺りの光景に目をやった。

辺りは森になっている。大和の山林は何らかの形で人の手が入っているゆえに、木は等間隔に並び、下草などもきれいに刈られている。しかし、進軍路である街道を挟むように屹立《きつりつ》する森は少し先も真っ暗で、そうそう奥を見渡すことができない。

これは伏兵にもってこいだ、と喉《のど》の奥で呟《つぶや》いたその時、森の木陰からわらわらと敵兵が姿を現した。小烏帽子《こえぼし》を被《かぶ》り胴丸《どうまる》に脛当《すねあ》てを当てている。畿内《きない》でいう足軽《あしがる》に相当する雑兵《ぞうひょう》であろう。しかし、その手合いが好んで用いる槍《やり》を携える者は一人としていない。揃《そろ》って構えているのは、三尺（約九十センチ）から四尺（約百二十センチ）もの長さを誇る刀、大太刀《おおだち》だ。振り回すのすら難儀するのではないかと心配になるほどの得物を軽々と構え、獰猛《どうもう》な猿が威嚇するかのような声を上げて殺到してくる。

味方に緊張が走る。中には、顔を引きつらせている者すらある。

左近は馬の腹を蹴《け》り、怖気《おじけ》づく味方足軽たちを追い抜くと、敵兵に対して一直線に駆けた。騎馬武者の突進をまともに受ければ足軽風情は算を乱して逃げ出すものだが、目の前の敵兵は大太刀を振り下ろさんと牙《きば》を剝《む》いている。敵前逃亡しようなどという者はいない。

左近は得物の槍を振り回し、したたかに打ち据える。馬力の乗った一撃は風に吹き誘われた木の葉のように敵兵を宙に舞わせた。それからは左近の独擅場《どくせんじょう》だ。槍で敵兵を払い、突き殺し、叩《たた》き、首を刎《は》ねた。馬の足元には敵兵の骸《むくろ》の山が出来上がりつつある。

無我夢中で左近が飛び出してきた敵兵を突き殺したその時だった。

死角から大太刀を携える別の兵が飛び出し、馬上の左近めがけて突きを放ってきた。左近はいまだ槍を手元に引き戻していない。一瞬血の気が引いた。

左近の絶体絶命の危機は、一発の銃声によって救われた。

左近に伸ばされていた突きが止まった。見れば、足軽のこめかみ辺りが撃ち抜かれている。にい、と一瞬顔を緩めた敵兵がその場に崩れ落ちる。

思わず振り返る。すると、味方の陣の中から、戦場には似合わぬ細身で小具足《こぐそく》姿の武者が、銃身の長い鉄炮《てっぽう》を掲げて腕を振っている。

余計な真似《まね》を。

鼻を鳴らしたその時、敵兵の第二陣が森の中から現れた。二十人程度であった第一陣の比ではない。五十人はいるだろうか。

思わず顔をしかめていると、味方から声が上がった。

「左近殿、戻られよ」

命令に従うのは癪《しゃく》だったが、多勢に無勢、従わないわけにはいかなかった。追いすがってくる敵兵を槍でいなしながら馬首を返し全速で味方の方へ戻る。いつの間にか夥《おびただ》しい銃口が並び、掻楯《かいだて》による即席の陣が構築されている。陣に戻るや、銃口が一斉に火を噴いた。着弾の音がする。敵兵たちの胴が弾《はじ》け、足が止まる。その隙間《すきま》から無傷の敵兵が飛び出してくるものの、用意されていた鉄炮隊の第二陣によって一掃される。地面に崩れ落ちる者どもの屍《しかばね》を越えて飛び出してくる敵兵に、今度は弾込めを終えた第一陣が鉛玉を食らわせる。辺りに白い煙が立ち込めて見通しが悪くなった頃《ころ》には、敵兵たちはほぼ沈黙していた。

「風情のない戦ぞ」

最前に出て独り言《ひとりご》ちた左近に、若々しい声が掛かった。

「戦に風情なんぞ無用。必要なのは勝ちのみ。そういうものだろうよ」

後ろに立っていたのは、ところどころに傷のある鎧を身にまとい、雑賀鉢《さいがばち》という紀州《きしゅう》の武者が好んで使う兜を被る大男だった。年の頃は三十と少しくらい。左近からすれば若造もいいところだが、面構えが一種異様だ。虎《とら》ひげを生やした顔には無数の傷が刻まれている。もし采配《さいはい》を持って居《お》らなんだら、歴戦の足軽と見紛《みまご》うことだろう。

「まあ、風情など無用、というそなたの言には頷《うなず》けるがな」

すると、その若侍は傷だらけの顔をにかりと歪《ゆが》めた。

「そうだろうよ、そうだろうよ」

黙っていると荒武者のような気配だが、いざ顔を緩めると子供のように屈託がない。きっと、これがこの男の美点なのだろう、と左近は見ている。

若武者――藤堂与右衛門高虎《とうどうよえもんたかとら》は敵兵の骸に手を合わせたのち、味方に命じ陣を解かせていく。搔楯を外させ、鉄炮の掃除を下知して回る。

藤堂与右衛門は左近が与力をしている将だ。元は近江《おうみ》で浅井《あざい》に仕えていたそうだが、主家が滅亡したのちは足軽時代に培った鉄炮用兵の技を引っ提げて大名家を転々としているという。今では鉄炮足軽の大将を仰せつかっている。

「父上、ご苦労様です」

やがてその場に、息子の新吉《しんきち》がやってきた。真新しい蒼《あお》い鎧に身を包み、手には鉄炮を抱えている。心なしか柔和な顔が上気している。今年で二十九になった息子だが、稚気臭さが抜けない。

「何か嬉《うれ》しいことでもあったか」

「はい。孫市《まごいち》に鉄炮を教わったのです。先の小競り合いでようやく敵兵に弾を当てることが叶《かな》いました」

「そうか」

満足げな息子を前に、左近は何と言っていいのか分からずにいた。

三十にもなろうという後継ぎが、雑兵を仕留めたくらいのことで喜んでいては先が思いやられる。足軽ならばそれでよいかもしれぬが、仮にも新吉は島家の嫡男《ちゃくなん》なのだ。

人知れずため息をついていると、一人の男が左近の後ろに立った。

振り返るとそこには、戦場には不似合いな小具足姿の細身の男が立っていた。顔は女子《おなご》のように真っ白で、切れ長の目に通った鼻筋は美形と称されてもいい顔立ちかもしれない。

されど、梟《ふくろう》を思わせるその大きく鋭い目のせいで、どこか異形の者を思わせる。

「あ、孫市！　おかげで鉄炮で功を上げたぞ」

孫市と呼ばれた青年はわずかに口角を上げげた。年の頃は二十歳代の半ばだというのに、背負っている陰は歴戦を経てきた老兵のようにすら見える。

「そうか。何よりだ」

「ありがとうな、孫市」

新吉は孫市の女子のような手を取った。すると孫市は少し赤くした顔をそっぽに向けた。

これが名にし負う雑賀孫市か。左近は目の前の青年と、この青年にまとわりついている名との落差を思わずにはいられなかった。

雑賀孫市といえば、本願寺《ほんがんじ》との戦や紀州侵攻戦であの信長《のぶなが》をさんざんに悩ませ、秀吉《ひでよし》の手を焼かせに焼かせた猛将だ。のみならず、天下に知られた鉄炮用兵の腕を買われ、数多くの大名に兵を貸していた。

と、そこに下知を終えた藤堂与右衛門が戻ってきた。新吉と孫市の顔を交互に見比べると、皮肉げに口角を上げて左近に向いた。

「そうだ、左近殿、孫市に感謝したほうがいいのではないか。左近殿の絶体絶命の危機に助け舟を出してくれたのは、そこな孫市だ」

やはり、先ほどの危難を救ってくれた射手は孫市であった。

だが、気持ちとは裏腹に左近は鼻を鳴らした。

「あんなもの危機でも何でもない。それに、お前たち鉄炮衆がもたもたしておるから我ら騎馬衆が前に出なくてはならぬのだ」

「鉄炮には陣構えまでの時がかかるのだ。仕方がなかろうが」

不服げな与右衛門を前に、孫市は左近に対して頭を下げた。

「左近殿のおかげで我らも陣構えできた。かたじけない」

「おいおい、お前はどっちの味方なんだよ、孫市」

「敵味方などない。我らはみんな味方だろう」

「まったくお前ってやつは……」

与右衛門と孫市のやり取りは兄弟を見るようだ。言葉の端々に、相手に対する信頼と親しみが透けている。

目を細めてそんな二人を見ていると、ふいに味方の陣から悲鳴が上がった。

見れば、また森の中から敵兵が姿を現していた。十人ほどの、しかも徒歩《かち》の兵ばかりだが、目は血走り、やはり人間が扱うとは思えぬほどの厚さの大太刀を携えている。

「またか」与右衛門がげんなりとした声を上げる。「九州の兵は命知らずとは聞いていたが、まさかこれほどとは……」

「どうする」孫市が大きな目で皆を見回す。「撃ち払うか」

「ならば、某《それがし》が相手しよう」

左近が槍を振るうと、孫市が手を挙げた。

「俺を馬に乗せてくれ。さすれば陣を構えずともやれる」

「真《まこと》か」

「嘘《うそ》はつかぬ」

孫市は左近の馬に飛び乗って指笛を吹いた。すると、味方兵の中から孫市と同じ形《なり》をした若造が現れ、馬上の孫市に火縄が灯《とも》る鉄炮を手渡した。だが、ただの鉄炮ではない。大の大人の片手一抱え分の口径を誇る大筒で、〝愛山護法　陸〟と銘が切ってある。

「行くぞ」

「頼むぞ」

左近は馬の腹を蹴った。

「俺の言うことに従ってくれ」

後ろに座る孫市がそう囁《ささや》いてくる。

「よかろう、ではこれからどうする」

「できる限り、敵兵に近寄ってくれ。で、敵を馬の弓手《ゆんで》（左側）に集めてくれ。できるか」

「某を誰だと思っておるのだ。信玄公に武略を直伝された島左近ぞ」

左近は馬の手綱を操って全速で駆けさせた。馬の曲乗りは子供のころから大の得意だ。大きく迂回《うかい》するように右手側から旋回して、敵兵が弓手に揃うように走らせた。

「ここで止めてくれ」

「合点」

左近が手綱を引くと、馬は前足を大きく上げた。振り落とされそうになるのを必死にこらえる。後ろの孫市は、懐《ふところ》から繭玉《まゆだま》のような綿を取り出して口に含み、すうと息を吸ってから銃床を右頬《みぎほお》につけて大筒を構える。

次の瞬間、大筒が火を噴くや、十人ほどいた敵兵が体中から血を噴き出して一斉にその場に倒れた。

仕組みはよく分からないが、どうやらあの大筒から夥しい数の弾が放たれたらしい。

大筒の威力に舌を巻いていると、孫市は謳《うた》うように口を開いた。

「この者たちは死なねば止まらぬ。まるで阿弥陀《あみだ》の兵のようだ」

「阿弥陀の？　まさか」

「もしかすると、島津《しまづ》は、阿弥陀以上に慕われた存在なのかもしれぬな」

孫市は鉄炮の構えを解いた。大筒からは、未《いま》だに白煙が上がったままであった。

左近はふと、この噛《か》みごたえのある戦ぶりを思うと同時に、数か月前の己の選択を褒めてやりたい気分だった。

「お前さん、正月からごろごろするのは止《や》めておくれ」

金切り声が頭上から落ちてくる。まどろみに落ちかけていた目を開いて上を向くと、鬼の形相をした古女房の御茶《おちゃ》の顔があった。若い頃は利発そうな目に惹《ひ》かれていたが、夫婦《めおと》として年を重ねるごとに、その吊《つ》り上がった目が夫の働きぶりをそつなく見定めるものであったということを思い知る。遠い日の己の迂闊《うかつ》さを呪《のろ》ったものの、もう手遅れというものだ。

「なんだ、正月くらいのんびりさせてくれ」

ほっかむり姿の御茶は頬を膨らませていた。娘の頃はこのしぐさも可愛《かわい》いものだったが、祝言を挙げて十年も経《た》てばただただ見飽きた表情の一つとなり、三十年も経てばもはや生まれた時から見てきたような気にさえなる。この顔が見たくてわざと気を引くようなことをしていた昔の自分に嫌気が差す。

御茶は左近の尻を蹴飛ばした。

「おい、主人を蹴飛ばすとはどういう了見か。そもそも俺は、かの武田《たけだ》信玄公から軍略を直伝された島左近──」

「武田信玄だかなんだか知らないけれど、働いてくれなくちゃ困るんだよ。まったく、筒井家の家老格だっていうからもっと楽ができると思ってたのに、まさかこんな貧乏になっちまうなんて思ってもみなかったよ」

「なんだと、お前、言っていいことと悪いことが──」

「山菜を摘んでくるから、お前さんは火の番でもしていておくれ」

そう言い放つや、御茶は大きな籠《かご》を背負って外に出て行ってしまった。

しばらく身を横たえていた左近であったが、いい加減寝疲れしてきた。むくりと身を起こすと、手の先が冷えていることに気づく。寒い寒い、と独り言ちながら囲炉裏端《いろりばた》に近づくと、火箸《ひばし》を持ったままうつらうつらとしている新吉と出くわした。

「おい新吉、火の傍《そば》で寝るでない」

「……あ、父上ではございませんか」

口から流れていたよだれを麻の袖で拭《ふ》く新吉は、どう見ても百姓の形をしている。そのくせあまり手足は土に塗《まみ》れておらず、さりとて刀槍《とうそう》の業を練っている風でもない。

「なんだ、お前がおるのなら別に俺が火の番をせずともよかったではないか。まったく、御茶め」

小首をかしげたままの新吉は、囲炉裏脇《わき》に積み上げられた木くずから、よりにもよって生木のままの大枝を選んで火にくべようとした。

「何をしておるか！　そんなものを入れたら家じゅうが煙だらけになってしまうではないか」

「何かまずうございましたか」

御茶が火の番を息子に任せなかったわけが分かった気がした。

とはいえ、もうそろそろ三十になろうというこの息子を宙ぶらりんのままにしてしまったのは自分の責任でもある。ため息をつき、生木を火にくべると煙が出てしまうゆえ、十分に乾いた木を使ったほうが良い、と言い添えた。

武士が成長するのは戦場を措《お》いて他にはない。とんだ悪たれの世間知らずであった左近も、戦場で先達から作法を学び、戦場で死なぬための智慧《ちえ》を体に刻んだ。だが、様々な理由でこの息子を戦場に出す暇がなかった。

本来なら、羽柴と明智の戦——山崎《やまざき》の戦——に息子を参加させるべきだったのだろう。しかしこの際、新吉は籠城《ろうじょう》の構えを取っていた順慶の城の守備に回された。初陣が籠城である。しかも、この戦は羽柴方の快勝によりすぐに終わってしまったがゆえに大した経験をさせることもできなかった。

続いて起こった羽柴と徳川との大戦の際には筒井は羽柴方の武将として参戦していたの

だが、なぜか左近は戦から外されて大和国内の年貢《ねんぐ》の取り立てやら村同士の争いの仲裁やらといったつまらぬ仕事に回され、息子の新吉も戦場に呼ばれることはなかった。

そして——、羽柴徳川の大戦の最中、筒井順慶が死んだ。

正直を言えば、あまり悲しくはなかった。それどころか、死んでよかった、と心中で呟《つぶや》く己が確かにいて、己《おの》が本音に誰よりも左近自身が狼狽《ろうばい》してしまうという始末だった。

思えば、主君との間に隙間《すきま》風《かぜ》が吹いたのは、本能寺《ほんのうじ》の変から山崎の戦にかけての激変の時期であった。

この戦、何が何でもどちらかに参じ、勝ち馬に乗るべきである——。これが左近と右近の共通した見解だった。意見の揃った二人はさながら車の両輪だ。二人して大和や摂津《せっつ》を駆けずり回り、情勢や風聞を集めて回った。

朝廷を押さえ、畿内一、いや、西日本一の港である堺《さかい》を支配下に置いた織田《おだ》信長は、かつて畿内で権勢を誇っていた三好《みよし》を凌《しの》ぐ、いや、三好などものともしない大勢力となっていた。あれほど筒井家が手を焼いていた松永弾正を虫けらのごとくにひねり潰《つぶ》した時には、織田の精強ぶりに驚き、宿敵であったはずの弾正に同情の念すら生まれたものだった。

その織田信長が、嫡男信忠《のぶただ》と共に死んだ。この知らせが大和を激震させた。

様々な風聞が乱れ飛んでいたものの、調べ回っている間にやがておぼろげながらも全容が見えてきた。

織田家臣の明智惟任が突如として本能寺を宿所にしていた織田信長を襲ったこと、わずかな手勢しか伴っていなかった信長はなすすべなく炎上する本能寺の中で自刃したこと、そして信長嫡男の信忠は二条城《にじょう》に籠り応戦の構えを見せたものの多勢に無勢、結局明智惟任に討ち取られてしまったこと——。

さらに、日を経るごとに、他大名と対峙《たいじ》している主だった織田家臣たちの動きも見えてきた。

北陸にいる柴田《しばた》は上杉《うえすぎ》の反攻に遭《あ》い動けず。

摂津の丹羽《にわ》は近隣の織田武将たちを糾合しようとしているようだが大きな動きには至っていない。

関東の滝川《たきがわ》は北条《ほうじょう》との戦に大敗し命からがら逃げている。

どの家臣も苦戦を強いられている中、唯一目覚ましい動きを見せていたのは羽柴秀吉であった。中国の毛利《もうり》と対峙していた羽柴は、信長横死の報に接するや直ちに毛利との講和を取りまとめ、一心不乱に畿内目指して進軍しているという。

『情勢を慮《おもんぱか》るに、羽柴に参ずるがよかろう』

左近の言に、右近もまた頷いた。

羽柴は織田家中においては新参者で、柴田や丹羽といった生え抜きの家臣ではない。しかし、それゆえに勢いがあり、また死に物狂いなのであろう、というのが右近の見立てだった。

二人の意見が一致したのならば、もはや何の差し障りもない。紙燭《しそく》を吹き消し、小具足姿のまま主君に目通りを願い出た。

しかし、肝心の主君の反応が芳しいものではなかった。

上座を占める僧形の主君、筒井順慶は青々とした坊主頭を撫《な》でながら、顔をしかめていた。

『そなたらは羽柴につくべしというが、算はあるのか』

左近は右近と共に理を述べた。羽柴は今、主君の仇討《かたきう》ちという大義名分を備えている。また、行軍しながら各地の織田大名小名たちを糾合し、今や明智をはるかに超える兵数である。対して明智は身内であるはずの長岡《ながおか》（細川《ほそかわ》）との連合に失敗している様子。戦とは数で行なうものなれば、もはや羽柴の勝利は疑いなしと見える――。

理を尽くせば必ずや最後には頷く。それが筒井順慶という主君であった。

しかし、この大博打《おおばくち》の場にあって、順慶の目は曇っているとしか言いようがなかった。

『我らは、明智惟任とも懇《ねんご》ろに付き合っておった。今の筒井があるは明智のおかげぞ。今までの恩義を蹴飛ばせとそなたらは言うわけか』

筒井が織田に仕えるようになったのは、取次に回ってくれた明智惟任の骨折りのおかげだ。また、順慶は親子ほども年の離れた明智に親しみすら抱いているようであった。

『重臣を集め、評定《ひょうじょう》を持つべし』

かくして、順慶の鶴《つる》の一声で評定が開かれた。

大した名案が出るではない。重臣たちは大和での小競り合いには通じているものの、天下の情勢になどまるで興味のない手合いだ。天下の大戦を隣村との石合戦と取り違えている連中の言がまっとうであるはずはなく、徒《いたずら》に時を浪費するばかりだった。中には、『恩ある明智が挙に出たのだから、我らも明智の挙に従うが道理であろう』などというあまりに石頭な意見が台頭する始末だった。

この田舎武者どもが、と心中で毒づきながらも、左近は羽柴につく理を縷々《るる》説いた。

評定の場が二つに割れた。

これまでの縁にすがり、明智惟任に加勢する。

勝ち馬に乗るべく、羽柴に従う。

いよいよ評定の場は混迷の度を深めている。これだから評定などするべきではなかったのだ、と歯嚙みしながら、それでも左近は羽柴につくべし、と口から泡を飛ばして主張した。

だが、ここで、上座の順慶が口元を扇で隠しながらぼそりと口にした一言がすべてを変えてしまった。

『実は、明智から味方に加わるようにとの文が参ったのだ』

重臣たちは明智へとなびいた。

『なりませぬぞ』それまで場を左近に任せて沈黙していた右近が叫んだ。『大戦にあって味方を集めんとするはさほど珍しいことには非《あら》ず。無論、加勢を求められて参ずれば、恩賞にはありつけましょう。されど、それは戦に勝ってこそ。負ける戦に恩賞は出ず、それどころか一族鏖《みなごろし》の恐れすらあり申す』

『では、どうしろというのだ』

順慶は乱暴に首を振った。普段は感情を露《あら》わにしない若き主君が、この時ばかりはいささか激した口調だった。

『羽柴に従うべきでございましょう。羽柴に兵を預け、ともに織田の仇、明智を討つべし』

『されど――』

顔を伏せた順慶は、しばらくして立ち上がり、奥の間へと消えてしまった。

その次の日だ。羽柴に裏で恭順を誓いながら軍を発することはせず、明智の求めをのらくらと躱《かわ》すという方針が定まったのは。

順慶の近習《きんじゅ》からこの決定を聞いたとき、左近は耳を疑った。あれほどの大戦に参加せず、様子見で終わらせようというのだ。そんな虫のいい話はない。思わず近習を殴《なぐ》りつけたくなる衝動に駆られた。

横に居並んでいた右近は泣いていた。頰に走る古傷をかばうように顔をしかめていたかと思うと、目をかっと見開いたまま、止め処《とど》のない涙を流し、口元を固く結んだ。言いたいことはいくらでもあるはずだ。己の献策を取り上げなかった主君への不信。己の政略がないがしろにされたことに対する恨み。しかし、口をついて出そうなさまざまな不平を、この男は唇を嚙み締めて抑えている。唇から鮮血を滴らせ、男泣きに泣く歴戦の猛将を前に、左近が何を言えるはずもなかった。

山崎の戦の際にできた溝は結局埋まることはなかった。表立っては左近も順慶に従っていたし、順慶もまた左近を立てていた。だが、順慶も気づいていただろう。一度亀裂《きれつ》の入った器は、どう継いでやったところで生々しい跡が残ることに。

互いの内心はどうあれ、一度は心から仕えた主に最後まで尽くし切ることができたのは幸せなことだ。それがゆえの、〝死んでよかった〟であった。

順慶との亀裂は、筒井家を継いだ定次《さだつぐ》との関係にもよい影響は残さなかった。順慶に対して持ちえていた最低限の礼節を、どうしてもその忘れ形見に対して向けることができなかった。

その挙句、左近に与えられていた村とほかの村との水争いの際、定次が、

『左近の村の者に粗暴な振舞があったとの話がある』

と真偽定かならざることを言い、相手方の村に肩入れをし始めた。

最後の心の糸が切れてしまった。筒井家から与えられていた領地の返上を願い出て、本《ほん》貫地《がんち》である山の麓に屋敷を建て、半ば隠居を決め込んだ。

畑を耕したり猪《いのしし》を狩ったりなどという生活が左近の性に合うはずはない。結局、日がな一日家猫のように縁側でごろごろする日々を送っていたのであった。

こんな中では、新吉がまともに育つはずはない。家猫の子はやはり家猫なのだ。

新吉から火箸をひったくった左近は熾火《おきび》を突いた。炭が二つに割れた瞬間、半ば消えかかっていた炎が燃え盛る。そこを見越して左近は乾いた枝を放《ほう》り入れたものの、うまく火が移ってはくれなかった。

と、その時だった。

「頼もう。ここは島左近の屋敷であると聞いているが」

三和土《たたき》の出入り口から左近を呼ばわる声がする。

「ただいま参る。しばし待たれよ」

庭下駄をつっかけて三和土に下りた左近には、ずっと、宿願があった。燻《くすぶ》っている己の炭を叩き割って、無理やりにでも炎を熾《おこ》してくれる者がやってきてくれないものかと。思いのほかやってくるのが早かったようだ。心中でほくそ笑みながら、左近は開け放たれた戸の前に立つ武家の形をした男の許《もと》へと向かった。

大手門をくぐった左近は、思わず喚声を上げた。

前を歩く直垂《ひたたれ》姿の男――藤堂与右衛門は不思議そうにこちらを見据えてきた。

「何か不審でもあるか」

前を行く与右衛門の直垂姿はどこまでも似合わない。六尺（約百八十センチ）にもなろうかという大きな体を折り曲げ、ずれかかった小烏帽子をちょこんと頭に乗せ、浅黒い腕を露わにしながらつんつるてんの直垂をまとっている様は、借りものの衣装を無理やり着せられているような塩梅《あんばい》だ。かく言う左近も直垂などそう着たことはない。

不審といえば与右衛門の格好がまさにそれだった。だが、左近が驚いたのはそんな些末《さまつ》なことではない。

「いや、ここが、あの郡山《こおりやま》城かと目を疑っておったのだ」

郡山城はよく登城したものだ。何せ、筒井家の城であったからだ。だが、見慣れた古巣の城はその姿を変えんとしていた。土づくりの堡塁《ほうるい》は岩が運ばれて石垣に取って代わられようとしている。石を切るのが間に合わぬ穴埋めか、石仏や墓石を用いているところすらある。また、古くなっていた建物も潰して建て直そうとしているらしく、既に破却されてしまっている建物もあったし、白木が目立つ新たな建物を目にすることもできた。新木の香りが辺りに立ち込めている。

普請場では揃いの笠《かさ》を被った人足たちがもっこを肩に担いでせわしなく行き来している。一段高いところで全体を見渡しながら人足たちをどやしつけているのは頭目だろうか。あれこれと身振り手振りで指示を飛ばしている。

田舎の砦《とりで》に毛が生えた程度のものであったはずの郡山城が、壮麗な城郭《じょうかく》に生まれ変わろうとしている。それを目の当たりにしては、左近も時の移ろいを感じざるを得なかった。

「そうか、左近殿は筒井家の家臣であられたな」与右衛門は一人合点するかのように頷いた。「筒井殿が伊賀《いが》に移られてからこの城を直しておるのだ。天下人の補佐役にふさわしい城とするためにな」

「筒井殿が伊賀に移られてから一年余りのはず……」

「ああ。それゆえ、一年でここまでやってのけた。ようやく城の直しにも目途がついたところだ」

「左様か」

一年でここまで変えてしまうか、と内心で舌を巻く。やはり、大和一国の国主とはまるで格が違う。大和に入ってきたばかりの大大名の権勢の程を突き付けられた気がした。

与右衛門の先導のもと、建設が続いている二の丸を抜けて、やがて本丸に至った。ここは最初に手が付けられたようで、真新しい御殿が左右一杯に並び、奥には櫓《やぐら》の親玉のような建物が見える。

「あれはなんぞ」

「ご存じないか」与右衛門は小首をかしげる。「あれは天守。織田信長公考案の大櫓ぞ」

聞いたことはある。だが、こうして直に見るのは初めてだ。そびえるように建つ天守は、否応《いやおう》なく新たな主の権勢を誇っている。

天守を横目に本丸御殿に上がり込んだ。障子越しにさんさんと日の降り注ぐ謁見の間に通された左近は下座に座った。与右衛門はといえば、左近より少し前に座り威儀を正した。

しばらく待っていると、縁側に人がやってくる気配があった。慌てて頭を下げると、一人の貴人が部屋に入ってきた。

平伏したまま、左近は貴人の形を窺《うかが》う。月代《さかやき》を剃《そ》り、泥鰌《どじょう》ひげを生やし、四角や丸が染め抜かれた極彩色《ごくさいしき》の羽織に、金糸刺繍《ししゅう》がされた袴《はかま》をまとっている。物が一級品であることを除けば、あまり格の高い格好ではない。

貴人は一段高くなった上座に腰を掛け、口を開いた。

「島左近であるな。苦しゅうない。面《おもて》をあげよ」

「ははっ」

左近はそのまま顔を上げた。貴人の姿を正面から捉《とら》える。

丸顔で柔和な顔立ちだが、眼光は鋭い。値踏みをしようというのではない。こちらのことをすべて呑《の》んでしまおうと企《たくら》んでいるかのようだ。

鯨《くじら》のような男。それが、目の前の貴人に対する最初の印象だった。

と、鯨の貴人は楽しげに笑った。

「ほう、わしを睨《にら》むか。面白き男ぞ」

その言を受けて顔を上げたのは与右衛門だった。普段はぶっきらぼうに物を言うくせに、御前であるせいかしゃちほこばった口調に改まっている。

「左近殿！　貴殿の国にはよいと言われても頭を上げぬ作法がござらぬか」

「よい。大したことではない」

貴人は与右衛門を押し留めた。そして、今度こそ茶碗《ちゃわん》でも愛《め》でるような目で左近を眺め、はっと笑った。

「よき面構えの武者ぞ。戦は何度出た」

「数え切れませぬ。大和はただでさえ戦が多うございましてな」

「武勲はあるか」

「さて、あまりに積み重ねすぎて覚えておりませぬ。二君に仕えるつもりもなく、順慶様より頂いた感状の類《たぐい》は頂いた端から燃やしてしまいましたわ」

半分は嘘だ。順慶が死んだとき、家の庭で燃やした。

貴人は化け物でも見るような目で左近を捉える。

「では、最も記憶に深い戦はなんぞ」

「そうですな。武田信玄公の許に侍《はべ》り、三方《みかた》ヶ原《はら》の戦で徳川を追ったことでしょうな」

と、そこに与右衛門が嘴《くちばし》を容《い》れた。

「おかしゅうござろう。左近殿はずっと大和の筒井家におられたはず。なぜその左近殿が三河の戦に参じることができようか。いい加減なことを申されるでない」

「これ、与右衛門」

貴人が鷹揚《おうよう》に割って入った。それはまるで、左近の不遜《ふそん》な言を楽しんでいるようですらある。

「わしを前に、何の恐れもなく相対する様、見事である。まさか大和にその人ありとまで言われた島左近が、わしのことを知らぬということはあるまい」

「無論のことにござる」

関東の童《わらべ》ですらその名を知っているはずだ。目の前の貴人は、羽柴改め豊臣《とよとみ》秀吉の弟である秀長《ひでなが》だ。秀吉の影としてずっと仕え、秀吉の関《かか》わった戦の全《すべ》てに参戦してきた。秀吉が唯一心を許している男という評はあながち間違ってはいまい。それが証《あかし》に、秀吉はこの弟に対し、播磨《はりま》但馬《たじま》に大和を加えた百万石の宛行《あてがい》と、権中納言《ごんちゅうなごん》の官位でもって報いている。

貴人――豊臣秀長――は右の口角だけを吊り上げて、短く笑う。

「これほどの剛腸《ごうちょう》の者ならば、よかろう。――実に気に入った。左近、そなたを我が家中に迎えたい。騎馬武者を率い、そこにおる藤堂与右衛門と組んで大暴れしてほしい」

秀長は与右衛門に目配《めくば》せをした。すると、代わりに与右衛門が話を引き継いだ。

「わしは鉄炮足軽を率いているのだが、鉄炮のみでは戦はできぬ。わしにできぬではないが、鉄炮隊を率いながら他の兵を用いるのは案外大変なのだ。そこで、騎馬隊や足軽隊を指揮できる武将を探しておったのだ」

「なるほど、それで某か」

「ああ。左近殿の騎馬武者の用兵ぶりは噂《うわさ》に上っておる。そして、それほどの男をむざむざ筒井が手放してしもうたことも。それゆえ、そなたをここに呼んだ」

与右衛門が目配せを返すと、秀長が膝《ひざ》を叩いた。この主従の息の合い方は尋常ならざるものがある。

「というわけぞ。左近、わしに仕えてくれ。最初の石高は五千石を考えておるが、働き次第では加増は思いのままぞ」

五千石、悪くはない。

だが——。左近の心中では悪い虫が騒いでいる。

「悪くはござらぬ。されど、条件があり申す」

「ほう？　なんであるか」

左近は正直に腹の内を述べた。

「某は、もう主君に仕えるのはこりごりにござる。家中に入るのではなく、雇われという形を取らせていただきたく」

思いのほか、順慶との関係に疲れ、傷ついていたのかもしれない。口をついて出た言葉から、左近は心中に潜むもう一人の自分の本音を聞いた心地がした。

「これは異なことを。五千石以上で買い上げようというに、雇われでよいというのか。まあよい。そなたの随意にするがよい」

「あともう一つ」

「なんぞ」

「某は、天下の大戦に出とうござる。秀長様にお伺いしたい。秀長様の配下におれば、天下の大戦に出ることはでき申すか」

　間髪を入れずに秀長は答えた。

「できる。わしの許では、天下の大戦に挑むことができる。そもそもわしがそなたに声をかけたのは、天下の大戦を睨んでおればこそ。四国征伐の時に少々痛い目を見たでな。――どうやら、我らとそなたの利害が揃ったようだのう」

「の、ようですな」

　左近は心から、目の前の秀長に平伏した。

　秀長は、自分に言い聞かせるように口にした。

「差し当たっては、武勇名高き薩摩《さつま》の島津。働きを期待しておるぞ、左近」

　島津。噂は聞いている。九州で覇を競っている由緒ある大大名だ。北九州の大友《おおとも》と長い間戦を繰り広げていたらしいが、形勢不利であった大友が秀吉に助けを求めたことにより、九州に攻め込む大義名分ができた。先手《さきて》を昨年送っているらしいが、はかばかしい結果は得られていない。今年は秀吉自身が九州平定に乗り出すという噂も飛び交っていたが、秀長もその仕置に加わるようだ。

　かくして島左近は、秀長軍の客将として九州の土を踏んだのであった。


「左近殿、おい、左近殿」

「あ、ああ？」

　心地よい感覚に包まれていた左近は、徐々に重苦しい現実に引き戻された。後ろ頭にこびりついているような眠気をあくびで追い出すと、さっきまで眼前にあった壮麗な郡山城の光景や豪放に笑う秀長の姿はとうにどこにもなく、擂楯を机《つくえ》に見立て、絵図面を前に鎧姿の武者たちが顔を突き合わせるという野天軍議を絵に描いたような光景が広がっていた。

横に座る与右衛門が、傷だらけの顔を忌々しげに歪めていた。

「まったく、居眠りなどせんでくれ。こっちの立場も考えてくれねば困る」

見れば、左近の居眠りに気づいた諸将が親の仇もかくやとばかりにこちらを睨みつけている。

「ああ、すまぬな」

一応謝ったものの、軍議ほど無駄なものはないと決めてかかっている左近からすれば、居眠りしたところで何の問題もないということになる。

左近はあくびをしながら、帷幄《いあく》の向こうにそびえる山城を見上げた。唐国《からくに》の山水画のような切り立った崖《がけ》の上に建つ城は、左近たちをあざ笑うように見下ろしている。

秀長を大将とする日向《ひゅうが》方面鎮撫《ちんぶ》の兵八万は、日向の高城《たかじょう》を囲っている。大した城ではない。二千人が籠ることができる程度の小城だ。しかし、たかが小城に八万が足止めされている。三方を絶壁、残る一方も幾重にも張り巡らされた空堀によって侵入者を阻む高城はまさに天然の要害と呼ぶに相応《ふさわ》しい。さらには雑兵に至るまで士気《しき》旺盛《おうせい》だ。夜になると城から陽炎《かげろう》が立つほどの熱気を孕《はら》みつつ、高城は八万の兵を受け止めている。

いかに相手が精強で命知らずな島津であるとはいえ、城攻めの様相はそう変わるものではない。結局のところ、攻城側は城を攻め、守城側は城を守るだけなのだ。細かい指揮が功を奏すことはあるにしても、凡将、愚将の類でも戦える。

名案が出るでもない軍議の緩んだ空気にうんざりしていると、上座から声が上がった。

「さて、目覚めたばかりのところすまぬが、左近、策はあるか」

軍議に侍る皆が息を飲んだ。さっきまでの緩んだ気配は、上座の秀長の呼気とともに消え失《う》せてしまった。鯨のようなお人、という左近の見立てはなおのこと強まる。

左近は床几《しょうぎ》から立ち上がって高城を中心とした絵図面を叩く。

「今のまま、これが一番の策でござろう」

「ほう」

「囲っておれば、いつか敵は焦れ、士気も落ちるのは必定。その時を待ち、あとは煮《じ》るなり焼くなり好きにすればよろしい」

「紛《まご》う方なき正論ぞ。されど左近、寝ておったゆえに先ほどわしが言ったことをまるで聞いておらなんだな」

非難するというよりは、小ばかにするような口調で左近をたしなめた秀長は、遠く西を睨んだ。

「兄上の本隊が調子よく敵城を落としている」

「左様でしたか。で、それがなにか」

「相当の犠牲を払って無理攻めをしている城もあるという。兄上がこれほどの果断な戦運びをするからには、我らも怯懦《きょうだ》な策を取っておるわけにはいかぬ。何《なに》でも、蒲生《がもう》の家臣何某《がし》に至っては、異国の大筒を並べ、岩石城《がんじやくじょう》なる堅城の壁を壊して城を取ったらしい」

確かに無理攻めだ。だが――。

左近は首を振る。

「頷きかねますな。無理攻めをすれば、それだけ兵を傷つけ申す。兵を損なえば、士気にも障りが出かねませぬぞ。戦場にあるときは、できうる限り兵を労り、余計な戦をせぬことが肝要。それが、信玄公の軍略にござる」

「信玄公の軍略、か。なるほど理に適《かな》っている」秀長は大真面目《おおまじめ》とも茶化しているとも取れる口調で続ける。「されど、我らは信玄公のように全軍を指揮する立場ではない。命とあらば無理攻めをしなくてはならぬ立場よ。費《つい》えはいくらでも被ってよい。高城を素早く落とす策はないのか」

皆の視線が左近に集まる。与右衛門などは心配げな表情を浮かべている。

左近は卓代わりの掻楯の上に置かれた絵図面を取り上げるや、びりびりに引き裂いた。何度も何度も破って中空に投げると花が散るように宙に舞った。

唖然《あぜん》とした顔の家臣一同を見渡しながら、左近は続ける。

「こんな小さい絵図面を使っておるから策が出ぬのです」

「どういう意味だ」

「城は、碁石でござる。城はただそこにあるだけのものではなく、他の城や砦と補い合いながら防備のための壁をなしている。城というのは、そうした見えぬ壁を見張る櫓のようなものと考えるべし」

「ほう、で？」

「この城を落とすには、もっと大きく物事を見ねばなりませぬ」

左近は近くにいた雑兵に紙と筆、墨を持ってくるように命じた。戻ってきた雑兵に紙を広げさせると、受け取った筆で小さな丸を描き、高城、と書き加えた。

「この城は今、島津先手の城となっている。これはまず外せませぬな。されど、城というのは独立しては存在できませぬ。どこかの城と繋《つな》がっておらねば、やがては降伏することになり申す。碁でいえば、石が利いておらぬ状態を嫌い、必ずや何らかの布石を打つはず。高城の兵たちが城から飛び出してくるやもしれませぬし、島津本隊が釣れるかもしれませぬ」

「ふむ。では、敵はどこに石を打つ？」

「南。南には島津の本拠、薩摩があり申す。もし島津が高城を捨て石にせぬつもりならば、必ずや街道を通って南から攻め上がってくることでしょうし、高城もここを塞《ふさ》がれては息苦しいはず」

左近は高城を掠《かす》めるように走る南北の街道を地図に描き入れ、南側に、島津本拠、と書き加えた。

秀長は顎《あご》に手をやった。

「高城が捨て石にされることは考えられぬか」

「ありませぬな。士気が高いのが何よりの証。それに、あの城を手放してしまっては、島津も戦図を大きく変えなくてはなりませぬ。そうなっては、島津の痛手は大きい」

「では左近、どこに島津への抑えを置く？」

「高城近辺は高台になっておるようですな。先日、供回りと辺りを見て回ったところ、ここから南に大きな坂があり申す。根白坂《ねじろざか》とかいう名でしたかな。街道筋にも拘わらず道が曲がりくねり、攻めるに難く守るに易《やす》し。根白坂近くに陣を敷き、敵を待ち受ければよろしいかと」

そのとき、軍議の末席に座っていた男が、おもむろに立ち上がった。

白い陣羽織に鎧姿という武将の形だが、杖《つえ》をついている。足を引くようなしぐさを取っているのだが、不思議なことに杖に体重を掛けてはいない。決して年嵩《としかさ》ではあるまいが、病のゆえか左前鬢《びん》のあたりの髪の毛が抜けており、そこから頬にかけて大きなあざがある。左頬の大あざ……。これだけで左近は思い当たった。

あれは、秀吉の懐刀とも名高い、黒田官兵衛《くろだかんべえ》だ。

官兵衛は、軍議の場を見渡して皆の視線を集めてから口を開いた。

「某も、そこなる左近殿なる方の案でよかろうと思いまする。少々危険ながら、これしか策はございますまいな。某は左近殿の戦運びを知りませぬし、確か権中納言様の家臣と聞いております。本来策を述べた人間が大事な役目を負うべきと存じまするが、少々左近殿では不安が残る。それゆえ、我ら大名衆から一人を選び、敵に当たるがよろしかろうかと」

なるほど、と口にした秀長は、軍議の中でも秀長に近い席次を占める家臣を間近に呼び何事かを命じた。すると家臣は「御意」と応じ、つかつかと本陣を飛び出していった。

「今、宮部《みやべ》に命じた。一万の兵を以《もっ》て根白坂に陣を張る」

「見事な采配にござる」

左近は頭を下げた。できる限りそっけなく振舞ったつもりだが、左近は気が気ではなかった。歯の根が噛み合わず、おかしな音を立ててはおらぬか、と変な汗をかいている。思えば、これほどの大軍が行き交う戦に参加したことがなかった。さらには軍議で数万の兵を動かす策を出せなどとは。これまで、多くて数千の兵を動かすので精一杯であった身からすれば、ひどく恐ろしいことだと言わざるを得なかった。

左近は感じ取っていた。天下の戦に関わっている、という確かな手ごたえを。

かくして、高城を囲んでいた秀長軍は軍を割き、高城の南の根白坂に一万の軍を敷いた。

馬に鞭《むち》をくれながら、鎧姿の藤堂与右衛門が楽しげに笑い声を上げた。

「ははは、左近殿の言うとおりになったな。楽しくなってきおった」

与右衛門の顔は上気し、古傷が充血し始めている。目はさながら獲物を前にした狼《おおかみ》のように爛々《らんらん》と輝き、糸切り歯を見せつけるように口角を上げていた。与右衛門を知らぬ者がこの様を見れば、鬼が来たと騒ぎ始めることだろう。

与右衛門の後ろには五百ほどの兵が続く。皆騎馬武者だが、半分は槍ではなく鉄炮を背負わせている。

「しかし、まさか左近殿の策がここまで大当たりするとはなあ。やっぱり貴殿はいい拾い物だ」

馬上で頷いたものの、実はまさかここまで図に当たるとは左近自身想像だにしてはいなかった。

男たちの野太い喚声が、夜の闇《やみ》をつんざいている。

人の背の数倍はあろうかという土塁が街道を塞ぐように敷かれ、その上に馬防柵《ばぼうさく》が設《しつら》えられている。豊臣勢の足軽は土塁に体を預けて鉄炮を撃ちかけている。また、土塁に登り切れない者たちは弓を手に、暗い空に向かって矢を放っている。街道は土嚢《どのう》などでくの字に迂回《うかい》するようになっており、土塁の上から矢を射かけられるようになっていた。その土塁を越えると、先には戦場が広がっている。

見れば街道筋のはるか先、根白坂の辺りで三千ほどの兵が奮戦していた。そして、それを島津の二万を超える兵たちが囲んでいる。

島津が、根白坂に攻めてきていた。

左近の献策によって根白坂近くに陣を敷いてから十日ほど後のこと、突如、夜陰に紛れて島津軍が南から急襲してきた。しかし、その規模は左近が想定していたよりもはるかに大きい。母衣《ほろ》の知らせによれば、二万は下らぬ大軍が押し寄せているという。

根白坂を守っていた宮部継潤《けいじゅん》は既に空堀や馬防柵などの構《かまえ》を用意していたが、自らその構を越え、三千ほどの兵を率いて遊撃した。この判断そのものは間違っていない。防衛戦において防塁の外に遊兵を用意するのは定石と言っていい。だが、この時ばかりは裏目に出た。島津の怒濤《どとう》の攻めによって宮部は孤立させられてしまい、恐慌をきたすこととなった。これを受け、防塁に残された副将が高城を囲っている秀長に救援要請を出したのであった。

「それにしても、すまぬ。某の我儘《わがまま》に付き合ってもらってしまった」

「何を言うか。構わんさ」

与右衛門は首を横に振り、憤懣《ふんまん》やる方なし、といった風に、己の拳《こぶし》と掌《てのひら》を胸の前でぶつけた。

「しかし、それにしても、救援しないと言い出す馬鹿がいるとは思わなかった」

宮部の救援要請を受け、秀長をはじめとする主力隊は高城から根白坂へと前進した。だがその時には、既に島津軍の松明《たいまつ》が宮部軍を取り囲み、今にも圧《お》し潰しそうなところにまで追いやられていた。

秀吉より命じられて秀長についていた軍監が、宮部の救援は不可能である、したがって、我らは島津の撃退にのみ力を尽くすべし、と進言した。最初、秀長は軍監の言を容れたのだが――。

左近は反対した。抜け駆けをしたわけではなく、ただ下知に従って根白坂を守っている宮部を助けぬとなれば士気にも障る、それどころか秀長軍の求心力は墜《お》ちるばかり、というのが左近の主張だった。

横に座っていた与右衛門も庶民の使う粗野な言葉で同意した。

『助けてくれと言われたのに、手も差し伸べぬうちに諦《あきら》めるなんざ、俺にはできん。誰のものであろうが、そんな命は聞きませぬぞ』

秀長の制止も聞かず、五百の手勢と共に本陣を飛び出してきたのであった。もちろん目的は、必死で島津を抑えながらもはや死に体となっている宮部継潤の救出だ。

与右衛門は虎ひげを撫でながら、唇を突き出した。

「いや、実のところ後悔しておる。さすがに殿の顔に泥を塗ったのはまずかった」

「そんなことを気にしておるのか。そなたらしからぬな」

「なんだと？」

「一度口に出したことは決して戻らぬ。死ぬまでやり通すのが武士の道であろう」

「そうだな」

与右衛門は子供のように屈託のない笑みを浮かべ、口元を軽くぬぐった。

武士の道云々《うんぬん》と言ってはみたが、左近自身にも引っかかるものがある。

本来、宮部何某の役目は自分のものであった。

根白坂に兵を置くというのは一種の撒き餌《まえ》であった。敵が攻めてくることが前提である以上、こうなることは自明の理であったはずで、左近が根白坂を守るのが筋であったはずだ。つまり、本来ならば、島津と真正面から戦っているのは己であったはずなのだ。

島津と軍略を尽くして戦ってみたい。心中で悪い虫が蠢《うごめ》いている。

「新吉はおるか」

呼ばわると、後ろから馬にまたがった新吉が現れた。真新しい蒼い鎧に傷一つついていない大身槍《おおみやり》、さらには螺鈿《らでん》細工が光る太刀の拵《こしら》え。武骨一徹の左近の装束と比べるとあまりにも目立つ。どうやら御茶が選んで調えたものらしい。

「はっ、新吉、ここにおりまする」

「そなたはわしと共に騎馬兵を率いて島津を分断する。わしについて参れ」

「ええっ……。あの島津にぶつかるのですか」

正気ですか、と言わんばかりに新吉は悲鳴を上げる。

「安心せえ。与右衛門殿が鉄炮で守ってくれるゆえな」

「ほ、本当ですか」

すがるような目で与右衛門を見る新吉。すると、与右衛門は相好を崩し、胴を強く叩いた。

「安心しろ。この藤堂与右衛門、助けるというからには必ず助ける」

「で、でしたらまだ安心……」

息をつく新吉をよそに、与右衛門は左近をねめつける。

「で、左近殿。どうやって宮部殿を救う？　あの敵の陣立てをどう破る」

左近は眼前の敵陣を睨んだ。敵は既に宮部をほぼ包囲してしまっており、馬防柵と土塁を越えんと迫っている。

「何、簡単ぞ。真正面から当たる」

「正気か？」

「その代わり、コツがある。しっかりと救援を頼むぞ」

頭上で槍を振り回しながら、左近は馬の腹を蹴った。左近の馬は短くいななき、全速で前に飛び出した。

「続け、続けい！」

左近の下知を受け、騎馬武者二百あまりが続いた。

左近は刻々と変わりゆく目の前の戦に目を向ける。

敵軍を巨大な一つの生き物と捉えるべし。その上で、敵の鋭い牙や爪《つめ》を躱し、弱点である目を刳《えぐ》り抜き、鼻を削《そ》ぎ、首筋に斬りつけ、心の臓を貫けばよい。これが信玄流の極意だ。

島津の軍は実に巧妙に動く。攻め手は鋭く迅速で、守るとなればひたすらに固い。兵たちがそれぞればらばらに戦っているのではなく、連なって一軍をなし、その一軍が全体の中で牙や爪といった役割を与えられている。

世事に疎い左近でも、島津がずっと九州の覇を目指して戦ってきた大名だというのは知っている。なまじ天下人の玉座に近い大和とは比べ物にならぬほど、この九州の地では大戦が頻発し、戦の度毎《たびごと》に軍が練られているのだろう。

武者震いが止まらない。槍を振るい吼《ほ》え、敵軍を睨む。

だが、どんな軍にも弱点はある。それを衝《つ》くがための騎馬隊だ。

見えた。左近はほくそ笑む。

左近の眼前に広がっていたのは、秀長軍と島津の先手がぶつかり合う激戦地であった。しかし、その背後に、わずかに士気の低い敵兵の姿が見えた。どんなに士気の高い軍であっても、先手と後詰では士気にむらができる。

そこを衝く。

先手同士の戦いを駿馬《しゅんめ》ですり抜け、士気の低い敵足軽たちに向かって一直線に食らいかかる。

「島左近これにあり！　我はと思う武者よ、かかってこい！」

　敵陣に突っ込んでいく。睨んだ通り、左近の狙った兵どもは剃刀《かみそり》で紙を切るほどの手ごたえもなく二つに割《わ》れた。混乱に陥る敵軍。これを見逃すほどお人よしではない。槍を縦横無尽に振るい主だった者たちを一突きにする。打ちかかってくる勇敢な兵どもを槍のひと薙《な》ぎで払いのけ、馬をまた走らせる。

　一度敵陣の懐に入ってしまえばあとはこちらのものだ。

　左近は敵陣の中ほど縦横無尽に働ける場を知らない。敵は同士討ちを恐れて迂闊《うかつ》に動けぬようになるし、味方は死に物狂いで働くゆえに予想以上の戦果を稼ぐことができる。そして――。

　左近は秀長本隊と戦っている最前線の隊に、後ろから飛び込んだ。

　あれほど最前線で勇猛果敢に戦っていた敵兵が、後ろからの攻撃にはなすすべもない。足軽たちが四散し、徒歩武者たちは恐懼《きょうく》の表情を浮かべ、騎馬武者たちは馬首を返す。

　左近は槍を払い、味方騎馬兵に前に進めと命ずる。

　挟み撃ちにされる格好となった敵最前列の陣は左近の手によって八つ裂きにされた。もはや一つの生き物としての体《たい》を失った軍は、算を乱して南へと逃げていく。まるで統御がされておらぬから、他の陣立てを崩し混乱を誘い始めている。最初はわずかな前線での崩れであったはずが、島津の二万にもおよぶ全体にまで影響を及ぼしつつあった。

　敵の騎馬隊がこちらに迫ってきた。遊撃の隊であろう。

　左近は間髪を入れずに叫ぶ。

「退《ひ》け、退け」

左近が殿軍《しんがり》となって味方陣へと退却させる。全速で逃げぬのがコツだ。敵が追いすがりたくなるような、それでいて自然に見えるがごとく——。この塩梅が難しい。

そうして、味方陣ぎりぎりいっぱいにまで引き寄せたところで……。

銃声が轟いた。

深追いしてきた島津の騎馬隊はほぼ壊滅していた。ある武者は馬にまたがったまま全身から血を流して絶命している。またある武者は地面に崩れ落ちている。またある武者は地面に落ちた後、槍を杖代わりにして立ち上がろうとしていた。だが、もはや軍としての体はなしていない。

左近は自陣を見やった。半町（約五十五メートル）ほど離れたところで鉄炮隊を展開して采配を振る与右衛門と目が合う。左近の視線に気づいた与右衛門は、采配を大きく掲げて手を振ってきた。

「見事なり、与右衛門殿」

槍を振り返した左近はまた馬首を返して全速で島津軍に迫る。

敵陣を破る一陣の風となる。

武士にとって、これ以上の誉《ほま》れはあるまい。

呵々《かか》と笑っていると、後ろを駆けている新吉が話しかけてきた。未だに槍には血糊《ちのり》一つついていない。

「さすがは父上、あれほどの大軍を物ともなさいませぬ」

手が震えている。大和の小戦で培ってきたものが、天下の大戦であっても通用することがこんなにも嬉《うれ》しいことだとは思ってもみなかった。

「さあ、行くぞ！」

朱にまみれた槍を掲げ、左近は敵陣へと突っ込んでいった。浮かれそうになる己の心情を無理やりに鎮めながら。

士気の低そうな軍に楔《くさび》を打ち込み、槍で切り開き、率いる兵たちで擂《す》り潰し、陣をずたずたに切り裂く。たまに追ってくる手ごわそうな敵を自陣近くに釣り出し、与右衛門に始末してもらう。

左近の戦線だけ、かなり前進してしまっている。だが、味方の陣立てがこれほどの分厚さを誇っておれば大した問題にはならない。それどころか、ここを起点に敵兵を分断もできよう。

ふと、敵陣に、旗印が揺らめいているのを見つけた。黒地に白く染め抜かれた「十」の文字。それも、下に伸びている線が他の三方に伸びている線よりも倍長い。伴天連《バテレン》どもが信奉している十字架のような形をした十の字だ。

あれは、島津の宗家にのみ許された旗印であるはずだ。

血が騒ぐ。いや、全身の血が沸き立つかのようだった。

「ついてこい！」

左近は槍を構えて駆け出した。目指すは黒に白く十が染め抜かれた旗。

「まあ、な」

「父上、どうなさったのです」

「あれが敵大将ぞ！　あれを討ち取れば島津は止まる」

「て、敵大将を殺《と》るおつもりなのですか。いくらなんでも無茶というものにございましょう」

「いや、勝機はある」

口ではそう言ったものの、頭は真っ白であった。大和にまで轟く島津の名。もしこれを己が手で討ち取れたならば……。左近は肚《はら》の底から湧《わ》いてくる笑いをこらえることができなかった。

左近は錐《きり》形に陣形を組むように命じた。かくして二百騎あまりを一つの牙となし、一気に貫かんと駆け入った。

だが——。当たった瞬間に、左近は敵本陣の固さを肌で感じた。先ほどまでの敵陣への攻撃は豆腐に鉈《なた》を振るがごとくだった。だが、本陣では弾《はじ》かれてしまう。その感触は岩のようだ。しかし、この固さはそのまま本陣に斬りかかっているという実感を与える。

「どけどけ、某が前に出る」

左近が最前列に立ち、死に物狂いの敵兵たちを屠《ほふ》りにかかる。敵兵たちの目は誰にも増して鋭い。雑兵に至るまで、歴戦の武者のような殺気を放っている。馬に飛びかかってくる者、果敢に素槍を繰り出してくる者、顔めがけて弓を放ってくる者まである。

馬に飛びかかってきた兵を左腕で絞め殺し、素槍を打ち払って槍先を見舞い、矢をすんでのところで躱しながら、左近は吼える。

「雑兵どもが相手になるか！」

馬を走らせて押し込んでいく。すると、二人の騎馬武者が左近めがけて駆けてきた。五尺（約百五十センチ）もの長さがある大太刀を携える黒糸縅《くろいとおどし》、そして弓を携える紺糸縅という、源平合戦の絵巻から抜け出してきたような武者二人が、雑兵どもに退くように命じながら迫ってくる。

黒糸縅が頭上に刀を横一文字に構え打ちかかってきた。とてつもなく鋭い。だが、馬の腹を蹴っていなす。そこに紺糸縅の放った矢が飛んでくる。体をひねって左肩の大袖で受けた。貫通はしなかったものの丸太の棒で突かれたような衝撃が背骨に走る。一瞬呼吸が止まったところに黒糸縅の渾身《こんしん》の一撃が降ってくる。

強い。心胆が冷える。

それでも、左近の心中に渦巻いているのは、強い兵に出会うことができたという喜びだった。

黒糸縅の一撃を槍で受けた左近は高く笑った。

槍と大太刀のぶつかっているところを支点にして石突《いしづき》を繰り出し、黒糸縅の兜を横から強烈に叩く。力一杯に石突を払って黒糸縅を馬から突き落とすと、その隙に紺糸縅に向かって馬を走らせた。紺糸縅はそれでも焦ることもなく悠然と矢をつがえて引き絞り、こちらに向かって放ってきた。見えている。左近は頭を振って矢を躱すと、紺糸縅に大振りの槍の横薙ぎをくれた。ぐお、という声を上げ、紺糸縅は馬から落ちた。

左近は手綱を取った。愛馬は左近の意を汲《く》み、命じるまでもなく駆けた。目指すは島津宗家の旗印。

猛然と進むと、屈強な兵十人余りに警固され、床几に腰かける一人の武者に行き当たった。赤糸縅の式の鎧。今はそうそう見ることのない毛沓《けぐつ》まで履いている。腰には武骨で飾り気のない太刀を佩《は》き、脇には大薙刀《おおなぎなた》が立てかけてある。さらに後ろに控える若侍が島津の旗印を捧持《ほうじ》している。

暗がりゆえに顔までは見えない。だが、これだけ揃えば十分だ。

左近は叫んだ。

「島津の一族とお見受けする」

すると、赤糸縅の武者が応じた。

「いかにも。俺《おい》は島津ん次男じゃ、島津兵庫《ひょうご》ぞ」

大分訛《なま》っているが、それでも兵庫の名乗りは聞き取れた。と同時に、全身の毛が逆立つ。

島津には四子あり、その中で、一番武勇に優れ、畿内にまで名が轟いているのが兵庫だ。

確か島津先代の第二子であったと記憶している。

相手にとって不足はない。

左近も名乗り返した。

「元筒井家家臣、今は大和権中納言様の預かり、島左近！　お相手願おう」

近づくにつれて、闇に隠されていた島津兵庫の顔が露わになる。四角い顔。鰓《えら》の張った顎。そして、おおたぶさに結い上げた髪。そのどれもが歴戦の武者を思わせる。何より、大きく見開かれたその目に、左近は吸い込まれそうになる。あまりに深く、そして底の見える真っ暗な目。この目の奥に、数え切れぬほどの戦と、数知れぬ死者たちの視線を感じる。五十がらみであろうから左近とそこまで年齢が変わるわけではない。しかし、全身から発する気は若武者じみている。

島津兵庫は、短く息をついた。

「知らん名じゃなぁ」

近習から大薙刀を受け取り、引かれてきた馬にまたがった。

「そいどん、ここまで来たというこちゃ、俺が相手すっとに足るちゅうこっじゃ。島津の武をば、ちっど馳走《ちそう》してやらんなら」

島津兵庫は左近に迫った。そして、大薙刀を大きく振りかぶり、左近に打ち付けてきた。

槍で受けた瞬間、呼吸が止まった。手が痺《しび》れ、背骨が悲鳴を上げ、胴が鳴る。衝撃が左近の体を押し潰し、馬が、ぐほっ、と呼吸を乱すほどだった。

薙刀の衝撃が腕から胴、胴から馬にまで伝わった。全身に痺れが回る。これほどの一撃を受けたことはない。

だが、兵庫の第二撃は既に始まっていた。薙刀を引き戻し、今度は鋭く速い一撃を放ってきた。

呆然《ぼうぜん》としていた左近を助けてくれたのは愛馬であった。

何かを察知したのか、馬が数歩飛びのいてくれたおかげで兵庫の一撃は空を切った。

兵庫は舌を打つ。

「命拾いしもしたなぁ」

命拾い、というところは聞き取れた。

兵庫の言うとおりだった。馬のおかげで命を拾った。左近は左手で馬の首を撫でた。ようやく全身の痺れから脱した左近は謀《はかりごと》を巡らそうと策を描く。だが、あれほどの将を相手に策を弄《ろう》することの無意味を悟って、止《や》めた。

左近はすう、と息を吸って臍下丹田《せいかたんでん》に気を充実させた。鼻で息を吐き、心中にわだかまる小賢《こざか》しい考えをすべて追い出した。

無心でかかる。左近が決めたのは策ではない。強者に当たるための覚悟だ。

「参る」

左近は馬を走らせた。

「来い」

大薙刀を悠然と構え、兵庫は応ずる。

そうして、左近の槍と兵庫の大薙刀が交錯する、まさにその時だった。

一発の銃声が、二人の間に割って入った。

思わず、左近は槍を振るう手を止めていた。見れば、兵庫の左の大袖が砕け、二の腕から血が滴っている。思わず戦場を見渡せば、一町（約百九メートル）ほど先に、馬にまたがって銃を構える孫市の姿があった。

兵庫は忌々しげに一町先の射手を見据えた。

「なるほど、あいが俺を撃ったか。一騎討ちなんだ最初っからなかったちゅこっか」

兵庫は左近に向いた。その表情には、孫市に向けたような侮蔑《ぶべつ》は籠っていない。それどころか、春先の青空を見るような、純粋で透徹した目をこちらに向けていた。

「おはんは、ないごて手を止めたとか」

「なぜ手を止めたか、だと？　分からぬ。ここが戦場であることを忘れていた。貴殿との一騎討ちを楽しんでおったのかもしれぬ」

一瞬、宮部継潤の救援のことも、天下第一の戦のことも、そしてなぜ己がここにいるのかも忘れていた。ただ、強者に向き合い、槍を振るうのが楽しかった。強烈な快が左近を包み、突き動かしていたのは紛れもない事実であった。

すると、兵庫は大薙刀を地面に刺し、腹の底から笑い声を上げた。大将格であるというのに前線近くに陣を敷くこの男らしく、豪放極まりない笑い方であった。

「まさか、豊臣にもののふがおったとは……。おはんな、面白《おもし》とか男じゃなぁ」

褒められているのだろう。だが、今一つ聞き取れない。

「よか。本陣に鉄炮《テッポ》を撃ち込まれたからには、こん戦、どっちにせよ俺どんの負けでごわす。こいで薩摩隼人《さつまはやと》の意地は示しもした。今日んところは、遠く大和のもののふとの斬り合いを土産に退きもす」

兵庫は薙刀を取って馬首を返した。

「お逃げになるか」

すると、さっきまで豪放に笑っていた兵庫から殺気が放たれた。左近の背中に怖気《おぞけ》が走る。振り返った兵庫はさながら鬼のような表情を浮かべていた。

「馬鹿を言いもすなぁ。こん勝負、預けるち言うちょっぱっかいよ。島津は負けでは退かん。退くは俺どんの勝ちを得た時のみにごわす」

兵庫はまた前を向いた。

「俺に首取られるまで死ぬな、島左近」

追いすがろうと思えばできたのに、どうしても馬を駆る気になれなかったのは、あまりにその引き際が綺麗《きれい》だったからであろうか。馬上から近習に大薙刀を投げ渡し、家臣どもにあれこれと指示を与え、陣を払っていく。

「あれが、島津兵庫、か」

島津兵庫はこちらの戦ぶりを賞してくれたようだ。だが、敵のことを褒めずにおれないのは左近も同じだった。あれほど見事な、そして機を捉えて動く将はそうはいない。これまで数多くの戦を見てきたのであろう。そして、そのたびに必死で己を磨いてきたのだろう。

「とてつもない男であった、か」

左近が呟いていると、島津勢を蹴散らして与右衛門隊がこちらにやってきた。傍らには蒼い鎧姿の新吉の姿もある。

「おい、左近殿、大丈夫か！」

「父上、お変わりは」

「ああ。大過ない」

左近の姿を認めるや、与右衛門はこれ見よがしにため息をついて見せ、得物の槍先で左近の背中を小突いた。がつ、という重い音がした。

「一人で敵陣に駆け入るなんてなあ。しかも、一人で陣を追い払うとは」

「一人？　何を言っておるか、某は兵を率いて――」

「何を言っておるんだか」与右衛門は顔をしかめて見せた。「確かに最初こそ兵を率いていたが、途中から貴殿だけ突出していた。貴殿につけていた兵も必死で追いすがったみたいだが、ほとんど死んだぞ。新吉が真っ青になって俺まで注進に来たのだ」

新吉が恐縮しながら頷いている。

「そうだったか」

思えば、周りに味方がいなかった。ということは、さっきまで絶体絶命の危機であったということだ。島津兵庫のあの余裕《よゆう》綽々《しやくしやく》な態度も頷ける。

そんなことより――。左近はあることを思い出した。

「宮部殿はどうなった。助けに行かなくては」

「大丈夫だ」

そう言い放ち、与右衛門は戦場を指した。

見れば、柵から飛び出した豊臣勢の一万ほどの大軍が島津勢に攻めかかっている。島津勢は心なしか押し込まれているようにも見える。

「あれは、黒田官兵衛殿の軍だ」

官兵衛――。左頬に大あざのある男の顔が浮かぶ。

「あのお人が出たからには、もう俺たちに出番はない」

やけ気味に、与右衛門は言った。

左近たちが本陣に戻ったのは、日が昇ってしばらく経ってからであった。

急遽《きゆうきよ》設えられた本陣は、鎧武者たちでごった返していた。敵兵の首実検を行なっている者、者、負傷兵たちの看護をしている者たちもいれば、本陣の端のほうで壊れた火縄銃を直している職人の姿もある。中には本陣だというのに鉄笠を裏返して雑炊を煮ている足軽たちの姿もある。しかし、ここに集う誰もが勝利に気をよくしているようであった。

「広うございますね、豊臣の本陣というのは」

きょろきょろとあたりを見渡す新吉の言に、左近は心から頷いた。

さすがは天下の戦を担う本陣、大和の小戦で張られるそれとはまるで広さが桁違《けたちが》いだ。大和のそれが百は入りそうな広大な本陣を与右衛門、孫市、新吉と共に進む。

帷幄に入ると、上座で物憂げな顔をしていた秀長が立ち上がった。

「戻ったか、与右衛門」

与右衛門はその場に跪《ひざまず》いて兜を地面に置き首を垂れ、鞘《さや》ごと引き抜いた刀を己の膝前に置いた。

おもむろに神妙な顔をして平伏する。

「殿。この藤堂与右衛門は殿に暴言を吐き、徒《いたずら》に兵を用い、軍令を聞かなかった者にございます。いかな断であれ、受けねばなりませぬ。一時のこととはいえ、殿を侮辱したる罪、消えるものではございませぬ。殿、お手討ち下さいますよう」

襟《えり》を指で広げ、首を露わにする。

だが、秀長は与右衛門の言葉を無視し、大音声を発した。それこそ、本陣中に聞こえるような大声で。

「見事であった、藤堂与右衛門」

与右衛門ははっと顔を上げた。

秀長は薄く笑っている。

「そなたはわずかな手勢で島津を翻弄《ほんろう》した。のみならず、与力である島左近と雑賀孫市の助けを得、敵本陣を退かせるという大功を打ち立てた。確かにそなたは一時わしの命に反した。が、これは主の間違いを正すための行動であった。これを忠と言わずしてなんと言う？」

「と、殿……」

「藤堂与右衛門に罪はなし。それでよい」

与右衛門の目に光るものがある。

左近は思わず目の前の大将の器に思いを致した。秀吉公の弟だというから、元々は畑を耕して生計を立てるような、名のなきところから振り出したはずだ。人間の器とは生まれついて備わるものではなく、本人が大きく育てるものなのだと思い知る。

秀長は左近に向いた。

「そして左近。そなたもよくやった。皆が尻込みしている中、そなたが戦ってくれたおかげで全軍が動いたのだ。命を的にしての働き、大儀である」

「ありがたき仕合わせ」

と、帷幄に一人の男がぬらりと現れた。わざとらしく足を引きずり、杖をついた、白い羽織の男。大きなあざのある左頰を柔和に緩めるのは黒田官兵衛であった。

「おお、官兵衛か」

秀長の声が心なしか弾んだ。官兵衛は会釈を返した。

「ざっと済みましてございます。斥候《せっこう》によれば、島津勢は根白坂から退き、本国に向けて退却を始めている由。これほどの大戦の敗北。島津にとっては痛いでしょうなあ」

「さすがは官兵衛、見事であった」

此度の戦の殊勲第一は官兵衛であろう、と左近は見ている。

官兵衛は小早川《こばやかわ》と連携の上、藤堂勢の突き崩した敵陣に向かって奇襲を掛けた。これにより島津勢は押し込まれ、宮部への攻撃を諦めて退いたのであった。この急襲により黒田勢が挙げた首は数知れず。あくまで左近の実感だが、二百を下るまい。さらにこの戦で名だたる敵将も何人か討ち取ることができたようだ。

結果として、宮部継潤の救援という目的を果たした上、高城を、布石の利かぬ孤立の石とすることに成功した。これで高城は無力と化し、城としての機能を失った。

しかし、官兵衛はまるで偉ぶるところも、功を誇ることもない。

これくらいの戦果は当たり前と言わんばかりだ。

鼻につく。

左近は官兵衛に声を掛けた。

「お見事な戦ぶりにございましたな。電光石火の攻め手、さすが天下に聞こえた黒田官兵衛殿と感服いたしましたぞ」

眉《まゆ》一つ動かさず、柔和な笑みを浮かべたままで、官兵衛は首を振る。

「おやおや、左近殿は嘘のつけぬお方ですなあ。顔に、不満が見え隠れしておりますぞ」

思わず頰を撫でる。すると官兵衛は呵々と笑った。

「冗談にござる」

「じょ、冗談とな？」

「何、わしは軍師。軍師とは、人の表裏に気を払い、その機微を戦に用いる者のこと。見ようとせぬでも見えてしまうものがあるゆえに余計なことを申したくなる。——無礼、平に許していただきたく」

官兵衛とは立場に雲泥の差がある。片や兵二百ほどを率いるに過ぎない新参者、片や秀吉や秀長に信頼され万の兵を操ることのできる、世に知られた名将だ。塵芥《ちりあくた》程度にしか映らないであろう己に丁寧な態度を崩さない官兵衛という男の底を、左近は測りかねていた。

すると、官兵衛は指を一つ立てた。

「少々失礼ながら、一つばかり老婆心にて。——左近殿の兵の率い方は、小戦の親分のそれにござる。大将は常に帷幄の奥ででんと構えておればよい。もし動くとすれば、殿軍として悠然と戦場を駆けるべし」

「それはいったい」

「しからば」

足を引き、杖をつきながら、官兵衛は帷幄を後にした。

呆然としていると、秀長が、ほう、と声を上げた。

「官兵衛も、左近のことが気に入ったようだな」

曰《いわ》く、あの男は皆に対して慇懃《いんぎん》な態度を崩さないらしいが、これはという者には、〝老婆心〟と付け加えて己の戦極意を話すのだという。

「兄上は官兵衛の〝老婆心〟をあまり好いてはおらぬようだが、あれは非常に的を射ておる。今は耳が痛いかもしれぬが、やがて糧になる」

一体何を好かれたものかも分からない。鼻持ちならないとまで思っていた相手から好意を向けられている格好だ。それだけに腹立たしいことこの上なかった。

「なんだ、不満げであるな」

「あの男があまり好きになれぬのでござる」

「はっきりと申すな、そなたは」

くつくつと笑う秀長。と、その最中、咳《せき》が飛び出した。

「おや、お風邪ですかな」

左近が問うと、秀長は口元をぬぐいながら少し顔をしかめた。

「かも、しれぬな」

帷幄を風が揺らした。その風は熱をまとっている。春から夏へ。より苛烈《かれつ》な季節への変わり目を思わせる、そんな熱風だった。

島津を相手に戦った九州仕置はこの合戦によって一挙に終結に向かった。

根白坂での敗北によって、島津側は豊臣軍に抗いがたいことを悟ったらしかった。国衆《くにしゅう》たちの降伏や内通が相次いだ。さらに、島津宗家の長兄である義久《よしひさ》が剃髪《ていはつ》して謹慎、豊臣に恭順する意思を明確にし、次兄である兵庫が豊臣の本陣に降《くだ》ったことによって、形勢はほぼ定まった。中には徹底抗戦を叫ぶ者もあったというが、義久や兵庫の説得によって、強硬な態度を取っていた者たちも最後には豊臣軍にひれ伏す形となった。

かくして、秀吉は島津をはじめとする九州諸勢力を自らの傘下に収め、私戦を禁じ、領地を確定させて九州を後にした。

秀吉に続き引き上げる軍の中に、秀長の将の一人として戦った左近もいた。天下の戦を戦ったという満足感、そして、いつかは万の兵を操り、天下の戦を自らの掌に乗せてみたいという野心を以前にもまして膨らませながら。

秀長の陣中が思いのほか気に入り始めていた。

この陣の将の一人でもよいやもしれぬ。ここならば、一生戦三昧《ざんまい》でいられるかもしれない。そんな予感があった。

だが、大和に戻り、次の戦の支度をしていた左近に寝耳に水の話が飛び込んできた。

行き交う誰もが口をつぐんで下を向いている。普段は軽口を叩いて荷を運ぶ人足も、黄色い声を発して雑巾《ぞうきん》がけに精を出す女中たちも、皆、喋《しゃべ》ることを忘れてしまったかのようだ。

それは左近も同様だった。着慣れぬ直垂に身を包み、郡山城の本丸御殿の廊下を無言で歩く。しばらく廊下を歩き、指定された部屋の障子を開くと、中にはやはり辛気臭い顔をした与右衛門がいた。

「……左近殿、早いな」

声には張りがない。直垂姿ではあるが、烏帽子は曲がっている。しばらく寝ていないのか、目の下には隈《くま》が浮かび、顔の肌は粗い漉《す》きの和紙のようになっていた。これが島津三万を相手に五百で挑みかかった男とは到底信じられない。

「知らせは、真《まこと》なのか」

「嘘をついてどうする」

「馬鹿な。秀長殿は五十であるぞ」

思えば己と同い年であることに気づく。決して若いわけではない。だが。

「……これればかりは、誰にも分からぬことだ」

のろのろと首を振った与右衛門はおもむろに立ち上がった。着ている直垂は何日も着たきりなのか随分と皺《しわ》だらけであったが、言挙《ことあ》げを憚《はばか》らざるを得ないほどに、与右衛門は打ちひしがれていた。

「さあ、殿がお待ちであられる。行こう」

言われるがまま、左近は廊下に出、後に続いた。

与右衛門に案内されたのは、本丸御殿の南にある奥の屋敷、すなわち、秀長の居館であった。表と奥を分けるこの渡り廊下には番方が控え、中には股肱《ここう》の家臣しか入れないのが定法だ。しかし、普段は人が立っているはずの渡り廊下には誰もいない。

与右衛門は奥の縁側を歩き、部屋の障子を開いた。

「与右衛門でござる。左近が参りましたぞ」

「そうか、ご苦労」

蚊が鳴くような声が部屋の奥から聞こえた。

与右衛門に続いて部屋に入る。

十畳間であった。部屋の半分あまりに蚊帳が張られ、中に布団が敷かれている。蚊帳を避けて座った与右衛門に続いた左近は、布団に横たわる人の姿を蚊帳越しに見据えた。丸顔であるはずだった。だが、頬はすっかり落ち窪《くぼ》み、寝間着の袖から覗《のぞ》く腕は骨と皮ばかりの有様であった。暑いのか、上掛けをはねのけている。団扇《うちわ》を握ってはいるが、胸の上に手を置いているばかりであおごうとはしない。上を向いていたものの、わずかにこちらに向いて、口角を上げる。

「おお、左近、か。よくぞ、参った」

噛み締めるように口にするのは、豊臣秀長その人であった。

九州仕置から戻った直後、秀長は病に臥《ふ》した。恐らくは軍旅の疲れが出たのであろう、と左近はあまり気にしていなかったものの、療養が長引くにつれて楽観は不安へと変わり、今に至っては絶望へと変わった。

秀長の背中に、死神が見える。添い寝して首を絞めにかかる、女の死神の姿が。

空咳を何度も繰り返す秀長は、力なく笑った。

「左近、すまぬなあ。わしはもう、長くはない」

「何を弱気なことを」

「よい。群臣どもに、同じことを何度も言われて、耳に胼胝《たこ》ができておるわ……。わしは死ぬ。後始末をせねばならぬ。立つ鳥跡を濁さず、というであろう?」

秀長は、半死人とは思えぬほどに強い眼光を左近に向けた。歴戦の士である己でさえたじろぐほどの力に、左近は狼狽《ろうばい》を隠せずにいた。

呵々と笑った秀長は言った。

「一万石。そなたに用意しよう……。わしの、いや、この大和豊臣家の、家臣とならぬか」

思わず左近は息を飲んだ。

九州仕置が終わってもなお、左近は秀長に臣下の礼を取らず、あくまで陣借り、雇われの立場を変えなかった。

「無論、そなたが誰かに仕官したくない、というのは分かる。だが、もし、そなたが、我が家中に加わってくれれば、こんなに仕合わせなことは、ない……」

嬉しくないといえば嘘になる。己を高く買ってくれる人がいる。そして、己もその人に惹《ひ》かれている。こんなにありがたいことはない。

だが、左近は知っている。この果報の時はいつまでも続くものではない。やがて、知らず知らずのうちに綻《ほころ》び、解《ほど》け、最後には繕うことができぬほどに破れてしまう。それを、生涯の主と決めたはずであった筒井順慶とのやり取りで知ってしまった。

左近は首を横に振った。

「ありがたいことなれど……。某は、天下の大戦に出とうござる。秀長殿が身罷《みまか》られたのち、この家中は大戦に恵まれましょうか」

秀長は短く応《こた》える。

「ない、であろうな」

あの世に片足を突っ込んでいる秀長の姿を見た時に、左近は思った。この家中では戦はできなくなるであろうと。そう気づいた時、芽生えていた秀長への思い、そして家中への愛着もすべて吹き飛んでいた。

「でしょうな」左近は心中にわだかまる未練を払いにかかった。「秀長殿の御子息は戦をご存じではない。関白《かんぱく》殿下があえて戦に出そうとはなされますまい」

「はは、そなたは、すべて、お見通し、であるなあ……」

「申し訳ございませぬ。今日にも荷をまとめ、出ていく所存なれば」

左近が平伏し立ち上がろうとしたその時、秀長が、のろのろと体を起こした。

「待て、左近……。そなたに餞別《せんべつ》をやろう」

「せ、餞別、ですと？　左様なものは」

「安心せえ、かさばるでなし、わしも、身銭を切るでない」

秀長は近習を呼びつけて文机《ふづくえ》と筆を用意させた。浮かない顔で座っていた与右衛門に体を支えるよう命じ、今にも倒れそうな体をようやく落ちつけるや、筆を手に取って紙の上に遊ばせ始めた。病のゆえか、遅々として進まぬ秀長の筆先を、左近は蚊帳越しに見やっていた。この薄い布が秀長家中とそうでない者を分けているかのようで、殊更《ことさら》に分厚いものに思えてならなかった。

どれほどの時が流れただろう。震える手で筆を動かしていた秀長であったが、やがて、脇に置いて嘆息した。

「これで、よかろう。与右衛門、これを、左近に」

神妙な顔で蚊帳からにじり出た与右衛門は、左近に書付けを渡した。一枚の紙を折り、表から書き始め、後ろにも文言が続いている。末尾には、かすれてはいるものの秀長の花《か》押《おう》が付されている。

左近が戸惑っていると、体を布団に横たえた秀長が口を開いた。

「これは……、陣借りの免状よ」

「免状？　陣借りの？」

「そなた、これからも、一人流離《さすら》うのであろう？　この免状には、この者は戦達者につき秀長に免じて陣借りをさせてほしいと書き付けてある。これでそなたは、大戦に、加わることができるであろう。――おそらく、次の大戦は、関東、そして奥州ぞ」

「某は」

「よい。――いつか、その免状が不要となったときには、破り捨てるがよい」

すう、と息を吸った秀長は、そのままゆっくりと目を閉じた。薄くなった胸を上下させ、口元に薄く笑みを浮かべながら眠りに落ちた。

頃合いのようであった。どちらからともなく、二人で部屋を辞した。

「なあ」

縁側を歩いていると、前を歩く与右衛門が話しかけてきた。

「行っちまうのか」

「ああ。行く」

「寂しくなるな。貴殿ほどの軍略の持ち主はそういない。できれば、もっと学ばせてもらいたかったのだけどな」

　与右衛門とは一回りは年が違う。そんな若造に仰がれているのも悪い気はしない。だが、左近の肚は決まっていた。

「某は、天下の大戦に魅入られておるのだ。九州仕置のような大戦を自らの采配で戦ってみたい。数万の兵を動かして、天下の趨勢《すうせい》を動かしてみたいのだ。そのためには、戦の匂《にお》いを嗅《か》いで追いかけ続けるしかあるまいよ」

「そうかい。貴殿には貴殿の身の振り方というものがある。もう止めぬよ。――また、会えるか」

「ああ。共に生きておれば、いずれ」

「死ぬなよ、左近殿」

「そなたこそ」

　最後まで与右衛門は振り返りもしなかった。生傷の絶えぬその顔にいかな感情が浮かんでいるのか、左近からは見えなかった。

　と、ふいに与右衛門は足を止めた。つられて足を止めた左近は庇《ひさし》の向こうに広がる空を見上げた。雲が空一杯に立ち込めている。お天道様も己のことを嗤《わら》っておるようだ、そう嘆息した左近であったが、もはや足を止める気はしなかった。

第二話　蒲生氏郷陣借り編

左近は肘枕《ひじまくら》の姿で開け放たれた障子越しに庭を見た。今は冬だ。杉や松といった一年中葉の色の変わらない木々が、青々とした葉を誇っていた。武士としてかくありたいものだ、そう独り言《ひとご》ちた左近は、右の足で左のふくらはぎを掻《か》いた。

「お前さん、またごろごろして！」

「いいではないか、減るものではなし」

ふと声のほうを見やると、鬼のような形相の御茶が左近のことを睨《にら》みつけている。

「日々お役目に汗を流している人間が言うなら分かるよ。けれど、お前さんは仕官もせずに毎日ごろごろしているじゃないか。だから怒ってるんだよ。それに、わたしに相談なく大納言様の処を辞めちまうし……」

「そう声を上げるな。あまり眉《まゆ》を吊《つ》り上げると、額に皺《しわ》ができるぞ」

御茶ははっとして皺を手で押さえた。左近より二歳年下、とんだ古女房だ。

左近はため息をつく。

「何の不満があるのだか」

御茶には秀長に仕官する前のように小汚い麻の着物などは着せておらず、当世流行《はや》りの絹の織物で作らせた小袖《こそで》をまとわせている。それもこれも、秀長に仕官していた頃の扶持《ふち》のおかげだ。秀長家中を辞して半年になろうとするが、倉の中には米俵がひしめいていた。左近は京に家を求めた。織田信長公が横死した本能寺での変事の際に京の町は随分と焼けたものだが、四国九州を支配下に置いた天下人・豊臣秀吉の許《もと》で復興が始まりつつあった。かくして左近は、先の大火で全財産を燃やしてしまった土倉の屋敷跡地に自らの家を建て、妻子とともに暮らしている。

貧乏させたつもりはない。何が不満なのか、左近にはさっぱり分からない。

張り手でもするかのように、御茶は強い言葉を投げやってきた。

「わたしはね、お前さんに出世してほしいんだよ。早くどっかの家中に潜り込んで、侍大将にでもなったらどうだい」

「まあ、そのうちな」

「そのうち、じゃないよ。お前さんももういい歳《とし》なんだから、いい加減落ち着いてもらいたいもんだね」

これ見よがしに嘆息した御茶は、苦々しげに顔を歪《ゆが》めながら廊下へと出ていった。

御茶を見送って、左近は庭を睨む。だが、左近には枝ぶりのいい松や、青々と葉を茂らす杉の木は目に入っていない。

そろそろ、頃合《ころあ》いか。

世話になった大名家を辞すのは、それだけでかなり労力が要る。多少縁を重ねた者からは『なぜ辞める』と難詰され、訳知り顔の者からは『男にはそういう時がある』と要領の摑《つか》めぬことを言われ、人の好《よ》い者からは『我が家で酒を飲み交わそう』と誘われる。いずれも悪意があるわけではないだけににべなくはできない。難詰してくる者には平謝りに謝り、訳知り顔の者には気のない相槌《あいづち》を打ち、酒宴《しゅえん》の約束は宿酔を残したままでも果たした。十日余りそんな生活をするうちに、戦場で働いていたほうが万倍楽、とぼやくほどには疲れ果ててしまった。

そういえば、その時に一番難儀したのは、雑賀孫市の扱いであった。三日にあげず飲もうと言い出し、その度に左近の家での酒宴が荒れた。

『お前はいいな。もしお前のように身軽であれたら、俺も戦場を飛び回っていたものを』

孫市は己を語らなかった。ただ、与右衛門にはある種の恩義があると常々匂《にお》わせていただけに、酒の上での孫市の本心は少々意外なものだった。

『もし、お前が戦を起こすときには呼んでほしい。俺は戦の中でしか生きられぬのだ』

毎回最後にはお決まりのようにそう述べて、左近より先に酔い潰《つぶ》れてしまった。そうして左近は仕方なく人を呼び、孫市を家まで運ばせたのであった。

ともかく、疲れも癒《い》えた。新しく足を踏み出すにはもってこいだろう。

京に家を構えたのは酔狂のためではない。天下人の御膝元《おひざもと》である大坂にも近く、主要街道の起点でもある京は、好まずとも天下の風聞が入ってくる。中には箸《はし》にも棒にもかからぬ噂《うわさ》話もあるが、大事なのは「取るにも足らぬ話すら耳に入る」ことだ。天下で何が起こるのか。それを知るはただ天下人のみだ。いや、もしかしたら、天下人すらもすべては把握しておらぬのかもしれぬ。いずれにしても天下人に直接何をするのか聞き質《ただ》すことができぬのなら、市井の声に耳を傾け、何が起ころうとしているのかを見定めるべきだ。

そして——。左近は大乱の予感を嗅《か》ぎ取っている。

左近は胸に潜ませていた書状を抜き取った。秀長が書いてくれた御免状だ。かすれた文字を目で追いながら秀長の丸顔を思い浮かべた。

死ぬと口にしていた秀長だが、あれから半年余り、小康を保っているらしい。豊臣家の重臣、大和豊臣家の権勢は未《いま》だ衰えるところを知らない。だが、噂によれば、秀吉の御前に現れなくなってずいぶん経《た》つという。

秀長がどれほどの権を持っていたのか左近にはよく分からぬが、秀長の書状はそれなりに働いてくれるはずだ。

さて、どこに陣借りすべきか——。

左近が思案をはじめたその時、ふいに御茶が部屋に飛び込んできた。

「お前さん、大変だよ大変！」

「どうした？　矢でも降ってきたか。そんなもの、戦ではようある事——」

「大名家のお使いが来たよ。それが、相手が結構な大身で」

向こうから来てしまったようだ。だが、願ったり叶《かな》ったりといったところだ。

「わかった。御茶、新吉を呼んでこい。あとは、直垂《ひたたれ》の用意だ」

○

屋敷の廊下を歩いていると、すれ違う者たちの視線を感じる。殊更《ことさら》に威儀を正しながら歩いていると、後ろを歩く新吉が声をかけてきた。

「なんだか我ら、やけに注目されていますね」

「分かっておる。あまり無様な真似《まね》はせぬように」

すぐに邸《やしき》へ来てほしいという使いの言葉に従い、最近求めたばかりの直垂を身にまとい、髪を結いなおさせて烏帽子《えぼし》をかぶった。邸を行き交う者たちのうち、身分の低い者は着流し、身分の高い者でも羽織に袴《はかま》といういでたちで、正装である直垂に身を包んでいる者はいない。

前を行く使いの者は、ここにござる、と一室を指した。そうして左近たちが部屋の障子を開くと、

「おお、来たか」

と気やすい第一声を掛けられた。

まさかもう人がいるとは思っておらず面食らっているうちに、部屋の暗さに目が慣れ、上座の人物の面相が見えてきた。

歳は三十歳代の半ば頃だろうか。眉間《みけん》に皺を寄せて抜き身の刀を改めている。しかし、それでも凄《すご》みに欠けるのは、その男の目のせいであろう。少年のように好奇心いっぱいにものを眺める目は、こちらの毒気すらも抜きそうなほどに真っ直《まっす》ぐなものであった。ゆったりとした羽織をまとい、普段使いの袴をまとう姿は、見る者に緊張ではなくある種の親しみを抱かせる。

鞘《さや》に抜き身をしまった上座の人は、短く咳払《せきばら》いをしてひげを撫《な》でた。

「すまぬな。まさかこんなに早いとは思っておらなんだのだ」

「いざという時に早く動けねばものの役にも立ちませぬゆえ」

「はは、頼もしいことだ」

快活に笑った男は、縁側に立ちっぱなしの左近たちに座るように言った。その言に従い、左近は上座の男の真正面に座り、平伏した。

上座の男は顎《あご》に手をやって、興味深そうにこちらを見据えた。

「ほう、修羅場をくぐってきた顔ぞ。そなたに『どれほどの戦を渡ってきた』とは聞かぬ」

「左様でござるか」

「ああ。この蒲生左近《さこんの》少将《しょうしょう》氏郷《うじさと》、使えそうな人間のことは面で分かる」

左近と同じ名乗りだが、目の前のお人は勝手に名乗っているわけではない。れっきとした官位である左近衛少将《さこんえのしょうしょう》の位を貰《もら》った上でのものだ。それほどの男にも己《おの》が名が知れ渡っているということが、左近には痛快でならなかった。

無論、左近も目の前の男のことは知っている。

もとは織田信長の家臣であったという。家中きっての猛将として軍中でも存在感を示していたが、信長の横死の後には秀吉に付き従い、秀吉の天下となってからは順当に出世を続けている。だが、これは縁故によるものではなく、度重なる武功によるものだ。最近のものでは、九州仕置の際、秀吉配下として堅城・岩石城を落とした功がある。異国製の大筒を用いて城の壁を破壊するという大掛かりなことをやってのけたことで、世上では九州仕置の武勲《ぶくん》第一、とまで謳《うた》われている。

　蒲生氏郷は破顔一笑した。

「わしも左近、そなたも左近ではどうにも締まらぬ。左近の名はそなたが名乗れ。わしは蒲生少将とでも名乗るゆえな」

「それはいくら何でも」

「構わぬ。もしそなたが我が家中に加わってくれるのならば、わしの名など大した問題ではないわ」

　膝を叩《たた》いて氏郷は笑う。

　豪放を絵に描いたようなお人だ、と左近は舌を巻いた。

　だが、値踏みするように顔をしかめた氏郷は顎を撫でながら続ける。

「さて、先走ってしもうたが、単刀直入に言おう。そなたの力が要るのだ。わしの軍門に加わってほしい」

「お聞きしたいことがあり申す」

「なんぞ」

「力が要る、と蒲生殿はおっしゃった。が、某《それがし》は果たして入り用ですかな」

　半ば、相手を値踏みしているに等しい。

　こちらの狙《ねら》いなどとうの昔にお見通しだろう。だが氏郷は気づかぬふりをして、あえて馬鹿を演じているように見えた。

「この話は他言無用ぞ。――実は、関東が今、きな臭いことになっておるのだ」

「関東が？」

あえて知らぬふりをする。狐《きつね》と狸《たぬき》の化かし合いだ。

氏郷はこちらを挑発するように口角を上げる。

「ああ。北条の動きが少々不穏でな」

関東を支配する大大名・北条家はずっと秀吉に対して臣下の礼を取ってこなかった。しかし、ずっと緩衝地帯としてあった徳川が小牧長久手《こまきながくて》の戦を経て秀吉の傘下に降《くだ》ったために、いつまでも不干渉の態度を取っているわけにはいかなくなった。水面下で秀吉と北条の間にやり取りがあり、近々北条の当主が秀吉の許にやってきて臣下の礼を取るというところまで話が進んでいるというのは、左近も噂程度に耳にしている。

その北条が不穏である、と氏郷は続ける。

「何、大きな家中にはありがちなことよ。秀吉様に従おうと考えておる者もおるにはおるが、一方で関白殿下の下に入るのを好まぬ者もある。北条は家中を一つにまとめることができずにおるようだ。斯様《かよう》な情勢では、何が起こっても不思議ではない」

左近は値踏みを止《や》めようと決めた。目の前の若き将はとてつもなく聡明《そうめい》だ。

「それに、関東が平穏無事に治まったとしても、奥州が残っておる。あそこには伊達《だて》や最《も》上《がみ》といった大大名がおる。奴《やつ》らの出方しだいによっては、源頼朝《みなもとのよりとも》公の奥州征伐以来の長征となろう。――どう転んでも、そなたのような武将の力が要る、というわけだ」

「買いかぶられたものですな」

「何を言うか。九州仕置でのそなたの活躍は聞いておる。根白坂の戦では黒田と小早川が目立っておったようだが、子細に見れば、藤堂与右衛門なる秀長公の家臣が島津軍を寡兵で突き崩したそうではないか。藤堂なる男も欲しかったが、あれは大和におる。わしの家臣にするわけにはいかぬ。それで、与右衛門の与力で、実際に兵を率いておったというそなたに声を掛けたのだ」

左近の血がたぎる。

「蒲生殿、一つお聞きしても」

「よいぞ」

「あの九州のような戦がこれから起こると？　そして某は、関東で大軍を率い、戦うことができましょうか」

「問いが二つになっておるぞ」屈託なく笑う氏郷は続ける。「まず一つ目の問いだが——。必ずや戦は起こる。そして二つ目。その戦で、そなたには兵を率いてもらうことになる。天下の大戦で、そなたの武を見せつけるがよい」

「なるほど。左様なことでしたら、この島左近、蒲生少将様に従いましょうぞ。ただし」

「ただし？」

左近は懐《ふところ》に忍ばせていた御免状を前に置いた。

近習《きんじゅ》にその文を取らせ、目を通し始めた氏郷は顔をしかめた。

「この通り、某は秀長公の御免状を持っており申す。某は家中には加わりませぬ。ただ、陣借りをさせていただければ」

文を読み終えたのか、近習を通じて御免状を左近へと返した氏郷は、愁《うれ》いを秘めたため息をついた。

「なるほど、豊臣大納言様の御親筆の命とあらば、従わぬわけには参らぬな。――よかろう、そなたを客将として遇する。ただ、見たところ、そなたは兵を持っておらぬようだ。しかるべき兵を与え、一軍となるように計らおう」

破格の待遇だ。

「ありがとうございまする」

「うむ。戦場でのそなたの働きに期待しておるぞ。関白殿下の天下惣無事《てんかそうぶじ》の為《ため》、力を尽くせ」

先ほど見せたわずかな不快の表情を追いやり、氏郷はにかりと笑った。


左近は兜《かぶと》の縁を指で持ち上げながら、敵の城を睨む。

これほど壮麗で巨大な城は大坂城を除いてはそうそう目にできるものではない。秀長の改修した郡山城も相当な広さであったが、目の前の城はその比ではない。この城が畿内や尾張《おわり》、三河辺りではなく箱根《はこね》山の向こう、関東にあるということが驚きであった。目を凝らして石垣の上に並ぶ白壁を見やると、鉄炮狭間《てっぽうざま》からにゅっと銃身が伸びている。敵がいつ襲い掛かってきてもいいようにと構えているのだろう。

頭の中で攻城のための策を練る。しかし、いくら考えても、高い石垣に堅牢《けんろう》な塀、そして幾重にも張り巡らされた堀、精密な郭《くるわ》の連なりを前に頓挫《とんざ》してしまう。砦《とりで》ならば力押しでも勢いだけで抜くことができる。しかし、これほど大きな城であってはいくら力攻めをしたところでこちらが傷つくばかりだ。

巨大な城を囲むように味方の陣が並ぶ。真っ白い吹き流しがはためく隣の陣は黒田官兵衛のものだ。そして、そのはるか向こうにいる大きな扇を模した馬印《うまじるし》は、徳川の陣だ。

心がざわつくのを抑えられない。ふと、闇《やみ》の中、馬を駆ってあの馬印を追いかけたのを思い出す。あの時、もし己があの扇を倒しておったら今頃あそこにいる大軍はなかったはずだ。

徳川を逐《お》ったあの日を思い出していると――。

「父上」

蒼《あお》い鎧《よろい》姿の新吉が声を掛けてきた。

「どうした」

「少将殿がお呼びです」

「分かった。今行こう」

左近は鎧の札《さね》を軋《きし》ませながら、氏郷の陣の帷幄《いあく》へと向かった。

帷幄の中に足を踏み入れたその時、さながら春の日のようにやわらかな空気が漂っていることに気づいて思わず顔をしかめてしまった。

見れば、将ともあろう者が床几《しょうぎ》に腰かけたまま居眠りをしている。これは極端にしても、手持無沙汰《てもちぶさた》にあくびをしている者、戦とは関係なさそうな文をしたためている者の姿もある。しかし、そんな緩み切った陣中でも、我らが大将である氏郷がまるで弛緩する様子すらなく、頭頂部が燕尾《えんび》に割れた黒い兜を脇《わき》に置き、胴までつけた鎧姿で腕を組んで敵の城を睨んでいるのは流石《さすが》であった。

「お呼びですかな、少将殿」

すると、氏郷は組んでいた腕をといた。

「やはりそなたは早いな」

「繰り返しまするが、武士たる者、ここぞというときに後れを取るのは名折れにございますれば」

これ見よがしに言ってやると、帷幄の中にいた将たちは怪訝《けげん》な顔——というよりは、敵意を丸出しにした顔を左近に向けた。

氏郷は苦笑しながら言う。

「この戦、あまり急いでも仕方あるまいからな」

「とは申せ……」

「何、この者たちも戦をやるとなれば死に物狂いで働く。今敵が攻めてくれば、皆得物を取って戦うと分かっておるからこうしておるのだ」

蒲生軍の精強ぶりはいくらでも目の当たりにした。この城、小田原《おだわら》城に至るまでに、韮《にら》山《やま》城を独力で落とすという勇猛果敢な戦ぶりに接したゆえに、逆にこうしてだらけ切っている姿が意外に思えたのかもしれない。

左近の脳裏には失望がある。これが天下の大戦なのかと。

確かに、陣容は天下の大戦と呼ぶにふさわしい。

いつまで経っても臣下の礼を取らず、それどころか秀吉の裁定した仕置を無視して兵を進めた北条に対し、秀吉は討伐軍を起こした。日本中の大名を動員した秀吉の大軍は東海《とうかい》道《どう》と東山道《とうさんどう》を分かれて進み、それぞれ北条の支城を落としていった。そして、本拠である小田原城を十数万という兵が囲み、海には九鬼《くき》をはじめとした水軍が軍船の舳先《へさき》を並べた。

だが、決戦は起こらなかった。

支城の多くは大筒の弾に穿《うが》たれる瓦《かわら》のように破られていった。小田原城の包囲が成ってからは、ひたすら敵の消耗を待つばかりだ。敵が攻めてくるかといえばそんなことはなく、まるで亀《かめ》が手足をひっこめるかのような臆病《おくびょう》な籠城《ろうじょう》を繰り広げている。秀吉も無理攻めするつもりはないらしく、『この戦、何年でも付き合ってやろう』と吹きながら、呼び寄せた側室衆と茶の湯の遊びにうつつを抜かしているという。

総大将がそれだから、下の者の緩みようといったらなかった。武将の中には家臣に陣を任せ、本陣近くに俄《にわ》かにできた遊女街に入り浸っている者があるという。幸い蒲生家にはそんな不届き者はいないようだが、戦が長引いて特段の競り合いがないことで、軍中には家猫のようなけだるさが横たわっている。

氏郷は短く笑った。

「そなた、戦いたい、と言いたげな顔をしておるな」

「無論。某は戦うためにここにおるのです」

「そんなそなたに頼みたいことがあるのだ」

「戦うことができるのですかな」

「ああ。もしかしたら、な」

氏郷は脇に置かれていた甕《かめ》に差し込まれていた大きな巻紙を引き寄せて開いた。それは、関東の大まかな地図であった。

氏郷は小田原を指した。小田原には大きく丸が描かれ、その周囲の韮山や八王子《はちおうじ》、岩槻《いわつき》には大きくバツがつけてある。

「ここが小田原。我らがおるのがここだ。分かるか」

「無論」

「実はな、まだ落ちておらぬ支城がある。まあ、既に周囲の城は落ちておるし、完全に孤立しておるゆえ、もはや城としての体をなしておらぬ。が、異様なほどに士気が高くてな」

「左様な城があったのですか」

「ああ。もし攻めるとなれば激戦となりそうだ」

激戦、という言葉が琴線に触れた。

そんな左近を見越したかのように、氏郷は小田原を指している指を北上させ、ある文字の前で止めた。氏郷の指の先にある文字にはバツがついていない。

左近はその文字を読み上げた。

「しのぶ……。とでも読むのですかな」

「おし、と読む。ここには忍城《おし》という小城がある。八王子城や岩槻城のほうが縄張りそのものはよほど大きいはずだ。だが、この城一つに釘付《くぎづ》けになっておる隊がいる。関白殿下より、この者たちを助けるべく兵を送ってやってほしいと求めがあってな。そこで左近。

そなたに兵を与えるゆえ、忍城に向かい味方を助けてやってはくれぬか」

「これ以上ない命にござるが、なぜ某に？」

味方の救援軍ということは、蒲生家中を代表することになる。そんなお役目を陣借り身分の左近が負っていいはずはない。

氏郷は曰《いわ》くありげに頬《ほお》を緩めた。

「そなたの陣借りという立場は実に助かるのだ。特に、秀長様の御免状などという物を持っておれば、あの堅物《かたぶつ》も援軍を受け入れざるを得まい」

「どういうことにござるか」

「もし、困ったことあらば、秀長公の御免状を出せ。何ならわしの折紙もつける。何とか丸くことを収めてほしい」

氏郷には珍しく言に含みがあった気がしたが、あまり気にしないことにした。

「任せたぞ、左近」

かくして二千ほどの隊を与えられた左近は、武州《ぶしゅう》の忍へと向かった。


丸い塚の上に張られた本陣の帷幄に入る。脇に兜を抱え、後ろに新吉を伴わせる。

「蒲生少将陣借り島左近、ただいま参りましたぞ」

しかし、本陣の空気はとてつもなく重かった。

本陣に侍《はべ》る将たちは、皆視線を合わそうともしない。それどころか、本来なら敵に向けるはずの殺気を隣の味方に振り向けている始末だ。戦の帷幄は文字通り命懸けの評定《ひょうじょう》の場であるために多少は気まずいものだが、こうもぎくしゃくしているのは珍しい。

「何ともこう、居心地の悪い陣ですね……」

新吉が肩を縮ませながらぼそりと感想を述べた。

だが、これも無理からぬことだ。

左近は帷幄の中を見渡す。戦場では鎧兜やそれにあしらわれている家紋などで大まかに人を把握できる。

金の六文銭《ろくもんせん》が押された胴をまとう年のころ四十歳代半ばほどの将、そしてその男に侍り親しげに話している若者は、名に聞こえた真田《さなだ》の親子であろう。以前、徳川の大軍を城で防いだことで天下に名を轟《とどろ》かせた御仁だ。

鷹《たか》の羽を筋交《すじか》いにした家紋をあしらった前立てを備えた兜を抱え、口を真一文字に結んで床几に座っているのは浅野弥兵衛《あさのやへえ》だ。秀吉の親戚ということもあり早いうちから与力として役目を果たし、今は秀吉幕下でも相当に力を持っている一人だ。

勇将は往々にして我が強い。これらの者をうまく使いこなさねばおちおち戦もできなくなる。恐らくは、この帷幄の主は勇将をうまく使いこなす器がないのだろう、と、気まずい空気と居並ぶ者の顔で察した。

「で、ここの大将はいずこに？」

あえて場の空気が悪いのに気づかぬふりをして聞くと、真田の息子が帷幄の外で城を睨んでござる、と教えてくれた。

言われた通り、帷幄の外に出ると、二人の将が遠くにそびえる城を眺めているところであった。

赤い陣羽織《じんばおり》に小具足《こぐそく》姿という軽装であるが、金の采配《さいはい》を手に持っている。年の頃は三十ほどだろうか。細い眉に筋の通った鼻、薄い唇、何より冷たく光る怜悧《れいり》な目。武将というよりは抜け目ない大商人といったほうがしっくりきそうな男だ。

もう一方は、絵に描いたような武将の形《なり》をしている。無骨で飾り気のない、しかし手の込んだ当世具足を身にまとい、腰にはやはり武骨な太刀を佩《は》いている。その形にしっくりくる太い眉に竜を思わせる力強い目。

そんな二人は、同時に左近に気づいた。

赤陣羽織のほうが口を開いた。

「ああ、蒲生少将殿のところから助けが来ると知らせがあったな」

甲高い声だ。

左近は首を垂《こうべ》れた。

「某、蒲生家陣借り、島左近と申す」

しかし、赤陣羽織の男は興味を無くしてしまったのか左近から視線を外して城にまた目を戻した。

挨拶《あいさつ》をしたのに一切返さぬとは。

帷幄の空気を思い出して不快を呑《の》み込んだ。きっと赤陣羽織の男こそが大将だろう。だが、この男ではあの将たちをうまく使いこなすことはできまい。

赤陣羽織の無礼を埋め合わせるように、もう一人の男が口を開いた。

「島左近殿……？　ああ、確か根白坂の戦であの島津兵庫を退けたという」

「いかにも」

頷《うなず》くと、男は名乗った。

「お会いできて光栄にござる。某は大谷平馬吉継《おおたにへいまよしつぐ》と申す。そこなる男は石田治部少輔三成《いしだじぶのしょうみつなり》。忍城攻めの大将でござる」

やはり、赤陣羽織の男が大将であった。

それにしても、石田治部という大将格の男にせよ、大谷平馬なる副将格と思《おぼ》しき男にせよ、まるで聞いたことのない名前だ。戦は名前でするものではないが、敵にとっても味方にとっても名は戦を左右するほど大きい。天下の名将が敵にいるとなれば士気は容易に落ち、実力差以上に無様な負け戦となるということを左近は知っている。

だが、助太刀に来たからには、この帷幄の許で戦わざるを得ない。

覚悟を決めて、左近は石田治部の横に立った。

左近の立つ塚の目と鼻の先には、大きな川が流れている。その向こう、城の膝元には本来なら水田が広がり、今の時季ならば青々とした稲が風に揺れているのだろう。しかし、見渡す限りの泥の原と化していた。

「これはひどい。しばらくここでは稲作は望めまい」

左近の正直な感想が口を衝《つ》いて出た。

と、さっきまで黙ったままであった石田治部が口を開いた。

「……仕方なかった」

話を先に促すと、治部はこう続けた。

「これが、関白殿下のご命令であったのだ」

忍にやってくるまでに治部たち攻め手のやり方は聞いていた。ほぼ孤立し、ただただ降るを待つばかりであった城に対し、攻め手は水攻めの策を取った。忍城は元々低湿の地にある城で、近隣には大きく蛇行した忍川がある。水攻めにはもってこいの地形だ。

だが、適している地形だからといって水攻めをすればよいというものではない。戦は常に戦費と効果の綱引きだ。戦略上の意味がなく、大勢に何ら影響を及ぼすでもない小城に苛烈《かれつ》で莫大《ばくだい》な金もかかる策を使う意味はない。

それに、この水攻めは失敗している。

にわかに仕立てた堤が決壊してしまったことで、水攻めは中途半端にならざるを得なかった。本来ならば本丸までも水没させる手筈《てはず》であったはずが、城近くの水田を駄目にしただけで水攻めは終わってしまった、と既に氏郷から聞いている。

「水攻めが殿下のご命令と」

「ああ。そなた如《ごと》きには分かるまい。この戦の敵は、ただ北条ばかりではない」

聞き捨てならぬことを治部が口にした。

だが、これで問答を終わりにしたいらしい。治部は陣羽織を翻《ひるがえ》し、左近の脇をすり抜けると帷幄の幕を撥《は》ね上げて中に入っていった。

要領を得られずにその場に立っていると、大谷平馬が頭を下げた。

「申し訳ござらぬ。あれは無礼が多うござろう」

「いや」

大谷の口ぶりには治部に対する親しみのようなものを感じた。二人の関係について聞くと、武骨な顔を少し緩め、頬を掻いた。

「元より同じ近江の出にござる。同じ時期に仕官したこともあって、似たようなお役目についておるのです。九州仕置の際には治部殿の下で小荷駄をやっておったゆえに、気心も知れております」

同輩、というよりは、少し治部のほうが上役、といったところか。

御免。そう言い残し、大谷も帷幄に消えた。

一人取り残された左近は、泥に沈む城を苦々しく眺めた。

厄介なことになりそうだ。そんな左近の独り言は誰にも聞かれることなく、忍川の向こうの泥に埋もれていった。


悪い予感はたいてい当たる。ぼやきながら鞍《くら》に上ると、既に馬上にあった新吉が、

「早くご用意くだされ」

と叫んだ。蒼い鎧兜に身を包み、真新しい大身槍《おおみやり》を携えている姿は絵姿を見るようだが、歴戦の武者の傷ついた鎧を前にしては、どうも戦慣れせぬ雰囲気を醸してしまう。いつになったらこの息子は戦に慣れるやら、とぼやきを一つ加えて鐙《あぶみ》に足を掛け、近習から槍を受け取った。

「急いでも仕方あるまい」

「とは申しても、とんでもない危機にござる。早く加勢に行かねば大変なことに」

「分かっておるわ。父にとて目はついておる」

兜の縁を持ち上げ、目の前の光景を見やる。

忍川を越え、延々と広がる泥の原の果てに忍城が浮かんでいる。その門前にある広い泥の原で、門を前に戦う守り手と城門めがけて殺到する攻め手が押し合いを繰り返している。攻め手のほうが明らかに数も多いのに、明らかに動きが鈍い。忍の田舎武者たちにいいように翻弄《ほんろう》され、弓で射掛けられ、石を浴び、鉄炮の餌食《えじき》になっては退《ひ》いて、また馬鹿の一つ覚えのように突撃を繰り返しては同じ目に遭《あ》っている。

「言わんことではない」

左近が合流してから二日ほど経ったある日、誰からともなく総攻めをすべしとの意見が上がり、帷幄の中は突如として熱を持ち始めた。戦だというのにずっと土運びをさせられていた兵卒やその下知に回されていた武士たちも、会戦の噂を聞くや気勢を上げ始めた。

左近は会戦に反対した。無理攻めは詭道《きどう》であり、あえて詭道を取る意味もない。また、諸将の中にも力攻めに反対する声があった。だが、総大将の治部は左近らの意見を黙殺した。

『やらねばなるまい』

悪鬼に取り憑《つ》かれたように目を据わらせる治部が全軍に力攻めを命じたのだった。

左近はあくまで陣借りの立場ゆえ、己の断で攻め手に参加しなかった。戦が好きとは言え、むざむざ負け戦に出るほど酔狂ではない。しかし、同じ釜《かま》の飯を食った連中が殺されるのを見るのは愉快なことではない。

遅ればせながら、左近は味方への助太刀を決めた。

左近は馬に鞭《むち》をくれた。すると、馬は、もぉ、と鳴いてゆっくりと歩き始めた。やがてのんびりながら小走りを始めた。

「父上、なぜ駿馬《しゅんめ》を使われぬのです」

新吉以下に、乗ってきた駿馬ではなく、近隣の村から借りた農耕馬を使うように命じていた。鞭をくれても反応に乏しい。足が長く気性の荒いものを選抜し調教した選《よ》りすぐりの駿馬とは違い、足が短く太い。性格もおとなしいようで、牛と見紛《みまご》うほどだ。

平野では心もとないが、これはこれで意味がある。

「おとなしくついてこい。さすれば分かる」

忍川を越えて、泥の原に至る。

生臭く、饐《す》えた臭いがあたりに漂っている。決壊した時に逃げ遅れたのだろう、見れば泥の中には鮒《ふな》の死骸《しがい》が無数に転がり、鱗《うろこ》が日の光を反射して光っている。折悪しくも今は夏、蠅《はえ》がたかり、蛆《うじ》が湧《わ》き、肉がただれて骨が見えていた。

左近一行は泥の原に馬を進める。足がずぶずぶと沈んでいくが、腹を蹴《け》ると馬たちは面倒くさそうに一歩ずつ足を踏み出し始めた。

「こんな亀の歩みで助太刀などできるのでしょうか」

「うるさい。黙ってついてこい」

「は、はい……。申し訳ございませんでした」

泥は人間の膝くらいまで浸《つ》かっているらしい。武者たちに何があっても馬から降りぬように命じた。

かくして軍を進めるうち、傷つき後退した味方に行き当たった。

足軽《あしがる》たちは全身泥にまみれていた。重そうに足を引きずり、槍を杖代《つえ》わりにして退却してくる。続いてやってくる騎馬兵たちはもっと酷《ひど》いものだった。鎧に傷のない者はいなかった。背に挿している旗指物《はたさしもの》は折れ、やはり泥で汚れている。しかし何より無様なのは馬だ。平地ではとてつもない速さで敵を翻弄して回る馬が、今は人が歩くよりもはるかに遅い。中には傷ついた将が馬から降りて手綱を引いている光景すら見受けられた。

やがて、退却する軍の中に、見慣れた将の姿を見つけた。

「おお、大谷殿」

「左近殿か。来てくださったのですか」

「本当は負け戦になど出たくはないがな。――厄介な戦となったな」

大谷平馬の姿も無残なものだった。左肩に矢を受け、右手で何とか手綱を握っているというざまだった。被《かぶ》っていたはずの兜も見当たらない。腰から下は泥にまみれており怪我《けが》の具合さえ分からない。馬などは、いななきながら息苦しげに呼吸をしている。もしこの馬が人だったなら、〝肩で息をする〟ようなありさまであろう。

「まさか、これほど敵城が堅いとは」

大谷は忸怩《じくじ》たる表情で述べる。

しかし、それは違う。左近は首を振った。

「大谷殿は一つ誤解をしておる。敵城が堅いわけではない」

「なんと申された」

「あの忍城なる城は平凡な城である、と申し上げたのだ」

「では、なぜあのような小城が落とせぬのですか」

怒気混じりに問うてくる大谷に、左近は答えた。

「敵の城が堅かったのではない。我らが堅くしてしまったのだ」

「それはいったい……」

「これ以上の問答は無用。大谷殿は本陣まで退かれよ」

「……分かり申した。治部殿をお願い申し上げる。奴は下忍口《しもおし》におる」

そう言い残し、大谷は兵を率いて味方本陣へと退いていった。

「父上」新吉が問うてくる。「我らが忍城を堅城にしたとはどういう意味でございましょう」

「禍福《かふく》はあざなえる縄の如《ごと》し、ということぞ」

話している暇はない。左近は全軍を進め、ようやく敵兵の姿一つ一つが目に見えるところにまで至った。そこで左近は叫んだ。

「蒲生家陣借り、島左近！　石田治部殿の軍に助太刀いたす！」

左近は馬の腹を強く蹴った。すると、さっきまでのんびりと泥の中を歩いていた馬が、野太い悲鳴を上げて駆け始めた。平地の駿馬にはまるで及ばない。平地での人の速足くらいの速度しか出ていない。だが、この足元ならば無理からぬことだ。

左近は味方に下知する。

「いつもならば馬に頼って躱《かわ》すことができるが、今はそうはいかぬぞ。矢、石礫《いしつぶて》が飛んできた際には得物で払うか鎧で受けよ！」

やがて、無数の風切り音とともに、時雨《しぐれ》のような矢が降ってきた。城から放たれたものだろう。どうやら敵の中にも戦を知る者があるらしい。矢が己の間合いに入った瞬間、左近は槍を頭上で振り回してほとんどを打ち落とした。

そうしてさらに馬を進めると、混乱のさなかにある味方軍、勝ちに乗じて鬨《とき》の声を上げる敵軍の姿が見えてきた。城の出入り口や門はほぼ把握している。ここは下忍口だ。

近づくうちに軍の状況も見えてくる。『大一大万大吉』の旗印は石田治部のものだろうが、その旗印が敵兵に三方を囲まれて取り込まれんとしている。あともう少し放《ほう》っておけば敵軍の中に取り込まれ、そのまま鏖《みなごろし》にされる。

大将自ら突出した挙句に討ち取られてしまったとなれば目も当てられぬ。特に、こんな、戦う意味も薄い戦となればなおのことだ。

左近は味方たちに鬨の声を上げさせた。

と、敵兵の一部がこちらに気づき、近づいてきた。

「田舎武者どもがやってくるぞ、目にものを見せてやれ！」

左近が命じると、味方騎馬武者が次々に前に飛び出した。さすがは蒲生の武者たちだ。誰が指揮しても勇猛果敢に戦ってくれる。いつもより動きに迅《はや》さのない騎馬同士のぶつかり合いはこちらに軍配が上がった。槍を合わせてしばらくして敵兵たちは門前へと退いていった。

「忍の侍どもには臆病者しかおらぬか！」

挑発だ。だが、治部を囲む敵兵はまるで目を向けようともしない。なれば、無理やりにでもこちらに目を向けさせるしかない。

「軍を寄せえ！」

左近は吼《ほ》え、槍を振り回す。仲間の騎馬武者たちと一つの錐《きり》の形をなしぶつかっていく。この時ばかりは左近も一武者に戻った気分で目の前の敵を打ち払う。悲鳴を上げて倒れる騎馬武者から返り血を浴び、仲間に槍を繰り出さんとしている雑兵《ぞうひょう》を仕留め、敵陣を押し込んでいく。

敵の陣囲いを割り、中に閉じ込められていた石田勢と合流する。

「治部殿はおられぬか！」

大音声《だいおんじょう》で呼ばわると、『大一大万大吉』の旗印の近くから声が上がった。押し合いへし合いになっている味方軍の中を掻き分け進むと、果たしてそこには石田治部がいた。

馬には乗っているが、既に馬は力尽きかけ、ぜいぜいと息を荒くして下を向いてしまっている。しかし、問題はその馬の主だ。赤という、勇将にしか許されぬ色の鎧兜に身を包みながら、治部は顔面を蒼白《そうはく》にして下を向いていていた。

「大事はのうござるか」

そう呼ばわると、治部はわずかに顔を上げた。

「島……殿、か」

「呑気《のんき》に下を向いている場合ではござらぬ。ここは一旦《いったん》退き、構えを整えるべし」

「分かっている、だが……。なぜ、こんなにも我が軍は押し込まれているのだ」

「理由は二つ。一つは足元が泥だらけであるということ」

足元が泥でまみれていては、平野で威力を発揮する馬がほとんど役に立たない。駿馬は余計な筋肉がついていないゆえに足が細く、ぬかるみにあっては沈み込んでしまうため、沼地では消耗が早い。

「そして二つ目、稲を泥で倒してしまったこと」

左近や治部からすれば、ここの稲がどうなろうが知ったことではない。だが、この城に籠城している者たちにとってこの田んぼで採れる筈であった米は秋から次の秋にかけて腹を満たすための大事な食糧であったはずだ。しかも、泥をかぶってしまったことでこの田んぼはしばらく米を作ることができなくなる。

豊臣勢は水攻めによって攻めづらい地形を作り出し、さらには籠城する者たちを死兵に仕立て上げてしまったのだ。

ようやく己の為《な》してしまったことに気づいたのだろう。治部は天を睨んだ。

「なんということだ……。私は、殿下のご命令通りに事を運んでいたばかりであったのに」

「何を命令されたのかは某には分かりかねまするが、場を任された将は、大将の命令が理不尽であれば、己《おの》が首を懸けて抗《あらが》うべきでござる」

「そうで、あるな……」

うなだれる治部。いけ好かぬ男だと思っていたが、どうやら己の非を認めるだけの器はあるらしい。

「そして、腹を切ろうなどとは思われぬことぞ。命を投げ捨ててよいのは雑兵だけ。将は死んではならぬ。生き残った者を導く務めがあるゆえ」

と、治部はふいに白い歯を見せた。

「それは誰の受け売りだ？　そなたは大軍を率いたことはないはず。此度《このたび》の二千余りというのが、千以上の兵を率いた初例ではないか」

痛いところを突いてくる。やはり、いけ好かぬ男であるようだ。

左近は答える。

「某の軍略は、武田信玄公譲りのものにござる」

治部は、はっ、と声を上げて笑った。

「不思議な男だ。そなたのこれまでの来歴をすべて調べた私からすれば、その言、到底信じられるものではない。だが、不思議と真に迫って響く」

「信じても構いませぬぞ」

「ならば」

治部は左近を見据えた。治部の顔からは蒼白の色は消え失《う》せ、もとの怜悧で皮肉っぽい、才気走った若造の顔に戻っていた。

「ここを生きて抜ける策を考えてくれ。かの信玄公譲りの軍略を持ち合わせるそなたならば、さほど難しいことではあるまい」

「お任せあれ」

囲いの一部を破ったとはいえ、敵軍は未だに石田軍を逃がす気はなさそうだ。

左近は敵軍の動きを見やる。一人一人の顔を見るのではない。敵軍を一つの生き物として見る。

敵軍は見事な統御によって動いている。たった一人の命によって形を変じ、一個の生き物のように振舞っている。ということは、この軍のどこかに敵軍を指揮している者がいるということになる。

敵軍がうねる。そのうねりの中心点を見つければよい。

左近は槍を構え、見極める。敵軍の始まりの地点を。

そして、左近は見つけた。

「尻尾《しっぽ》を出しおった」

ほくそ笑んだ左近は治部に向いた。

「今から、この敵軍の大将めがけて突撃をかけ申す。うまく討ち取ることが叶《かな》えば、敵軍は算を乱す。その一瞬を捉《とら》え、脱兎《だっと》のごとく退けばよい」

「そう、ことはうまくいくのか」

「七割がたは」

「では、残り三割は」

「せいぜいお祈りくだされよ」

左近は槍を掲げて連れてきた軍に下知を飛ばした。

「この島左近についてこい！」

訓練された蒲生の騎馬兵たちは左近の許に集まり、左近に続く形で敵陣に駆ける。普段の突撃と比べればまるで速度が出ない。泥仕合とはまさにこのことだ、と苦笑していると、いつの間にか横にいた新吉が、ああ、と声を上げた。

「ようやく分かりましたぞ父上！　わざわざ我らが農耕馬を使っておるのは、そのほうが馬が疲れにくいからでございますな！　農耕馬は田んぼを耕す仕事をしているゆえ、駿馬よりも悪路に強い。そういうことにございますな！」

「ようやくか。が、名答ぞ」

敵軍も駿馬を用いているらしく、あまり騎馬兵たちの動きはよくない。膝まで泥で埋まっているゆえ、足軽たちなどは輪をかけて進軍が鈍い。だが、というべきか、だから、というべきか、士気に勝る敵方が有利に戦を運んでいる。

敵陣に切り込んでいく。敵兵は足軽に至るまで死に物狂いだ。やはり、気迫の面でこちらは負けている。飛びかかってくる者たちを打ち払い、立ちはだかる騎馬兵を軽くいなす。

「雑魚に構うな、狙うならば大将首ぞ」

敵陣を割くうち、左近は敵将を目の当たりにした。

旗指物などは一切ないが、周りを固める兵たちのいでたちは隠しようがない。ほかの兵どもが胴丸《どうまる》や腹巻などという時代遅れの格好をしている中、その一帯の者どもは畿内から流れてきたのであろう当世具足に身を包んでいる。

その中に、采配を持ち、こちらを睨む武士の姿がある。華美な装飾のない真黒な当世具足に身を包み、面頬《めんぼお》で顔を隠している。体格はそこまで大きくはないが、鎧の上からでも体が引き締まっているのが分かる。

左近を認めるや、その武士は采配を振った。

敵兵たちが一丸となって左近の進軍を阻んできた。足軽たちは素槍を同じ向きに揃《そろ》えて突進してくる。左近はその槍先を己が槍で弾《はじ》き、空いた隙間《すきま》に馬を進めて敵の陣形を破りにかかった。

確信に変わる。あの采配の武将こそが大将だ。

「黒鎧の采配を持つ者が敵将ぞ。討ち取れば武勲となるぞ」

下知すると、配下は我こそはとばかりに攻めかかっていった。

ふと、敵将と目が合った。

戦の最中、敵将は面頬を外す。そうして現れたのは、戦場だというのに涼やかに笑う若侍であった。年の頃は二十と少しほどだろうか。

「見事なり！」面頬を外した武者は声を上げた。「姓名をお伺いしたい！」

左近は自然に応じた。

「蒲生少将殿預かり、島左近」

采配の武者は名乗り返した。

「成田《なりた》家家臣、酒巻靫負《さかまきゆきえ》。この下忍口の地を任されたる将である」

名乗った酒巻なる武者は面頬を捨て、采配を頭上で振った。

「死力を尽くせ！」

大音声で下知を放つ。気迫のこもった酒巻の采配に操られるように、兵たちが自在に動いて左近の軍を押し込めていく。

若いが肝が据わっている。畿内でもこれほどの将はない。これほど接近した斬《き》り合いになっても刀を抜こうともせず将帥の務めに専心するというのは、並大抵の心力では果たせない。だが――。

左近は叫ぶ。

「新吉はおるか」

「はい。真横に！」

「弓は持っておるな。あの将を弓で射かけよ。矢じりを使うな。神頭矢《じんどうや》を用いよ。兜の鉢を狙え」

「神頭矢でございますか？」

新吉は変な顔をしている。

神頭矢というのは、普通の矢じりの代わりに尖《とが》っていない錘《おもり》を取り付けた矢のことだ。矢じりがないゆえ、貫通力はない。

不承不承ながらも、新吉は弓を引き抜いて神頭矢をつがえた。すう、と一息ついて、馬上で息を整えながら狙いを定めていく。稽古《けいこ》ならばこれでよかろうが、戦場ではあまりに悠長だ。今度、戦場での弓の引き方を教えねばならぬ、と左近が独り言ちたその時、新吉の右手が広げられ、神頭矢が放たれた。

ごうとうなりを立てて一直線に飛ぶ神頭矢は、酒巻の兜の前立てを捉えた。突然のことに身構えることもできなかったのであろう。眉間に矢を食らった酒巻は馬の上で大きく体をのけぞらせた。落馬しなかったのはさすがと言えようが、それでも手綱にしがみつくようにしているのが精いっぱいのようであった。

「酒巻殿！」

「お怪我《けが》はございませぬか！」

供回りの者たちの不安が周りに伝播《でんぱ》していく。敵軍がぴたりと動きを止める。

この機を逃す手はない。

左近は怒鳴った。

「全軍、ついてこい」

先ほどまでは巌《いわお》のような結束を誇っていた敵軍が、今では紙を破るほどの手ごたえしかない。あの酒巻なる将はよほど信頼されていたものと見える。

味方は敵軍を後退させている。

振り返ると、石田軍を囲んでいた敵軍にまで混乱が広がってきた。左近たちの軍が奥へと押し込むうち、敵の囲いに破れが出てきた。

左近は馬首を返し、その破れ目に向かってぶつかっていった。

「石田軍もついてこい！　死地を脱するぞ」

一度勢いのついた軍はそうそう止められるものではない。亀裂《きれつ》の入った敵陣に数で当たれば大穴が空くのは必定だ。孤立していた石田軍も左近に続き、敵軍の囲いから脱した。

敵軍から嘲《あざけ》りの声が聞こえる。

「豊臣の軍に武士はおらぬのか！」

戦に挑発はつきものとはいえ、あまり気分のいいものではない。

「新吉。弓と神頭矢を」

新吉から弓と矢を受け取った左近は弓を引き絞り、間髪入れずに放った。雷のごとく飛んでいった矢は、嘲りの声を上げた武者の兜の鉢に当たった。体をのけぞらせた武者は、弓の威力に負けて沼の中に落ちた。

敵軍はしんと静まり返る。

ふん、と鼻を鳴らした左近は弓を新吉に投げ渡す。

「とにかく、務めは果たしたわ。帰るぞ」

見れば、石田軍が本陣に向けて退こうとしている。敵軍に追ってくる様子もない。

左近は悠然と槍を振るい、胸を張ってこの場を後にした。


左近は筆を鼻の下に乗せながら、山のような書状を睨んでいた。

「まったく、本当はこんなことはやりたくないのだがな」

武士の身の置き所は戦場であって、板敷きの屋敷の中ではない。それも、紙と墨の匂《にお》いに囲まれておるなど言語道断のはずだ。

部屋の中で山のような書状を運ぶ新吉が不思議そうな顔をした。

「仕方ないではありませぬか。成り行きでございますから」

「大戦で戦いたいと言うておるのに……」

今、左近は会津《あいづ》にいる。

小田原の合戦は思いのほか早くに終わってしまった。北条が秀吉に降伏してしまったからである。

左近がこの話を聞いたのは、忍の本陣でのことだった。籠城側にしてやられて半壊してしまった味方を救い出し、さあこれから立て直しをしようというところで、秀吉からの急使の持ってきた文を目にした石田治部は肩を落とした。

『どうやら、我らは目の前の戦に負けたようだ』

帷幄にいた諸将は顔を青くしていた。

小田原の戦は勝つことが確定していた戦であったと言える。だからこそ、どう勝つかが肝要であったはずだ。そんな中、結局本戦が終わってもなお城を落とすことができなかったとなれば、この帷幄に詰めている者たちの責任は追及されてしかるべきであろう。

左近は陣借りの上、あくまで助太刀だ。他人事《ひとごと》とはいえ、肩を落とし戦図を力なく叩く治部や大谷平馬の姿には哀れみを誘われてしまった。

左近が氏郷の許に戻ることとなったとき、治部に呼び止められた。

『帰るのか』

『帰るというほどのものでもない。少将殿のところには陣借りをしておるだけ。とは申せ、兵も借りておるゆえ戻らねばならぬ』

すると、治部はこう言った。

『いつか、報いる』

不思議なお人だと思わざるを得なかった。場合によれば、忍城不始末の責任を取らされるかもしれぬ男が青臭いことを言っているのだ。

戦を終えて氏郷の許に帰還した左近を待っていたのは、関東や奥州の大名たちの仕置であった。蒲生氏郷は会津に九十万石もの大封を与えられた。これは奥州の各大名に睨みを利かすためのものであったと同時に、関東、奥州の検地を迅速に進め、戦なき世を貫徹させるための手続きを行う出先機関という意味合いがあるこうであった。

蒲生家も武勇で知られた家だ。他家の検地の差配や、豊臣家と他家の取次などといった細やかな仕事に忙殺されるうち手が足りなくなり、陣借りに過ぎぬ左近にまでお鉢が回ってきたのであった。

書状の一つを手に取った新吉は頭を掻きながら己の席に座った。

「まったく、また佐竹《さたけ》が何か言ってきましたよ。関白殿下とのお約束によれば、あと二郡あまりは安堵《あんど》してもらえるはずである、と……」

「それほど大きな約定《やくじょう》なれば必ず証文を交わしているはずであるから、もし異議あらば証文を出されよ、とでも書いておけ」

心に澱《おり》がたまっていく。

大名どもは、間に入っている取次のことを小ばかにしている。所詮《しょせん》何の決定もできぬ小役人と嘲り、無理難題を吹っ掛けてくるのだ。そんな心根が透けて見えるゆえに、あまりこちらとしても親身になる気がしない。

そもそも、戦場以外での働きなど苦手だ。筒井順慶の死後、村方の奉行をさせられていた時期に、己の身の置き場は戦場にしかないと思い知った。要求ばかりしてくる村の老衆《おとな》をなだめるのに疲れ、いっそのこと兵を率いて黙らせようかと思いつめたのは一度や二度ではない。筒井の許から辞したのは、この穏やかな地獄から脱したかっただけだったのかもしれない。

机の上の書状の山をどけた左近は、思わず呟《つぶや》いた。

「どこかで戦が起こらぬものか」

「父上、いくらなんでも聞き捨てなりませぬぞ。太閤《たいこう》殿下の天下惣無事をないがしろになさるおつもりですか」

「天下惣無事、か」

左近は御大層に聞こえる五文字を口の中で転がした。だが、美辞麗句に彩られているはずのこの言葉の舌触りはひどく悪い。

これまでのように武力に訴えて物事を決めてはならぬ。もしどうしても当人同士で決められぬことがあれば、戦をするのではなく訴え出てくるがよい、というのが天下惣無事だ。歓迎する者も多かろうが、戦馬鹿にとってこの命令は傍迷惑《はためいわく》なことこの上ない。日本中で戦がなくなってしまえば、戦馬鹿に居場所はなくなる。ひいては、『天下分け目の大戦で采配を振りたい』という左近の願いも雲散霧消することになる。

生まれたのが三十年遅かったのかもしれぬ。三十年前ならば、武田信玄公や織田信長公、上杉謙信《けんしん》公が生きていて、血で血を洗う大戦を繰り広げていた。その時代に生まれていたのなら、こんな苦悩に襲われることもなかったのではなかろうか。そう思わぬことはなかった。

一人倦《う》んでいると、障子が無遠慮に開いた。

やってきたのは、同僚の顔見知りだった。

「おお、又右衛門《またえもん》」

折り目正しく頭を下げて入ってきたこの男は、柳生《やぎゅう》又右衛門宗矩《むねのり》という。今年で二十だというから、左近からすれば親子以上に歳が離れているということになる。同じ大和国の出身で、大和柳生庄の国衆《くにしゅう》、柳生家の出だ。柳生家は非常に面白い国衆で、代々兵法好きということもあって自家の兵法を修め、伝えている。又右衛門もかなりできるようだが、手合わせを願っても『いや、私如きの剣は大したものにござらぬ』と躱されてしまう。しかも穏やかな笑みまでつけるものだから、すっかり毒気を抜かれてしまうのだ。

仕官の口を求めて小田原の陣に参加したまではよかったが右も左も分からずにうろうろしていたところを蒲生家に拾われて、今は左近と同じ陣借りの立場らしい。

本人はさぞ書状のやり取りの生活が厭《いや》だろうと水を向けたものの、『これはこれで楽しゅうございます』と返されてしまった。

その又右衛門は、左近に向いた。

「左近殿、少将様がお呼びにございますぞ」

「某を、か?」

「正確には、左近殿と、私を呼んでおいでです」

「なんだ、お主も呼ばれておるのか」

「不満でも？」

ここで慣れぬ文書の始末に追われるよりは楽しそうだ。左近は膝を叩いて立ち上がった。

又右衛門と共に氏郷の待つ部屋へと向かった。声をかけて入ると、脇息《きょうそく》に寄りかかり、
書状を眺めて物憂げに眉を顰《ひそ》めていた氏郷が顔を上げた。

「おお、すまぬな、忙しいところ」

「少将殿もお忙しそうですな」

「それはそうであろう」氏郷は脇に置かれていた印に息を吹きかけて書状に捺《お》した。「天下惣無事とは、小戦で済んでいた物事の取り決めを紙のやり取りで行なうものなのだ。今そなたらにやってもらっておる仕事は、どれも戦と心得てほしい」

書状を脇にどけた氏郷は、左近と又右衛門の顔を同時に見やった。

「そなたら、今すぐにでも動けるか」

「動く？　それはいかなる意味においてですかな」

「決まっておろう、戦ぞ」

心の臓が高鳴った。

「無論にございます。戦があるのですかな」

「そなたは戦となると目の色が変わるな」苦笑した氏郷は続けた。「玉造郡《たまつくりぐん》を知っておるか」

「さあ……。関東の郡にございますかな？　どうも未だに覚えられず……」

首をかしげていると、横の又右衛門が口を挟んだ。

「陸奥《みちのく》の郡であったはず。確かそこは、元は伊達の与力であった国衆、大崎《おおさき》の地だったかと」

「詳しいな。その通りだ。今は木村伊勢守《きむらいせのかみ》が支配しておる」

「む？　木村伊勢？　どこかで聞いたような」

「何を言っておるのだ。木村伊勢は我ら蒲生の与力ぞ」

「ああ、道理で。――で、玉造郡とその木村伊勢に何があったのですかな」

「一揆《いっき》が起こった」

氏郷が口にしたのは、一揆などと表現するには生ぬるい、途方もない大戦であった。

玉造郡・岩手沢《いわてさわ》城。ここは、旧主大崎氏の家臣である氏家《うじいえ》某の居城であったが、既に接収されて木村伊勢の代官が入っていた。そこに突如として兵を挙げた氏家某の旧家臣たちが勝手知ったる岩手沢城を急襲し占拠してしまった。そして帰農していた葛西《かさい》氏・大崎氏の元家臣たちに働きかけ、一揆に参加するように促した。その結果、この一揆が木村伊勢の支配地域全域にまで広がってしまったのだという。

「木村伊勢は無事であるらしいが、一揆勢に城を囲まれておるらしい。そしてさっき、浅野殿より指図があった。伊達と共に木村伊勢の救出に当たるべし、とな」

楽しい戦だ。木村伊勢の領地がどれほどの広さであるかは知らないが、国衆が蜂起《ほうき》したとなればそれなりに嚙《か》み応《ごた》えのある戦になろう。

「嬉《うれ》しそうだな、左近」

片眉を上げた氏郷が聞いてきた。

「紙を相手に四苦八苦よりは、随分と気が楽というものにござる」

氏郷は苦々しげに眉根を寄せたものの、すぐにその表情を追い出した。

「……まあいい。もう分かっておろうとは思うが、そなたら陣借りの者たちにも、力を借りたい。我らと共に、この一揆の鎮圧にあたってほしい」

断る理由などない。それどころか、しばらく戦がなくて血に飢えていたところだ。

「当然参陣しますぞ」

左近は平伏した。

「やりまする」

又右衛門も頭を下げた。

「よし」氏郷は立ち上がる。「わしは戦支度に入る。そなたらも用意に入れ」

そう言い残すと、氏郷は部屋を後にしていった。

取り残された左近は、しばらく立ち上がれずにいた。

すると、既に立ち上がり部屋を辞そうとしていた又右衛門が、左近を一瞥《いちべつ》して吐き捨てた。

「――左近殿、まるで飢えた山犬のような顔をなさっておいでだ」

「何？」

「いえ、お忘れくだされ」

又右衛門の姿は障子の向こうに消えた。

ちりちりと雪が舞っている。北から吹いてくる強い風が粉雪を運び、兜の鉢に当たってわずかな音を立てる。

手がかじかむ。末端が感覚を無くしており、体の芯《しん》も冷え冷えとしている。手持無沙汰の身、火を熾《おこ》して枝を火の中に投げ込んでいると、ようやく人心地ついた気がした。

そうやってしばし待っていると、黒い軽装の鎧を身にまとう又右衛門がやってきた。律義にも、

「当たってもよろしいですか」

と焚火《たきび》を指した。頷いてやると、心なしか顔をほころばせ、新吉の横に座った。

「冷えますね」

「それはそうだ。冬だからな」

「しかし、この冷えはまた格段。やはり、奥州はまるで生国とは違うな」

「かもしれぬな」

生まれの地、大和で雪が降るのはまれだ。正月が過ぎ、春先に至ろうかという時にわずかに降る程度だ。年が明けぬ時期に雪が舞うのを見るのは確かに珍しい。それに、寒さの質が違う。大和の冬は肌の表面の熱を奪うにとどまる。しかし、こちらの寒さは体の芯の熱まで奪っていくような心地がした。

風に揺らめく炎に手を当てながら、味方の陣立てを見やる。

さすが天下に知られる蒲生の軍、寒かろうが雪が降ろうが、まるで陣を乱すことはない。

雑兵に至るまで寒さに震えながらも持ち場を離れることはない。警固に立っていない兵たちも槍を振り回したり剣を振るったりして修練を欠かさない。火に当たってぬくぬくとしているのは左近たちくらいのものだった。

やはり小田原での気の抜けようはあの場限りのものだったのだ、と得心していた左近に声が掛かった。

「当たらせてもらってもよいか」

振り返ると、そこには鬼と見紛う男が立っていた。

年の頃は四十歳代の半ばほど。身丈が六尺（約百八十センチ）はあり、大人二人抱えくらいの胴はあろうかという大男。水牛を模した角を生やした赤い兜を被《かぶ》っている。眼光鋭い目、大きく張り出した小鼻、そして裂けたかのような大口。無精ひげを生やし、大山鳴動させるように歩みを進めるその男は、手に五尺（約百五十センチ）ほどの長さの金砕棒《かなさいぼう》を持ち、地面に引きずっている。

「ああ、ご随意になされ」

そう声を掛けてやると、鬼男は、ありがてえ、と口にして又右衛門の横に腰かけ、手を火に当てた。何度も手をこすり、ほー、と息を吹きかけてやりながら火に手をかざすうち、いかめしい顔から幸せそうなため息がこぼれた。

「いやー。生き返った。いや、礼を申す。某、蒲生喜内《きない》と申す」

「蒲生？」又右衛門は小首をかしげる。「少将殿の御一門であられたか」

「いやいや違う。元は横山《よこやま》を名乗っておったのだが、少将様に気に入られてな、今では蒲生の名乗りを許されておるのだ」

苗字《みょうじ》を賜《たまわ》るとは相当の誉れだ。余程武勲を重ねたに違いない。

喜内はぽつりと言った。

「九州仕置の際に岩石城攻めを任されてな。その時の功によるものにござる」

「が、岩石城」

思わず左近は声を上げてしまった。

秀吉を大将とする一団のうち、堅城であった岩石城を落としたのが蒲生氏郷の軍勢であることは聞いていた。その立役者を目の前にしようとは。

「噂は聞いておりますぞ。確か、難攻不落の岩石城の壁を、異国の大筒で打ち崩して割って入ったとか」

「ああ、あれは……」

つまらなそうに喜内が顔をしかめると、はは、と乾いた声が上がった。

「それは、ワタシの功デス」

甲高く、どこの訛《なま》りともつかぬ声につられて顔を向けると、そこには喜内と好対照をなす男が立っていた。

一枚の鉄を引き延ばして成形された白金色の具足。確か昨今流行しているという南蛮胴《なんばんどう》だ。しかし、南蛮胴具足といえば小具足は大して他の具足と変わらないのだが、この男の形は小具足までも異国の風だ。胴と同じ白金の籠手《こて》や、後ろまで守る脛当《すねあ》てをはめ、さらには沓《くつ》までも白金色に輝いている。腰には湾曲した刀を佩いている。しかし太刀ではない。

柄《つか》の長さは片手で握るほどの長さしかなく、鍔《つば》の一部が拳《こぶし》を守るように張り出し、柄尻にまで伸びている。

しかし、この男を特徴づけるのは、何よりその顔であった。雪よりも白い肌。蒼い目。彫りの深い顔立ち。そして、風に揺れる、少し長めで黄金の縮れ毛。

異国人だ。

「ワタシも当たってよろしいデスカ」

「あ、ああ……」

金髪碧眼《へきがん》の男は喜内の横に座り、火に当たり始めた。

「申し遅れマシタ。ワタシは山科羅久呂《やましなくろ》と言いマス」

「山科……、らくろ？」

「ハイ。ワタシ、本当はロルテス言うのデスガ、この邦《くに》のヒト、発音ができないので、羅久呂と名を改めたのデス。今は蒲生少将サマの許におりマス」

「ほう……？」

蒲生家にこんな男がおったたか。さすがにこんなに目立つ男を見逃すはずがないと首をかしげていたが、その疑問に応じてくれたのは喜内だった。

「こいつは武器の買い付けが主な仕事だからな。左近殿が知らぬのは無理からぬことだ」

「ま、この前の小田原の戦で功を上げたのはワタシだけデスガネ」

「嫌味か」

羅久呂は肩をすぼめた。

羅久呂が武器の買い付けを終えて小田原に馳《は》せ参じたとき、蒲生の陣にちょうど敵襲があった。皆が浮足立つ中、羅久呂は南蛮から買い付けた総鉄戦棍《せんこん》を用い、急襲してきた北条勢の頭をかち割って撃退したのだという。

「それはまた……」

「それだけじゃありマセン。喜内サンが攻めあぐねていた岩石城に、買い付けた大筒で穴を開けたのはワタシデス」

身振り手振りを交えて羅久呂は己の武功を語る。そのたびに喜内がつまらなそうに鼻を鳴らしているが、羅久呂には聞こえていない。この異国人に、他人の体面を潰さぬという気遣いはできないようだ。

それにしても、多士済々だ。やはりこれは蒲生氏郷という将の器がなせる業なのだろうか。

と、その時だった。本陣の空気が張り詰めた。

左近は立ち上がる。

本陣の入り口から、供回りを連れた氏郷が入ってきた。

左近たちは焚火に当たる新吉を残して帷幄へと向かった。

帷幄の中では、燕尾兜を被ったままの氏郷が上座を占めていた。この主君にしては珍しく不機嫌な顔をしている。左近たちがやってきたのに気づくと、床几に座るように手で示した。

全員が座ったのを確認すると、氏郷は真一文字に結んでいた口を開いた。

「今、伊達と評定してきた。明日より一揆勢と戦うことになる」

「明日？」喜内が不満げな声を上げた。「いささか悠長すぎやしませぬか」

「言うな、喜内」

「今日ばかりはワタシも同感デス」羅久呂も頷きながら卓の上に置かれた絵図面を指した。「斥候《せっこう》も戻り、こうして絵図面もできてイルうえに、軍を進める策も立てられてイル。だというのに、明日に進軍というのは、さすがに気が長すぎマス」

「黙れ、羅久呂」

「いいえ黙りマセン。軍事における一日の遅れは勝敗に響きマス。ワタシの命を守るため、ワタシは主張を止めマセン」

羅久呂の主張はいささか激烈ではあるが、大いに頷けるところだ。既に陣を張ってから数日は経っている。いつでも進軍できる状態を保っており、障害はない。それに、こちらは遠征をしている立場だ。一日を空費すればその分無駄に兵糧《ひょうろう》を使うことになる。対して敵は己が本拠だ。兵糧の心配はこちらと比べればはるかに小さい。

が、氏郷はそれでも首を縦に振らなかった。

「仕方あるまい。伊達がどうしても明日と言って聞かなかったのだ」

「伊達が？」

「ああ。『明日にならねばこちらの兵糧が集まらぬゆえ、あと一日の猶予が欲しい』の一点張りでな」

氏郷の顔にはありありと怒りが浮かんでいる。

おかしい。左近は首をかしげる。

伊達といえば、現当主の政宗《まさむね》が周辺大名を武力で取り込み、奥州で突如勢力を伸ばした大大名だ。小田原征伐の際に白装束で秀吉に面会して領地を安堵してもらったという振舞からも分かる通り、目端も利くしいざという時も果断に行動する。そんな伊達が、戦のイロハである兵糧集めに困っておるなどとは到底信じられるものではない。

きな臭さを感じていると、帷幄の隙間から左近を呼ぶ声がした。

見ると、それは新吉であった。

「父上、ちとよろしいでしょうか」

「なんぞ、今は軍議の最中である。火急のことでなければあとにせよ」

「そ、それが、伊達の将を名乗る者が駆け込んできたのですが」

「なんだと？　通せ」

そうして軍議の場に現れた伊達の将が述べた言葉に、蒲生の帷幄は凍り付くことになる。


昨日はちらつく程度であった小雪は、前が見渡せぬほどの大雪に変わった。吐く息が白い。吹雪の合間にわずかに輪郭を浮かばせる土の城を眺めながら、左近は采配を振る。寒さに震える兵たちは、おお、と声を震わせながら槍を構えて前に進んでいく。

「ち、こうも雪が降っては前が見えぬ。これでは飛び道具が使えぬではないか」

金砕棒の先を何度も地面に打ち据えながら、蒲生喜内が歯噛みしている。顔を真っ赤にしている様はまさしく鬼そのものだ。

「これでは火薬がしけってしまって多くは使えマセン。弱りマシタ」

大筒隊を率いる山科羅久呂も口をへの字に曲げて雪に浮かぶ敵城を見やっている。

「ふん、これだから鉄炮類は役に立たんのだ」

なぜか誇らしげに鼻を鳴らす喜内だったが、

「まずい」

と口にした。

「この城、何としても早く落とさねばならぬのにな」

その通りだ。

前日、蒲生の本陣に飛び込んできた伊達の将がもたらした知らせは、帷幄にいた者の心胆を凍らせるに十分なものだった。

『伊達政宗公が、旧大崎・葛西の国衆どもを煽動《せんどう》し、この一揆の裏で糸を引いている』

大崎・葛西両氏は元より伊達氏の与力であったが、此度の仕置においては大名と認められず旧領が没収され、その地には蒲生与力の木村伊勢が入った。伊達からすれば、己の影響の許にあった地域を喪失したに等しかった。内心これを快く思っていなかったとしても不思議ではないが、俄かに信じられる話ではなかった。

しかし、別に本陣に駆けこんできた伊達の祐筆《ゆうひつ》が直訴してきたことにより、その将の言への信頼が増した。

伊達の祐筆が証《あかし》として持ってきたのは、旧大崎家臣に宛てた書状であった。そこには一揆の成功を祈る文面があり、数か月持ちこたえた暁には伊達が太閤殿下に取り成して旧領の復活と旧主の復帰を願い出るつもりである、と結んであった。末尾には、政宗の名と鶺《せき》鴒《れい》を模した花押《かおう》まで付されている。

半信半疑の様子であった氏郷だが、ついに決断した。

動きの遅い伊達に先んじて兵を進め、行く手にあった城、名生《みょう》城に総攻撃を命じたのであった。この城は大崎の本拠地の一つであっただけに、他の砦のような城とは一線を画している。幾重にも堀が巡らされた戦国の城だ。

この戦を長引かせるわけにはいかない。

蒲生軍の後ろには動きが定かならぬ伊達が控えている。もし、城の攻略に手間取れば、後ろから伊達の大軍に襲われて退路を失いかねない。この城はなんとしてでも電光石火の勢いで落とさねばならぬ。

他人事のように柳生又右衛門が呟く。

「されど、堅いですな。あの城は」

籠城戦ほど頭を使わない戦はない。適当に持ち場を決めて、『そこを死守せよ』と命じさえすればよい。一揆、すなわち頭らしい頭がいない敵方にとっては一番取りやすい策であろう。烏合《うごう》の衆であっても士気さえ高ければ守れてしまう。

喜内が唸《うな》る。

「ここは、力攻めしかないか？」

いいえ、と又右衛門が応じる。

「徒《いたずら》に兵を疲れさせては、それこそ伊達に寝首を掻かれかねませぬ。ここはこらえるべきでしょうな」

「打つ手がないではないか！」

喜内が金砕棒を凍った地面に打ち据える。

だが、ここで、左近が口を開いた。

「いや、ある」

「真か」

左近の顔を覗き込む喜内の顔には半信半疑、と書いてある。

「ああ。ただし、やるからには、一時そなたらの軍を貸していただき、某が指揮を執りたい」

「何？」喜内が顔をしかめた。「ふざけるな。陣借りに命を預けられるか」

「だが、この策は某が指揮を執らねば成らぬ」

喜内が歯ぎしりをする。その横で、羅久呂は胸を叩いた。

「よいデショウ。ワタシは左近殿に従ウ。ただし左近殿、もししくじったら——、この国の騎士の作法通り、こうデスヨ？」

冷笑を浮かべながら、腹を掻《か》っ捌《さば》くしぐさをして見せた。

「父上に従います」

「異存はありませぬな」

新吉と又右衛門が同意し、あとは喜内の答えを残すまでになった。皆の視線に急《せ》かされ、最後にはなげやりに頷いた。

「ああ分かった。左近殿に従う！　だが、うまくいかなんだらその時は覚悟しておけよ」

口では憎まれ口を叩く。だが既に城を睨んでいる。

ならば、よし。

頷いた左近は皆に心算を披露した。

〇

「第一陣、かかれ！」

左近の号令と共に、喜内率いる軍が前進を始めた。稲妻のごとく駆け出した騎馬兵が城の門前を固める武者たちにぶつかっていく。そうして前線を混乱させたのち、足軽たちがぶつかっていく。

「そろそろデスカ？」

「まだだ」

雪で霞《かす》む門を睨みながら、左近は羅久呂を押し留める。

今はまだその機ではない。まだ喜内軍は果敢に攻めまくっている。もう少し、敵陣を後退させてから――。

確かこの極意を『足軽の体三人分』と称していた。

敵陣が少しずつ、じりじりと後退している。一人分、二人分……、そして三人分。

左近は叫んだ。

「羅久呂殿、合図を」

「心得マシタ」

羅久呂は家臣に命じて鉄炮を撃ち鳴らさせた。これはあくまで空砲だ。

するとさきほどまであれほど攻めかかっていた喜内軍がくるりと馬首を返し退却を始め、代わりに、又右衛門と新吉に率いさせた第二陣が敵門めがけて殺到した。

又右衛門と新吉の軍が敵軍をまた三人分押し込んだのを見計らうや、再び羅久呂に空砲を鳴らさせた。すると、後退させていた喜内軍が駆け始め、又右衛門と新吉の軍と入れ替わる。

「ヘエ……」羅久呂が感嘆の声を上げる。「面白い陣運びデスネェ。なんです、コレハ」

「車掛《くるまが》かりの陣」左近は答えた。「信玄公の宿敵、上杉謙信公が使ったという陣よ。先手《さきて》の兵をくるくる入れ替えることで、余計な費《つい》えを防ぎ、手堅く敵を押し込んでいくという陣ぞ」

「強いデスガ、ややこしい用兵デスネ。これをやるためには、軍同士の息の合った用兵が欠かせマセヌ」

「分かっておるな」

本来の車掛りはもっと精緻《せいち》なものらしく、十ほどある隊を次々に切り替えるものらしい。上杉謙信が軍神と綽名《あだな》される所以《ゆえん》だ。

「本来なら、三軍に分けるべきなのデハ？　二軍では効果も薄イ。なぜそうナサラナイ」

てっきり羅久呂を攻め手に選ばなかったことを難じられているのだとばかり思っていた。

羅久呂隊は鉄炮や砲が主であることから、左近の警固と合図に用いている。

しかし、羅久呂の言わんとすることは不満ではなかった。

「あなたの子の新吉。あれに一軍を任せればよかったのデハナイデショウカ？　なぜ、又右衛門殿の下につけたのデス？」

「……」

左近は何も言わなかった。

だが、羅久呂は左近の心中を射抜きにかかった。

「左近殿は、息子を信じておられぬのデショウ。違いマスカ」

「違うな」

信じてはいる。だが、未だに戦らしい戦もできぬ、半端者だと見なしている。

羅久呂は目の前の戦と左近の顔を見比べながら続けた。

「ワタシ、羅馬《ローマ》に子がおるのデス」

突然の言葉に左近は接ぎ穂を見失ってしまった。羅久呂は続ける。

「赤ん坊の頃に別れマシタ。だから、いつまで経っても子供という印象が抜けマセヌ。けれど、数年前に羅馬に戻ったときに、子に再会したのデス。年の頃は二十歳ほどデショウカ。父親のワタシがふらふらしているばかりに苦労をカケマシタ。気づけば、父よりも大きな男になってイマシタヨ」

何とも要領を得ない話だ。

どうやら羅久呂も同じであったらしい。波打つ金の蓬髪《ほうはつ》をくしゃくしゃと掻きながら、こう付け加えた。

「もうそろそろ、息子を信じてやってもよい頃なのデハ、と言いたいのデス」

「……かもしれぬな」

左近の目に、最前線を駆け、太刀を采配代わりに軍を指揮する息子の姿が飛び込んでくる。左近から見れば危なっかしく、拙いところも目立つ。だが――。

左近の思案は、目の前の戦場の激変によって断ち切られた。

幾度かの車掛りの後、ずっと敵の攻めに耐え忍んでいた楯が破《わ》れるように敵陣が割れ、あれほど強固に門を守っていた敵兵たちは算を乱して持ち場を離れた。そうして露《あら》わになった門に、十人がかりで用意していた大丸太を打ちつけた。何度か繰り返すうちに門《かんぬき》が折れたのか、門は用をなさなくなった。

これを見計らうや、左近は羅久呂に頼んで空砲を何発も撃たせせた。

雪崩込《なだれこ》め、の合図だ。

車掛りをしていた喜内と又右衛門、そして新吉率いる軍が門から城に駆け登っていく。耳を澄ます。ほかの門が騒がしい。目を凝らせば、敵兵たちが自ら門を開け放ち逃げていく様が見えた。

かくして、大勢が決した。


その日の夜――。

左近は羅久呂と共に名生城の南郭にいた。

居並ぶ大筒に急遽《きゆうきよ》立てた馬防柵《ばぼうさく》。大筒の砲口は南を向いている。

床几代わりの小さな桶《おけ》に座る羅久呂は青い目を城の外に向ける。既に外は夜の闇に沈んでいる。雪が降っているおかげで少し明るいものの、化け物が現れそうなほどに深い闇がはるか遠くに控えている。

「こういうの、この国でなんというのでしたッケ？　前門の虎《とら》、後門の……？」

「狼《おおかみ》ぞ」

左近が答えてやると、羅久呂は手を叩いて喜んだ。

前門の虎、後門の狼。これ以上今の状況にふさわしい言葉はない。

その日の夕方までに名生城の残党は一掃できた。それで人心地つけるはずであったが、南には動向の分からぬ伊達がいる。本来なら一揆勢のいる北側に主力を置くべきだが、籠城戦の主役である鉄炮・大筒隊を南郭に配さねばならなかった。

無様な陣だが、仕方がない。

唸っていると、鼻を赤くしている新吉がやってきた。

「あのう、父上、少将様がお呼びです」

「あ、ああ。分かった」

羅久呂に一礼して本陣へと向かう。

名生城には建物が残っている。多少荒れてはいるが、本丸には旧主が住んでいたであろう御殿も備えてあった。氏郷はその庭先に本陣を置いている。

本陣に入ると、いくつも焚かれた篝火《かがりび》の陣の中、寒いというのに鎧姿の氏郷が腕を組んで待っていた。

「左近、参りましたぞ」

そう声を掛けると、長い沈黙の末、氏郷は顔を上げた。

「すまぬ、考え事をしておった。――これから、どうすべきであろうな」

短い付き合いながら、目の前の大将に助言が不要なのは分かっている。だが、一方でどんな人間にも戸惑う時、悩む時はある。今はまさにその時なのだろう。

左近は跪《ひざまず》き、答える。

「この城で籠城を取るべきかと。我らが持ち込んだ兵糧や弾薬、さらには敵軍が貯《た》めていた兵糧を合わせれば十分に籠城はできましょうな。ただ、徒に籠城しただけではいつか餓《う》えまする。それゆえ、何らかの手段で太閤様に渡りをつけ、この事態を注進すべし」

「で、あろうな」

やはり、氏郷も同感であった。

氏郷は右手を額に当てた。

「おおまかにはそれでよい。だが、問題はその中身よ。一揆勢はともかく、問題は伊達ぞ」

「この城は思いのほか堅城。それに、少将様におかれては蒲生喜内殿、山科羅久呂殿といった猛将が揃ってござる。伊達が仮に襲い掛かってきたとて、何も恐れることはございますまい」

「分かっておる。だが、一番の問題は――。どうやって太閤殿下に此度《こたび》の事態を伝えるかぞ。恐らく伊達はところどころに人を伏《ふく》しておるはず。並の使者では役目を果たせぬ」

「ならば、柳生又右衛門などが適任でございましょう。あれは若輩ながら実に気が回る男にござる。あの男に間違いはございますまい」

「いや、あれはいかぬ」氏郷は首を振る。「確かに頭の切れる男だが、今一つ信用がならぬ。間近において使うにはちょうど良い男だが、離れて使うには不安が残る」

思わず吹き出しそうになった。左近が感じていたあの男の胡乱《うろん》さを言い当てている気がした。

しかし、こんな話をしてどうなる？

疑問が湧いた瞬間、左近にも得心がいった。

「まさか」

「そのまさかだ、左近」氏郷は言った。「そなたに、繋《つな》ぎを頼みたいのだ。そなたならば信頼ができる。陣借りの立場ではあるが、小田原の役の際には難しい助太刀の任を引き受けてくれた。それに、この戦においても子飼い衆に混じり尽くしてくれておる。そなたの智と武、また、秀長公の許におったという人の輪。そなたは太閤殿下の周りにおる人間とも知己であろう。これ以上の者はこの家中におらぬのだ。そなたを危険にさらすのは分かっておる。だが、曲げて頼みたい」

氏郷は頭を下げた。

嬉しくないといえば嘘《うそ》になる。

だが――。左近は首を横に振った。

「お断りいたす」

氏郷は一瞬、顔に絶望を浮かべた。

「なぜだ。そなたはこれまで、わしの命をよく聞いてくれておったではないか。にも拘《かか》わらず、なぜ今になって」

氏郷は勘違いしているらしい。左近が氏郷の命を聞いていたのが、忠心、あるいはそれに近い感情によるものである、と。

もしかしたら、世の武士たちはこのすれ違いをひた隠しにして主君に従っているのかもしれない。だが、筒井順慶とのすれ違いと破綻《はたん》、あんな思いを再びするのは御免だった。

左近は、正直に己の思いをぶちまけた。これで、氏郷との関係が壊れてしまっても構わない。そんな捨て鉢な思いで。

「どうやら、少将様は誤解をなさっておられるようでござる。それゆえ、少将様のお間違えを正さねばなりませぬ。某が少将様の許におるのは――、そこに戦の匂いを感じたからでござる。万の兵が動くような、とんでもない大戦の匂いを。どうやらその鼻は利いておるようでござる。少将様の許で小田原の陣、そしてこの一揆と二つも大戦の機がありましたな。特に今の戦――。転がりようによっては、あの奥州の覇者である伊達と戦える。左様な大戦を前に、なぜ某が伝令などというつまらぬ任につかねばならぬ」

いつしか、言葉がぞんざいになっていた。だがもう止まらない。喉《のど》の奥から次々に偽りなき言葉が飛び出してきてどうしようもない。

氏郷の顔は最初青白かった。だが、次第に口角が下がり、顔を真っ赤にし始めた。そして今では目を血走らせながら此方《こちら》を睨んでいる。

「伊達との戦を戦えぬのなら、ここにおる理由などない。今すぐ陣借りなど止め、京に戻るばかり」

暴言ここに至り、氏郷は床几を蹴って立ち上がった。蹴り飛ばされた床几が音を立てて左近の足元に転がり、革足袋越しに足に当たる。少々痛いが、そんなことを言っている場合ではない。

「左近、見損なったぞ」

「左様。最初から少将様は見損なっていると言っております」

「違う」氏郷は首を振った。「そなたには見えておらぬ。そなたのような者がもうおられぬ時代となっておることが見えぬほどの愚昧《ぐまい》であったかと言っておるのだ」

「なんですと？」

「もう、戦は起こらぬ。いや、皆の努力により戦が起こらぬ時代となる。そなたもやっておったであろう。大名家の取次として書状をやりとりしていたは何のためか。戦で己の思うところを果たさば、確かに楽であろう。強い者の言が通り、弱い者の言が退けられる。だが、もう左様な時代ではないのだ」

力が強い者が総取りをするのは当たり前のことだ。それゆえに、左近は剣の腕を磨き、軍略を身につけてきたといっても過言ではない。

だが、目の前の男は、左近の生き方に否《いな》を突きつける。

「確かに強き者はおろう。されど、強き者がすべてを取るのではない。強き者と弱き者が共に生きる、左様な時代が来ておる。それが天下惣無事であろう。だが、左近、そなたは本当にそんなことも分からず、わしの許に参じておったのか」

天下惣無事。左様なもの、ただの美辞麗句でしかないと見なしていた。戦は起こる。これからも、いくらでも。

氏郷の言に、足元を忽《ゆるが》せにされた心地がした。今歩いているところが岩場ではなく、空の上だと気づかされたような不安に襲われる。

「某は」左近は振り払うように言った。「戦に生き、戦に死にたいのだ」

「そなたは、左様なまでの馬鹿者であったか。ならば、わしのほうから願い下げぞ。この陣から出てゆけ」

「言われずとも、出てゆく。――短い間なれど、世話になり申した」

左近が踵《きびす》を返したその時、氏郷は吐き捨てるように言った。

「そなたは山犬ぞ。血の匂いを嗅ぎ廻《まわ》り、山の中を彷徨《さまよ》い、人や獣を食らい、そして一人で死んでゆく。左様な者に、もう居場所はない」

居場所がなくても、息をしている。死ぬ気はない。ならば、牙を剝《む》きつつ咆哮《ほうこう》するしかないではないか。狂おしいほどの衝動を無理やり胸の内に抑え込み、氏郷に一礼をした。

本陣を出ると、侍っている家臣たちが怪訝な――というよりは敵意に満ちた目を向けてきた。あれほどの派手な大喧嘩《おおげんか》だ。外に漏れぬほうがどうかしている。

本陣の外に立っていた新吉を引っ張り、厩《うまや》に預けていた己が馬を出させると、鞍に飛び乗った。何が何だか分からないはずの新吉も何かを察したのであろう、己の馬の鞍に乗り、左近の後に続いた。

城の中を走る。雪の中、見張りの兵以外人影は見えない。

だが、大手門から出ようとしたその時、壊れた門前に一人の男の影を認めた。

口から白い息を吐き、金砕棒を背負う――、蒲生喜内であった。

「どかれよ。俺はもう蒲生の陣借りは止めたのだ」

「勘違いめさるな。止めるつもりはないぞ」

喜内は寒さのせいか鼻声になっていた。真っ赤な鼻の下をぐいと太い腕で拭き、大音声で言い放った。

「この蒲生喜内、島左近の軍略に惚《ほ》れた。仮にそなたが主君と仲違《なかたが》いしておるとしても、この喜内、いずれそなたの軍略を学びに参ずる所存。つまらぬ戦で命を落とすなよ」

蒲生家中は相当に噂好きらしい。既に氏郷との一件が筒抜けになっている。

喜内は顔をくしゃくしゃにし、白い歯を見せつけるように笑っている。

馬上の左近は一礼をし、開かれた門から外に飛び出した。

その時、一発の銃声が鳴り響いた。見れば、土塁から身を翻した羅久呂が、白い煙の上がる火縄銃の筒先を空に向け、ひらひらと手を振っていた。

折しも吹雪になっていた。鼻をつままれても分からないような大雪の中、馬を全力で走らせながら、左近は吼えた。理由もなく、ただただ吼えた。だが、心中でないまぜになっている様々な思いは、いつまで経っても腹の底で蠢《うごめ》いているばかりであった。

部屋の真ん中で寝転んでいると、御茶の呆《あき》れ声を浴びせかけられた。

「お前さんのことがほとほと分からなくなったよ」

しみじみと言われてしまっては立つ瀬がない。思わず言い返す。

「それが夫に対する物言いか」

「そりゃ文句の一つも言いたくなるってもんだろうよ。せっかく仕官していた蒲生少将様のところから出奔《しゅっぽん》してきたなんてねえ」

仕官していたわけでも出奔したわけでもない。陣を借りていただけであるし、意見の相違から陣を離れただけだ。

だが、細かく事情を述べたところでこの古女房は聞く耳を持ってくれまい。

「伝令に行きたくないって言って、殿様と喧嘩《けんか》になったんだって？　まったく、それじゃあ子供みたいじゃないか」

「なぜそれを」

「決まってるじゃないか。新吉から聞いたのよ」

あの馬鹿息子が……。あとで槍《やり》の修練に誘ってとっちめてやろう、と決めた左近をよそに、御茶は鼻を鳴らす。

「しかも、伝令が厭《いや》で飛び出したくせに、結局骨折ってやったんだろう？　なおのこと、馬鹿みたいじゃないかえ」

ぐうの音も出なかった。

氏郷と仲違《なかたが》いして名生城を飛び出した左近であったが、城に籠《こも》る仲間の顔が浮かんでは消え、さすがにこのまま何もしないのは良心が咎《とが》めた。そこで、白河《しらかわ》にいた浅野弥兵衛の許《もと》に蒲生の窮状を伝えに行った。

『おお、久しいな島殿』

浅野とは忍城での戦いの際に面識があった。ほとんど言葉を交わしていない間柄ではあったが、向こうは覚えていてくれたようだ。かくかくしかじかと名生城の惨状を伝えると、浅野は顔を青くして文をしたため、左近に託してきた。

『太閤殿下に宛《あ》てた書状である。これを殿下の許へと運んでほしい』

太閤秀吉は大坂におり、左近の屋敷は京にある。少し足を延ばせば果たせる遣いだ。乗り掛かった舟とばかりに浅野の文を大坂にまで届けたのだった。

あとになって、結局やっていることは伝令と同じであったことに気づいて、己のへそ曲がりな律儀さを笑いたくもなったものだった。

とにかく、左近は今、京の屋敷にいる。氏郷に陣借りしていた時に御茶を呼ぼうとしたものの、『箱根の山より東には行きとうない』と言われてそのまま引き払わずに住まわせていた屋敷だ。帰る家があるありがたみをふと思う。

御茶は頬《ほお》を膨らませる。

「で、これからどうするつもりだい」

「どう、とは……」

「どこかの大名家に仕官しなさいよ」

こりごりだ、というのが包み隠さぬ本音だ。

氏郷の陣借りを経て、気づいたことがある。もしや、自分は主というものの戴《いただ》き方を分かっておらぬのではないか、そもそも、誰かに仕えることができぬ男なのではないか、と。己《おの》が望みを果たそうとすれば主が邪魔をする。主の野望に従い戦っているうちに己を見失う。主と家臣とは結局のところ水と油に過ぎぬのではないか。股肱《ここう》などというのはただの理想であって、実際には分かり合えぬまま不満を募らせるばかりなのではないか。そんな疑問に囚《とら》われる。

それに――。

左近は大乱を待っている。

氏郷の言う天下《てんか》惣無事《そうぶじ》とやらは、日本六十余州から戦を一掃してしまった。あれほど戦好きであった大名たちは太閤の威光を恐れ、槍や鎧《よろい》を蔵に仕舞っている。旧葛西・大崎領で怪しい策動をしていたとされる伊達政宗すらも、太閤に叱責《しっせき》され、結局は一揆《いっき》の鎮圧に回らざるを得なかった。もはや、この国で大乱を起こすことのできる者はそういない。

起こりうるとすれば、大規模な一揆であろう。

どこぞの大大名の領地で一揆が起こる。それも、一大名では抑えきれぬほど大規模で、国衆《くにしゅう》たちが多く参加するようなものだ。さすれば、鎮圧を命じられた大名家に陣借りして戦に参加できる。そう踏んでいる。

幸い、秀長と氏郷から貰《もら》った扶持《ふち》は未《いま》だに残っている。大乱が起こる日を、今か今かと待ち続けることもできるのだ。

「なに、そのうち、どこぞの大名家に陣借りするぞ」

そう言ってやっても、御茶は不満げであった。

「お前さん、仕官しなさいよ」

何が不満だというのか。既に一生食うに困らないだけの財はある。どうもこの妻は、左近には測りかねる尺を心中に秘めているようだ。

部屋には緊張の糸が張り巡らされている。御茶は思い切り顔をしかめ、左近のことをねめつけるように見据えている。

これはまずい。どうにか逃げねば。

だが、意外なところから助け船がやってきた。

「母上」

蒼《あお》の直垂《ひたたれ》に身を包んだ新吉が、いやに顔を上気させて部屋に入ってきた。にやにやと顔をほころばせながら御茶の手を取ると、新吉は喜びを爆発させた。

「決まりましたよ！」

「へ、何がです」

「仕官でございます！」

「真《まこと》ですか、さすがはわたしの息子。いざという時にはやるのねえ」

俺の息子でもあるのだが、などと口を挟むことはできそうにもなかった。母子が左近の目の前でこれ以上なく顔をほころばせている。

話の腰を折らぬよう、左近は恐る恐る聞いた。

「仕官の口を探しておったのか」

「はい。母上に言われ、ずっと探しておったのです。こちらに戻ってからというもの、太閤殿下に侍《はべ》る大名家に通い詰めておりました」

まったく知らなかった。確かに最近息子はめかしこんで朝早く家を出ていたとは思ったが、悪所にでも通っておるのだろうと当てをつけていただけに、青天の霹靂《へきれき》であった。

「だが、お前なんぞを使ってくれる御家があるのか」

左近の言に御茶が猛然と嚙《か》み付いた。

「何を言うんだい。わたしには分かっていましたよ。この息子はやってくれるって」

御茶に頭を撫《な》でられるがままになっている新吉は、そのままで口を開く。

「はい。わたしのこれまでの来し方を話したところ、先様のお気に召していただけたようで」

思えばこの息子は九州征伐や小田原の陣、葛西大崎一揆鎮圧にも参加している。直近の葛西大崎一揆では、柳生又右衛門の添えとはいえ一軍を率いている。軍歴だけを聞けば仕官を認める御家もあろう。

いずれにしても仕官ができたのは慶事である。これで御茶の小言もしばし止《や》むことだろう。

ほっと息をつき、左近は、そういえば、と切り出した。

「おい新吉、まだ肝心なことを聞いておらぬぞ」

「は？」

「どこの御家中に仕官が決まったのだ」

「ああ、それは――」

大名家の名を聞いたその時、思わず左近は卒倒しそうになった。

笠《かさ》を被《かぶ》り馬で先導する新吉が空を見上げた。青、というよりは、深みを帯びた紺色の空は、どこまで行っても曇りがなかった。天には日輪が輝いており、風は穏やかで暖かい。これなら単《ひとえ》でも充分だった、と袷《あわせ》の着物の袖《そで》をつまみながら、恨めしげに左近は日輪を睨《にら》んだ。

「父上、見てください。きれいなものですねえ」

言われるがままに左手を見れば、満々と水をたたえた湖が青々と光っている。琵琶湖《びわこ》を見るのは初めてではないだろうに、先導する息子はこれからの生活で胸がいっぱいなのだろう。今の新吉は、猖獗《しょうけつ》を極める戦を目の当たりにしてもこのような態度であるに違いない。

馬の首を撫でながら左近は後ろに続く行列を見やる。女も含めてわずか十名ほどの供回りだ。そのうち、御茶の輿《こし》を担ぐものが四人、荷物を運んでいるのが三人、ほとんどが荷物運びということになる。ほんの十年前まではこうはいかなかった。いかに人里に近い街道筋であっても追剝《おいはぎ》に出くわしたものだったが、今のご時世ではその手合いは山の中でしか見なくなった。太閤の発した天下惣無事なる美辞麗句はこんなところにも霊験をあらたかにしているようだ。

南風が左近の懐《ふところ》をすり抜けて琵琶湖へと流れていく。わずかに水面に波紋を作った風は竹生島《ちくぶしま》の松を少し揺らした。

しばらく街道筋を歩くうち、町が見えてきた。

中山道《なかせんどう》を挟んで並ぶ真新しい建物の庇《ひさし》の下で市が立ち、人々が農作物や農具などを持ち寄って売り買いをしている。人でごった返す市場を抜けてしばらく行くと、左手に城が見えてきた。琵琶湖畔の山の上に、白亜の天守が見える。

「見事な城ですね。さすがは――」

「ああ。籠城《ろうじょう》しやすかろうな」

「父上、今はそういう話をしているわけではございませぬ」

「何を言うか」

京への入り口を一望する中山道沿いの琵琶湖畔、すなわち天下において枢要の地を占める山城である。使い方によっては東日本と西日本を分断することができる交通の要衝だ。天下に城は星の数ほどあるが、ここまで重要な城はそうそうない。

新吉を先導役として、城の大手門に至る。既に話が通っているのか、門番は何も誰何《すいか》せずに門を開いてくれた。

門の奥に、一人の男が立っていた。年の頃《ころ》は六十歳代の半ばほどであろうか。頭を丸めおとなしい色の羽織《はおり》に袴《はかま》を穿《は》いたその男は、刀さえ差していなければ学者の類《たぐい》と疑いたくなるほどに穏やかで、智に長《た》けた印象を湛《たた》えている。

「島新吉殿であられますな」

しわがれてはいるが、しっかりとした、優しげな声だ。

新吉は馬から降り、笠の緒をほどきながら一礼をした。

「某《それがし》、島新吉にございます」

「ようこそ、佐和山《さわやま》城へ。某は、石田隠岐入道正継《おきにゅうどうまさつぐ》と申す。お見知りおきくだされ」

「石田……、ということは殿様の」

「いかにも、某は佐和山城主・石田治部の父にござる。治部はお役目についておるゆえ、今はわしがこの城を預かっておる」

そう。新吉が仕官したのは、天下の要衝である近江の佐和山を任された、石田治部の家中なのであった。

「こ、これは御父君でございましたか！　ご無礼を」

頭を下げようとした新吉を、正継が押し留《とど》めた。

「何もそなたは無礼などしておらぬよ。それに、わしはただ石田治部の父であるというだけよ。生まれながらの城の主というわけではない。息子が出世すると、身の丈に合わぬ目に遭《あ》うから割に合わぬのう」

権勢ある者が謙遜《けんそん》をしているわけではない。口にした言が心からのものだということは朴訥《ぼくとつ》とした態度からも分かる。智に長けた雰囲気のある男だが、決して智に溺《おぼ》れていない。一目見て石田正継なる男に好感を持った左近ではあったが、用心用心、と心中で呟《つぶや》いて眉《まゆ》に唾《つば》をつけた。

と、正継は左近に気づいた。

左近も馬から降りて笠を脇《わき》に抱えて頭を下げた。

「貴殿は……」

「此度《こたび》、石田家のお世話になり申す島新吉が父、島左近にござる」

「島左近殿、か。島新吉殿のお話をうかがっていた時にもしやとは思うたのだが……。どうやら忍では、息子が世話になったようで」

「世話というほどのことは」

実際、特に助けてやったというつもりはない。

正継は屈託なく笑う。

「左近殿は、仕官なさらないのですかな？　此度の抱えの中に左近殿の名はないようにござるが？」

「息子が石田様に仕官すると聞き、家を引き払ってこちらに参ったのでござる。今は、ただの楽隠居ということになりましょうな」

「お羨《うらや》ましい」

衒《てら》いもなくそう口にした正継は、背筋が伸びたままの新吉の肩を叩《たた》いた。

「新吉殿。此度そなたを抱えたのは、父上の盛名のゆえではないと治部から聞いておる。

治部はそなたの人を見、その上で抱えると決めたのだ。決して怠ることなく、石田家のために尽くしてほしい」

「はっ。島新吉、粉骨砕身いたしまする」

新吉の目には涙が溜《た》まっている。

先に石田正継の発した言葉は、他の人間が言えば歯が浮くような言葉だが、真に迫って口にできる人間は稀《まれ》だ。

策士か、それとも底抜けの善人か。

そのいずれかと左近は踏んだ。

値踏みをされているとは露知らぬかのように――、あるいは知らんぷりを決め込んでいるのか――、正継はのんびりとした口調で続ける。

「さて、新吉殿、貴殿には屋敷を用意してある。佐和山の中腹にあるゆえちと難儀かもしれぬが、そこで旅の垢《あか》を落としてほしい。それから、この城は山城。しばらくは坂道やら石段に難儀するかもしれぬが、一月もおれば慣れることであろう。用意が終わったら二の丸のわしの部屋にまでお越し下されよ」

踵《きびす》を返した正継は奥に見える石段をひょいひょいと登って行ってしまった。六十歳代とは思えぬ程の健脚ぶりだ。

新吉はどんどん小さくなる正継の後姿を見やりながら、げんなりと呟いた。

「それにしても、この階段を毎日上り下りするのですか……。父上、さっそく先行きが不安になってきましたよ」

「お前はまだよいではないか。己が選んだ道ぞ。だが我らは……」

京の屋敷を引き払ったのは勇み足だったかもしれぬ。ずっと続く石階段を見上げながら、左近は心中で悲鳴を上げた。

山のように積まれた書状を見上げた左近は、肩にまとわりついた疲れを腕を伸ばして追い出した。八畳間の半分ほどを占める人の丈ほどはあろうかという帳面の山を前に、

「断ればよかった」

と本音を口にしてしまった。すると横の正継が、

「まあ、一度受けてしもうたものはやらざるを得ぬわいなあ」

と笑みを浮かべた。策士か善人か。いつぞやの見立てのうち、左近は正継への評を策士の側に傾けた。

「それにしても、これほどにあるとは。これはすべて兵糧《ひょうろう》の帳面……?」

「ああ、何せ、日本じゅうの兵を食わすのだからな、これでもまだ少ない方ではないのかな」

「真にござるか」

荷駄の差配といえば槍働きに優れぬ日蔭《ひかげ》者がやるものとばかり思っていた。だが、雪崩《なだれ》を起こしそうな帳面を前に考えを改めざるを得なかった。

左近は帳面の一つを手に取った。何の気なしにめくると、どこそこの家中から何石の米を運び入れ、どこそこの蔵から米が出てあの家に渡された、などといったやり取りが書か

れている。これを集成せねばならぬのか、と思わず舌を巻いた。

めまいがしてきた。帳面を文机《ふづくえ》の上に置いた左近は思わず縁側に出た。白壁の向こうには甍《いらか》を並べる城下町が見える。そしてその向こうには蒼く輝く玄界灘《げんかいなだ》が見え、さらに向こうに、霞《かす》みながらも存在感を放つ島が見える。あれが対馬《つしま》であろう。

潮の香りが左近の鼻をくすぐる。

左近たちは九州、名護屋《なごや》城にいる。

というのも、突如として秀吉が全国に命を発したゆえだ。

朝鮮《ちょうせん》を攻め、唐国《からくに》を征服する。

そう宣言し、ここ名護屋へ諸大名を集めたのである。

兵糧を集めて全国の大名が揃《そろ》った段階で朝鮮を攻める手はずとなっている。今はその前段階である。

治部は実際に朝鮮に渡る軍の長として、その父の正継は兵糧の計算のために召集された。半ば隠居を決め込んでいる左近はここに詰めるいわれはない。だが、正継に仕事を手伝ってほしいと内々に頼まれ、引き受けた。

左近にも考えはある。

宿願を胸に秘めながら、帳簿に目を通し始めた。

しばらく帳面と格闘していると、部屋の障子が遠慮なく開かれた。

そこに立っていたのは、小具足《こぐそく》に身を包む石田治部だ。怜悧《れいり》な目で部屋を一瞥《いちべつ》し、奥に控える帳面の山に苦笑交じりの表情を向けると、正継に食って掛かった。

「父上、いつになったら計算が終わるのですか」

「待て待て。まだ時がかかる。こうも多くては」

「父上ともあろう方が何という物言いでありましょうか。この戦、太閤殿下の発された戦にございます。兵糧の計算で遅らせるわけにはいかぬのです」

「ああ、ああ、分かった。分かった」

なだめる正継。しかし、それでも治部の怒りは留《とど》まるところを知らない。

いや、怒りというよりは――。左近は治部の表情を窺《うかが》いながら推量する。あれは、焦りだ。だが、治部が何に追い立てられているのか、その実のところは左近には分からない。

治部は左近に気づいた。

「なんだ、そなたもおったのか」

「はっ。この老骨、隠岐様に命じられ、こうして城代殿の手伝いをしてござる」

「天下に聞こえた島左近が、帳簿の手伝い、か」

鼻で笑うような言葉に思わずむっとした。

「何か文句がおありか」

「いや、粉骨砕身の働き、感謝する。もう一つ、そなたの息子の新吉であるが、此度は私とともに朝鮮に渡る手はずになっておる」

「左様で。それは仕合わせなことにござる」

「あれは気働きできぬところもあるが、ここぞという時には踏ん張ってくれる。中々見どころのある男だ。朝鮮でもそれなりに重宝することであろう」

「あの息子が、ですか。俄《にわ》かには信じられませぬが」

左近にとって新吉はいつまで経《た》っても尻の青い青二才だ。こうして褒められていても、今一つ実感が湧《わ》かずにいる。

だが、左近の戸惑いに付き合うほどには、治部は暇ではないらしい。

「父上、できるだけ早く済ませてくだされ」

そう吐き捨てて、足早に行ってしまった。

苦笑を浮かべる正継に、左近は水を向けた。

「なんというか……、おできになる子を持つと、大変そうですなあ」

正継に同情したつもりだった。

だが、正継の受け取りはまるで違った。髪の毛のない頭を撫で、はにかむように微笑《ほほえ》んだのだ。その顔はまさに、己が子を褒めそやされて喜ぶ親のそれだった。

「あれは、鳶《とんび》が鷹《たか》を生んだようなもの。それゆえ、本来ならすることのなかった苦労を背負いこむ羽目になっておるが、子のためと思えば何ら苦ではないわ」

手つかずの帳面の山を見やり、顔をしかめた正継はこう付け加えた。

「まあ、いささか難儀ではあるがな」

悪戯《いたずら》っぽく口にする正継の顔には何ら邪気はない。目の前にある帳簿付けの難事すらも、この父親からすれば子の出世の証《あかし》のようなものなのだろう。

正継は帳簿を開き、真っ白な帳簿に筆を躍らせ始めた。そろばんを弾《はじ》き、古い帳簿を一枚めくってから、また口を開いた。

「我が石田家は、元は近江の国衆であった。国衆とはいっても名ばかり、子のほとんどを寺に預けねばやっていけぬ貧乏な家よ。わしは、そんな貧乏領主として、いくばくかの土地と、己のことを主と呼んでくれる決して多くはない領民たちに囲まれて、土にまみれて生きていくのだと思っておったよ。だが、寺に出した息子がわしの人生を変えた。のちの天下人に拾われた次男坊は、やがて天下を支える一人となった。そうしてわしは、その次男坊を支える人生を歩むことになった」

ぱちぱち、とそろばんの珠《たま》がぶつかる音だけが部屋に反響する。

「だからこそ、わしは息子の苦労を思うのだ。あれは親の贔屓目《ひいきめ》を差し引いても天下の才子であろう。だが、本当は頼りにしたいはずの父親は所詮《しょせん》この程度の帳簿付けで音を上げてしまう凡人ぞ。きっとあの息子は、わしの知らぬところで労苦を重ねておるに違いない。されど、親であるわしには息子の荷を背負いきれぬし、子も子で親に己が荷を背負わせることはできぬと考えておろう。そもそもわしには、あの息子の荷の中身など思いもよらぬ。だから」

正継は帳面から目を離し、左近を見据えた。

「あの息子と共に歩める男が現れてくれぬものかと願《ねご》うておる」

「左様、ですか」

先ほど、策士のほうに振り向けた評は間違いであったらしい。正継という男の人物評をまた少し改めた。

と、正継が、ふいに悪戯っぽい表情を浮かべた。

「ときに左近殿、手が動いておらぬな」

見れば、正継は既に十数冊分に目を通しているらしく、文机の脇に帳面の山が置かれている。一方の左近はといえば、最初に手に取った一冊目をまだ見終えてもいない。

「……左近殿は算術が苦手と見える」

「め、面目ない」

「でしたら、ちょっと辺りを見て回るとよろしかろう」

「されどそれでは」

すると、正継はにこりと相好を崩した。

「なに、此度の朝鮮出兵の話が出た時、やけにそわそわしておられたゆえ、何かあるのではと思い名護屋に誘ったまでのこと。そもそも帳簿役など、まるで期待しておらぬよ」

やはり、この男は策士かもしれぬ。左近はまた目の前の男の評を改めた。


辺りを見て回ればよいと言われたものの。

名護屋の町の真ん中で、左近は右往左往していた。何せまったく土地勘がない。

だが、軍略家としての左近は、名護屋城下に戦の匂《にお》いを感じている。

名護屋は人が自然に寄り集まってできた町ではない。朝鮮への出兵が決まり、名護屋城が築城されたことにより誕生した新しい町だ。町割りも綿密に計画されているのだろう。

城の北に位置する城下町の目抜き通りは、どこを通っても真《ま》っ直《す》ぐな道がない。広くなったり狭くなったり、途中で直角に曲がりさえする。敵軍が攻めてきたときに容易な進軍を阻むための仕組みだ。白木柱の建物が軒を連ね、大坂と見紛《みまご》うばかりに武士や商人たちでごったがえすこの町は、まさしく戦のための町と言える。

ふと、高台から城下町を見下ろしたくなった。辺りを見渡すと、城の東側に小さな山がある。あそこに上ろう、そう決めた。

大して高い山ではない。佐和山城での毎日の上り下りのおかげか足が頑強になったかもしれぬ。息切れ一つせずに坂を登り切り、開けた見晴台の上から城を一望した。

左手に名護屋城。右手には鋭い槍のような岬が延び、その向こうに玄界灘が広がっている。琵琶湖とは違い水面はうねるように波打ち、漕《こ》ぎ出そうとする者を阻んでいる。

左近が城を見下ろしていたその時、ふいに、後ろから声がした。

「島左近殿とお見受けする」

振り返ると、そこには深い笠を被る、法体の男が立っていた。薄墨の袈裟《けさ》を揺らし、ゆっくりと近づいてくるその坊主の左腰には、形《なり》に似合わぬ大身の太刀が吊《つ》るされていた。

「いかにもそうだが」

何者だ、という言葉が出るよりも早く、その坊主は腰の刀を抜いた。

「いざ尋常に勝負」

「待て」刀の柄《つか》に手を掛ける。「坊主に恨まれる覚えはないぞ」

そう口にして、あながち恨みを買っておらぬこともないと思い至る。大和は古《いにしえ》より寺社の勢力が強い地だ。左近などは乱世をいいことに坊主や禰宜《ねぎ》神主の類をないがしろにしたくちだ。寺社領に攻め込んで土地を切り取ったのは一度や二度でなく、酒の上の喧嘩で坊主どもを張り倒したこともあった。

左近の制止を無視し、坊主は刀を振り被ったまま迫ってくる。

左近は刀を抜き放ち、そのままの勢いで斬《き》りつけた。戦場で何人もの兵を仕留めてきた抜き打ちだ。だが、坊主は得物で捌《さば》き切ったばかりか、逆に斬り返してきた。並の使い手ならばこれでお終《しま》いであったろう。もっとも、おめおめと斬られる左近ではない。足払いをかけて坊主の体勢を崩し、距離を置いた。

精緻《せいち》な剣だ。それに、一合のやり取りで分かったことだが、この坊主は若い。膂力《りょりょく》に衰えはなく、また気力も充実しきっている。小手先の業前《わざまえ》は左近に分があるかもしれぬが、斬り合いが長引けば勝負はどう転がっていくか分からない。

左近が強く柄を握ったその時だった。

坊主はふいに太刀先を地面に刺し、手を放した。

そして、

「はっはっはっはっは！」

腹を抱え笑い始めた。

最初、坊主の気が触れたかと疑った。

が、しばらくして笑いを引っ込めた坊主は太刀を鞘《さや》に納め、

「申し訳ござらぬ」

と頭を下げた。

「戯れにござる。左近殿の腕が衰えておらぬか、見てみとうござってな」

「そなた、何者だ」

「ああ、しからば」

おもむろに笠の緒を外した。しかし、そうして露《あら》わになった顔に、左近は見覚えがなかった。剃《そ》り跡が青々しい頭にしわだらけの顔。鋭い眼光、大きな鼻に小さな口。どこかで会ったことがあるだろうか。

左近が思い当たっていないことに気づいたらしい。しかし、殊更《ことさら》傷ついた様子もなく、その法体の男は名乗った。

「お忘れなのも無理からぬこと。田舎侍のことなど、都の侍がいちいち覚えておるわけはない。わしは酒巻靭負。忍城での籠城戦の際、石田治部をあと一歩のところまで追いつめ申した」

そう言われて初めて、忍での戦を思い出した。石田治部を釣り出した、あの見事な采配《さいはい》を振った敵将。その名が確か酒巻靭負であったはずだ。

芋づる式に記憶が蘇《よみがえ》る。沼のようになってしまった田、泥だらけになりながら農耕馬を走らせ敵陣を破った。その戦場で出会った、あっぱれな采配を振る男の姿を。だが、顔を見て名乗られてもなお、忍で戦ったあの酒巻と目の前の男が重なることはない。しばらく見ないうちに酒巻は老いた。

「酒巻殿か。久しゅうござる」

「噂《うわさ》はかねがね耳にしておった。特に、我が殿からな」

「殿？」

「おや、知らぬのか。我が殿であられた成田青岩《せいがん》様は、一時蒲生少将様の許に身を寄せておったのだ。それゆえ、そなたの活躍は殿から聞いていた」

氏郷は左近のような人間を抱えていたことからも分かる通り、様々な人間に捨扶持《すてぶち》を与えて養っていた。昨今珍しい俠気《きょうき》の持ち主であったと言える。小田原の陣の折、唯一豊臣に屈服することなく最後まで戦った城主に対して、おそらくあのお人は俠気を以《もっ》て迎えたのだろう。

「で、今、成田様はどうなさっているのだ」

「あ、ああ。今尾張におる。ご当主様と些細《ささい》なことで喧嘩をなさってな。剃髪《ていはつ》して読経三昧《ざんまい》よ」

踵を返した靭負は、脇の大岩にちょこんと乗せられていた方三寸ほどの小包を拾い上げた。真っ白な布がかけられているそれは、結び目が輪になっていた。その輪に首を通し、胸の前に掲げ持つと、靭負は愛《いと》おしげに箱を撫でた。

「こちらが本来忍城を守っておった城代、成田肥前守《ひぜんのかみ》様ぞ」

「本来? それに、お亡くなりなのか」

「忍の戦の中途にな。しかし、この方がおられなんだら、あの戦、負けておったであろう。我らの取った策の多くは肥前守様の遺言にござった。生涯忍の地を出ぬお方であったゆえ、わしがこうして法体を取り、全国をご案内して差し上げているのだ」

「そうであったか」

あれほど見事な戦を繰り広げた智将だ。いったいどれほどの器であろう。酒でも酌み交わし、軍談に花を咲かせてみたかった。

「それほどのお人が、忍におったのか」

「忍の如《ごと》き田舎に、か？」

無礼に気づき口を塞《ふさ》ごうとした左近のことを、靱負が笑い飛ばす。

「何、わしとて不思議なのだ。忍は北条の真ん中にあったゆえ、戦らしい戦もない、穏やかな地であったよ。肥前守様はそんな平和な地の領主の部屋住みであられた。戦に出たこともない。左様な方がなぜあのような軍略を練ることができたのか、わしにもとんと分からぬ。家臣の誰も、それどころか、子息の青岩様も思い当たる節がなかったそうだ。わしは、神仏が忍に下した天賦《てんぷ》の人であったと思うておる」

どこか熱のこもった目で亡き主君のことを語る靱負のことが、羨ましくて仕方なかった。少なくとも左近には、こうして手放しで褒め称《たた》えることのできる主君など誰一人としていない。そして、陶酔と共に主君を語る靱負の思いの根源にあるものも捉《とら》えることができずにいる。

左近は代わりに問うた。

「これから、靱負殿はどうなさるのだ？　主君の骨を抱え、全国を行脚した後は」

「そうさな。忍に肥前守様の墓がある。分骨していただいた骨をお戻し差し上げ、わしは肥前守様の菩提《ぼだい》を弔おう」

「そなたほどの将が、槍を置くのか」

「はは、天下に聞こえた島左近に褒められるとは、この酒巻靱負、一生の誉《ほま》れにござる」

満面に笑みを湛《たた》えた靫負はさっぱりとした顔で答える。「もし、左近殿がわしの戦ぶりを勇猛と感じたのであらば、それはわしがあの戦にすべてを懸《か》けておったからぞ」

「む？」

「わしはな、あの戦が初陣のようなものであった。忍は本当に小競り合い一つない場所でな。時々軍役で他国の国境に行かされるほかに槍を握る機会はなかった。幸か不幸か、軍役の際に競り合いに巻き込まれることはなかった。血霞が舞い、人が容易《たやす》く死ぬ戦場には縁遠い人生であったのだ。そんな人間には、ただ念ずるしかなかった。一生分の働きができるように、とな。きっと、その願いが叶《かな》ったのだ。あの時のわしは、神通力が宿ったかのようであった。だからこそ、そなたら上方の武者たちを追いつめることが叶ったのだろう」

だから、と靫負は続ける。

「わしの器には、もう軍才は残っておらぬ。今のわしは、酒巻靫負の出涸《でが》らしよ。しかし、それでよいと思うておる。わしは武士として、何としても勝たねばならぬと念じた戦に勝つことができたのだ。これ以上の誉れはあるまい」

何も言えなかった。

左近の頭には、靫負のような考えはなかった。息をするように戦をし、飯を食らうように他人の領地を切り取り、糞《くそ》をひるように軍略を練る。それが左近の見てきた武士であった。左近自身、己は戦で死ぬのだろうという漠然とした予感がある。否《いな》、戦場以外で死にたくはない。

だが、目の前の男はまったく違う論理の中に生きている。

何としても勝たねばならぬと念じた戦に勝つ。

凛《りん》とした言葉が、左近の胸を衝《つ》く。

「そうで、あったか」左近はのろのろと首を振った。「そなたほどの御仁であれば、他家からいくらでも引き合いがあったろうにな」

「かもしれぬな。――が、あの時忍城を守っておった将たちは、ほとんどが他家に行かず、今でも忍で暮らしておる。きっと皆、わしと似たような思いなのだろうな。あるいは――」

「あるいは？」

「皆、土いじりの好きな田舎者なのだろうな」

口角を上げた靫負は袈裟の裾《すそ》を手で払って埃《ほこり》を落とすと、岩に立てかけてある錫杖《しやくじよう》を取り上げ、深笠をおもむろに被った。

「あいや、突然にお声をお掛けして申し訳なかった。そなたの姿を町で見かけたが、本当にあの左近殿であろうかと時機を逸し、ここまで追いかけてきてしもうた」

「それで、斬りかかってきたのか。よう分からん男だ」

「はは、田舎武者の粗忽《そこつ》とお許しくだされ」

ゆっくりと頭を下げた靫負は、錫杖を鳴らしながら元来た道を降りていった。鳴り響いていた甲高い錫杖の音も、しばらくすると遠くから聞こえてくる町の喧噪《けんそう》に紛れて聞こえなくなった。

靭負との再会から数日後、左近の許に客人があった。

相手の名を聞いた時、さすがに驚かざるを得なかった。戦場で用意がなかったゆえ、正継に借りた直垂に身を包みその客人を迎えた。

部屋に客人を通すと、左近は上座を譲った。しかし、杖《つえ》をつくその客人は、決して上座に座ろうとしなかった。

「上座にお座りくだされ、でなくば某の居場所がない」

そう抗議すると、客人は大きなあざのある左頬《ひだりほお》を緩めた。

「なに、この体では、一段高いところに行くのが難儀でな。下に座らせていただきたい」

結局左近と同じ中段に胡坐《あぐら》をかいて座ったのは、黒田官兵衛であった。

この男とこのように直接見《まみ》えるのは九州仕置以来だ。小田原の陣では軍を率いていたが、あれほど広大な戦場では顔を合わすこともなかった。そもそも、声を掛けることなどできなかったろう。片や陣借り、片や万の兵を任された太閤殿下お気に入りの智将だ。

「ご壮健のご様子ですな」

「そちらこそ、恙《つつが》なきようで何よりにござる」

「それは嫌味かな」官兵衛は己の杖を肩に掛けて笑う。「まあ、元より傷んでおった体ゆえ、老いはあまり感じぬやもしれませぬなあ」

確かに、九州仕置の頃から足を引いていたゆえ、元より気配は老人じみていた。顔の大あざも皺《しわ》を隠し、年の頃を容易には測らせてくれない。見ようによっては老人にも、中年にも、病を得た若者にも見える。

「今年御幾つでござる」

「四十七にございますが」

なんと左近よりも年下だ。

官兵衛は不満げに口元を曲げる。

「息子に跡を継がせて隠居したいというのが本音なれど、いくら願い出ても許されませぬでな。こうして杖をついて戦に出てきてござる」

本心によるものかどうかは分からない。何せこの男は太閤殿下の軍師と謳《うた》われている智者だ。この男の本音を探ることほど難しく、また骨折り損なことはあるまい。

蛇が虎《とら》の首筋を窺うように気を張っていた左近であったが、一方の虎、もとい官兵衛はまるで気負いを感じさせせぬ振舞で、世間話めいた話を始めた。

「それにしても、此度の戦の軍容は実に絢爛《けんらん》だとは思われませぬか。この陣容、小田原の陣に勝るとも劣らぬ、いや、むしろそれ以上かもしれませぬな」

「ああ、ですな」

「ご存知かな、以前、そなたと共に九州仕置に出ておった藤堂与右衛門殿も、この戦に出ておられるそうですな」

「のようですな」

風の便りで藤堂与右衛門の消息はそれとなく耳にしていた。

秀長公死後は養子の秀保《ひでやす》公に従い働いており、今や水軍を率いる一軍の将だという。

あの男らしい、と左近は思ったものだ。

蓮《はす》っ葉《ぱ》なところがあり、我を通して時折主君とぶつかることはあるが、あの男の一番深いところには忠義心がある。あの男を犬と蔑《さげす》む者もいるという。誰にでも尻尾《しっぽ》を振る、という謂《い》いらしい。何度も主君を替えているその経歴を嗤《わら》ったもののようだが、左近はあの男については少し違う印象を抱いている。

あの男は、確かに尻尾を振る。しかし、尻尾を振るべき主君を選びに選んでいる。そして、決めたからには己が死ぬか、主君が死ぬまでは尻尾を振り続けると腹を据える。そういう男だ。世の人はあの男を世渡りの名人と呼ぶ。だが、左近に言わせればあれほど不器用な男はあるまい、となる。

今、あの男は必死で尻尾を振っているはずだ。新たな主と定めた男に。

だが、左近にはもう関係のないことだ。

そんな主君には出会えない。

左近がなんとなく塞ぎ込んだのを知ってか知らずか、官兵衛は少し口角を上げた。

「ところで左近殿。確か左近殿は今、石田家には仕官してはおらぬのでしたな」

「息子が仕官しておりますが、某自身は仕官しておりませぬ」

「そうであられるか。ということは、石田殿への不義理とはなりますまいな」官兵衛はずいと身を乗り出し、声を潜めた。「某は軍監として朝鮮に渡ることになっておる。息子にほとんど手勢を与えておるゆえ、少々心もとない。そこで――。左近殿、某と一緒に渡海しませぬか」

「官兵衛殿と？」

「ああ。軍監とはいうが、今の陣立てを見たところでは、戦のいの字も知らぬ若造ばかりが陣を張っておる様子。これでは、まともに陣も動くまいと見ておりまする」

「つまり、やがては官兵衛殿が全軍の指揮に当たられる、と？」

頷いた官兵衛は続ける。

「そうなる、と踏んでおる。されど、そうなってから慌てたくはないものでな。わしの許で軍を率いる手練《てだ》れを探しておるのよ。そうなったときに、万の兵を任せることができるだけの傑物を」

「俺が、万の兵、ということか」

いつしか、言葉に素の自分が出ていた。

官兵衛は左近の手を取った。左頬の大あざを柔和に緩め、しかし、まるで笑っていない目を光らせながら。

「うむ。お任せしたい。数万を超える兵を操ることになりまする。軍略に生きる人間にとって、これ以上の誉れはございますまい？」

心の臓をわしづかみにされた心地がした。

数万の兵を率い、異国の兵たちと戦う己を夢想する。我が国とは作法の異なる陣立て。誰もが見たことのない戦になるだろう。硝煙と血の匂いの中、馬で駆け、己の名を異国で轟《とどろ》かせる。武人にとってこれ以上の仕合わせはあろうか。

そもそも、左近がここ名護屋にやってきたのは、何としてでもどこかに陣借りして渡海するためであった。願ったり叶ったりといったところだ。

「乗る」

左近は迷わなかった。

わずかに口角を上げた官兵衛は、握っていた左近の手を放し、杖に寄りかかるようにして立ち上がった。

「すっかり昔話に興じてしまいましたなあ」

さっきまでの潜めた声とは比べ物にならぬ程に明朗な声を上げた官兵衛は、杖をついて縁側へと向かった。が、思い出したことがあったのか、振り返り、さっきのような小声で付け加えた。

「老婆心ながら。石田治部に見抜かれぬよう」

懐から小さな文を取り出した官兵衛は、それを左近に向かって投げた。開くと、〝二日後の夜遅く、黒田の陣までやってくるように〟という指示があった。

「燃やせ」

低く唸《うな》るように述べた官兵衛は、一転、

「ではでは、今度は茶でも馳走《ちそう》いたしましょうぞ」

と明るい声を上げ、部屋を辞した。

左近は部屋を見渡す。しかし今は火鉢を要する季節ではない。仕方なく、紙をくしゃくしゃに丸めて懐に放り込んだ。

かくして二日後。

夜陰に乗じて、左近は一人、名護屋の町の裏道を駆けていた。新しい町ではあるが、お上の計画通りには町は出来上がらないものだ。街道筋を離れると、仕事の口を求めた者たちが寄り集まって建てた粗末な小屋が軒を連ねている。

この話は新吉にもしていない。打ち明ければ止められるに決まっている。書き置きの類は残さず、あえて荷物は残してある。抜け駆けではなく、行方知れずとなれば新吉への風当たりは弱いはずだ。そうまでしても、まだ見ぬ異国の大戦を見たかった。否、その大戦の真ん中で、己の名を轟かせたかった。

官兵衛の陣所は町の西にある。本来なら大路で一本だが、念には念を入れてあえて複雑な道行を辿《たど》る。やがて町の西端が見えてきた。見れば、闇《やみ》の中にぼうっと篝火の列が浮かんでいる。あれが黒田の陣だ。

物陰に隠れながら、黒田の陣幕に近づいていく。すると、その入り口に、家臣たちを引き連れた官兵衛の姿があった。杖をついており、平服ではあるが眼光は鋭い。

官兵衛は左近に気づいた。音を立てぬように歩いていたつもりであったが、歴戦の軍師を欺くことはできなかったらしい。

「待っておりましたぞ、左近殿」

両手を広げた官兵衛は、満面に笑みを湛えている。この男がここまで感情を露わにするのは初めてのことだ。いや、この男は軍略、人の表裏に通じた男だ。この表情さえも嘘《うそ》かもしれぬ。だが、これが官兵衛の演技だとしても、左近にはどうでもよいことだった。異国の戦の采配と硝煙の匂いが左近を突き動かしている。

「ささ、中に入られませ。酒を用意してございまする。奥で一献傾けましょうぞ」

足を引きながら左近の許に寄った官兵衛が、左近の手を取り陣の中に招き入れようとしたその時だった。

「待たれよ」

闇を切り裂くような声が辺りに響いた。

官兵衛は肩をびくりとさせ、左近から手を引く。そして、声のほうにゆっくりと顔を向けた。左近も官兵衛の視線の先に目を細めた。そこには、鎧《よろい》の札《さね》を揺らす供回りを引き連れた、石田治部の姿があった。平服である絹の羽織を風になびかせ、怜悧な目を官兵衛と、左近に等しく向けている。

「おやおや、治部殿ではありませぬか。夜分に鎧武者を引き連れ我が陣にお越しとは、穏やかではありませぬなあ」

殊更に猫撫で声を上げる官兵衛だったが、治部には通用しない。

「官兵衛殿。貴殿、様々な家中の人間に声を掛け、引き抜きをしていたようであられるな。某家中より苦情が出ておりますぞ」

「某はただ、よりよい待遇で強い武者を集めておるだけでございまする。何か障りがございましょうか」

「左様なことは、どこにも仕官せぬ天下の遺賢に対しするものでございましょう」

「ほほ、それはそれは。では、そこな左近には何の煩いもございませんなあ。何せこの男は石田家の世話になっておるとはいえ、禄《ろく》は貰っておらぬ由」

官兵衛の顔は大きく歪《ゆが》んでいる。勝ちを確信しているような顔だ。

だが、そこにもう一人の影が現れ、治部に加勢をした。

正継であった。

「某、石田家の佐和山城代、石田正継と申す。息子に代わり佐和山の家中を取りまとめておる男でござる。お見知りおきを」恭しく頭を下げた正継であったが、目は笑っていない。

「確かに、左近殿は当家預かりではございませぬ。されど、今は少々立場が違いましてな」

「何？」

「実は、某の帳簿付けを手伝っていただいておりましてなあ。毎日いくばくかの給金を与えておったのです。今の左近殿は、当家の臨時雇いでござる」

そういえば。左近はようやく気づいた。

帳簿の仕事は数日で手がつかなくなってしまった。なのに、毎日のように銭が与えられていた。貰えるものだからとありがたく頂戴《ちょうだい》していたが、これは己を縛るための鎖であったのか、と今更ながら気づいた。

治部は官兵衛を見据える。官兵衛の顔からは余裕が消えている。

「官兵衛殿。貴殿のなさりようは軍中の和を乱す行為であられる。今であればまだ内々に済ますこともでき申す。この治部が請け合いましょう。されど、もし、あえて我を張られるのならば、如何《いか》に太閤殿下の懐刀といえども――」

治部の鋭い目が官兵衛を捉える。

しばし、糸切り歯を見せるかのように口元を歪めていた官兵衛であったが、まるで花がしおれるように表情から毒気が抜けた。

「ほっほ、治部殿、そう怖い顔をせんでくだされ。――天下の遺賢を集めたいと願うは、某の道楽、茶道具集めのようなものでございますよ。もしそれが軍中の法に障るということであらば、手控えましょうぞ」

いや、正確には、顔から毒気を抜くことで白旗を上げた、というほうが正しい。治部は官兵衛の顔の変化に、あからさまにほっとした表情を浮かべた。

「左様ですか。それはようござった。――此度の件、必ずや内々に収めましょう。この石田治部の名にかけて、必ずや」

「お願いいたしまする」

頭を下げたその一瞬、官兵衛の目がギラリと光ったのを左近は見逃さなかった。

治部は左近に声を掛けた。

「左近、戻るぞ」

もはや、官兵衛の許で采配を振るという夢は潰《つい》えた。

首を振り、左近が歩き出そうとしたその時であった。

官兵衛が、左近にしか聞こえぬような小声で、話しかけてきた。

「老婆心ながら、申し上げておきましょうぞ。左近殿、治部は危うい。あの男にはついてゆかぬほうがよい。あれは、山犬が如き男なれば」

以前、誰かにそう評されたのを思い出した。

左近は止めていた足をまた動かし、治部の許へと歩いていく。

「ご忠告、痛み入る」

左近は踏ん切りをつけるように官兵衛に言い残した。

内心、切歯《せっし》扼腕《やくわん》たる思いと、遠ざかる異国の戦への未練とがないまぜになっている。だが、今更どうしようもなかった。治部の後に続き、半ば護送されるように、闇に沈む名護屋の表通りを歩いた。

陣への帰途、口を真一文字に結んでいた治部が、口を開いた。なじられるかと思ったが、意外にも、こちらを小馬鹿にするような物言いだった。

「左近、そなたは頭が切れるのか抜けておるのか分からぬな」

何も言えずにいると、正継がくつくつと笑う。

「官兵衛殿の密書をわしが見つけてなあ。それで、息子と諮《はか》ってそなたを迎えに行ったのでござる」

焼けと命じられた密書は、結局懐に収めたまま処分をしていなかった。どこかで懐から落ちるなどして漏れてしまったのだろう。

己の粗忽《そこつ》さにばつの悪い思いをしていると、治部が続ける。

「そなた、何が何でも戦に出たいようであるな」

「当たり前にござる。途方もない大戦に出とうござる。天下を分ける大戦に。武田信玄公が徳川三河を追いつめた、三方ヶ原合戦のような大戦を、己の手でやってみとうござる」

「大戦、か。それで、渡海しようと考えたわけか」

「治部殿。某を渡海させてくだされ。さすれば、治部殿の手となり足となり、大暴れして見せましょうぞ」

が、治部は即座に却下した。

「認められぬな」

「なぜ」

「これから行なわれる戦は、そなたが思い描くような戦ではないからだ」

「なんですと？」

治部は怜悧な目を左近に向けた。だが、その顔に嘘の色はない。

「次の戦はとんだ茶番となろう。斯様《かよう》な戦に命を懸ける意味はない」

「それはいったいどういう意味で」

「今は待て、左近。さほどに大戦がしたければ、やがて、機はやってくる。その時に我が許におれば必ずや重く用いる。信じてくれ」

「信じろ？　と？　某に、信じろとおっしゃるのか」

左近にとっては、最も苦しい言葉であった。信じる、それは真の主君と家臣の間に成り立つものだ。

「然《しか》り。忍でそなたに受けた恩、必ずや報いる」

治部への見立てを誤っていたのではないかと気づく。この男は冷たい表情を顔に張り付けているゆえに心の中まで冷え冷えとしているものと見誤っていた。だが、分厚い面の皮をはいでいけば、奥に熱い魂が脈打っている。

それも見立て違いかもしれない。だが、今感じている手触りほど雄弁なものもなかった。

左近は結局、わずかに、けれど確かに熱を放つ治部の魂に後押しされるように、ゆっくりと頷いた。


じわじわ、と蜩《ひぐらし》が声を上げる中、左近は佐和山城名物の長い石段を登っていた。手に山のような書状を抱え、転がり落ちぬように一歩一歩踏みしめながら。山城というのは、容易に敵に城を取られぬよう、登りづらく作ってあるものだ。この佐和山の城も例にもれず、階段の一段一段が異様に高い。

やはり、未だに慣れない。

ふうふうと息を荒くして階段を上っていると、後ろからやってきた正継が左近を追い抜き、にかりと笑った。

「まだまだ修行が足りませぬぞ、左近殿」

黒い紗《しゃ》の羽織に夏袴という姿の正継の手にも、左近とほぼ同じ量の書状類が抱えられている。天狗《てんぐ》のように石段を駆け上がっていく正継の背中を見上げながら、左近は舌を巻いていた。

ふと、左近は振り返り、西の空を見やった。それにしても今年は暑い。八月だというのに真っ白な入道雲が湧いている。そのはるか向こう、名護屋の陣にいるはずの治部の姿を思い浮かべようとしたものの、上手《うま》くはいかなかった。

「どうされた」

「いや、海の向こうの戦はどうなっているかと」

「そうさな」正継は顔をしかめた。「皆、無事なら良いな」

左近が参陣し損ねた朝鮮出兵は、猖獗《しょうけつ》を極める戦となった。

無論参陣できなかった左近は戻ってきた息子から話を聞くしかなかった。だが、新吉の口から浮かび上がるのは、この世の地獄としか思えぬ光景であった。

当初は良かった。士気の高い名将たちがそれぞれに八面六臂《はちめんろっぴ》の活躍をして次々に城を落としていった。だが、戦線が伸び切って小荷駄の手が回らぬようになると、途端に前線では兵糧不足となった。新吉のごとき将の立場であっても飯代わりに野草を刈り、えぐみの強い煮汁の雑炊で腹を満たすしかなかったという。折しも、敵軍は明《みん》の増援も得て息を吹き返し、反撃してきた。おおむね、朝鮮での戦は左様な塩梅《あんばい》のものであったという。飢えている中での撤退戦。控えめに言っても地獄であろう。だが、朝鮮にいた大名たちは多大な犠牲を払いながらも命からがら名護屋へと帰り着いた。これが、朝鮮での戦の一部始終であった。

治部が『茶番』と口にしたのは、これを見越していたのかもしれない。

だが、こんなどうしようもない戦がまた起こったのだから目も当てられない。

どういう経緯のものかは左近にも分からない。だが、事実として、名護屋にまた日本中の大名が集められ、十万を超える兵が朝鮮へと送り込まれた。

今、治部は名護屋と畿内を行き来し、荷駄の差配を担っている。東奔西走する治部の許には、家臣として新吉も侍っている。

「どうなってしまうのやら」

　正継はそう口にしたが、どこか他人事のようであった。指摘すると、正継は笑った。

「いかに大戦とはいえ、天下にあまたおる者にとっては関《かか》わりのない話よ。戦の趨勢《すうせい》などより、自分たちの山から木を切ってしもうた隣国の百姓のやりように憤っておる者もおる。領地の切り取りなどより、先祖代々の地を耕したいと願《ねご》うておる者のほうが多い。城代であるわしの役目は、左様な領民のため、公正に裁いていくことよ」

　ふと、忍の酒巻靭負の顔が浮かんだ。あの男は今何をしているだろう。全国の行脚を終え、主の遺骨をしかるべき所に納め、忍に戻って畑を耕しているのだろうか。

　靭負の姿を思い浮かべると、つい今の己の姿に目が行ってしまう。

　己にはそういう生き方はできそうにもなかった。

　ため息をついた。

　ふと振り返って石段の下を見た。すると、左近はあることに気づいた。

　武士が石段を駆け上ってくる。佐和山の者ではないらしい。それが証に直垂に烏帽子《えぼし》という佐和山の者が普段着には絶対にせぬ格好に身を包み、無数に枝分かれする石段を右往左往している。

「おおい、ここぞ」

　正継もその武士に気づいたらしい。

　声を上げると、武士はこちらに気づいた。

　左近たちのいる辺りまで駆け上ってきた頃にはすっかり息が上がり、肩で息をしながら顔を真っ赤にしていた。

すっかり汗ばんでいる男をしばし落ちつかせていると、ようやく人心地ついたのか、息を調えた。

「伏見《ふしみ》城の使いにござる」

伏見城といえば、太閤の隠居所だ。そこから飛ぶようにやってきた急使。思わず左近は顔をしかめずにはいられなかった。

果たして、その武士は懐から文を取り出した。

「火急の知らせにござる」

手の荷物を石段の上に置いた正継は、文を片手で開いて目を通した。最初は無表情であった正継だったが、やがて目を見張った。

「なんと！　一大事ではないか」

「何かござったか」

「何か、どころの騒ぎではない。太閤殿下が、身罷《みまか》られてしもうた」

雷に打たれたような衝撃が走った。

「御年六十を超えておられたゆえ、いつかは来ることだとは思うておったが、まさか今、とは……」

太閤秀吉、死す。

紛《まご》う方なき天下人であった。十余年にわたりこの国の頂点に君臨した巨魁《きょかい》の死は、否応《いやおう》なしに時の流れを思わせる。だが、秀吉の死は、漠然とした不安を生んだ。

たとえるなら、秀吉は堰《せき》のようなものであった。だが今、それが外れた。溜《た》まっていた水が鉄砲水のように溢《あふ》れ、すべてを薙《な》ぎ飛ばしていく。

左近の頭の中で、ずっとその光景が渦巻いていた。


「真《まこと》にござるか」

俄《にわ》かに信じられる話ではないだけに、左近は驚きを隠せずにいた。

左近の目の前に座っているのは、大谷平馬であった。しかし、かつての若造も刑部少輔《ぎょうぶのしょう》の官位を得たらしい。この男の変わりようも相当なものだ。手には杖を携えて顔を頭巾《ずきん》で隠している。二年ほど前に卒中にかかり片足と顔の一部が麻痺《まひ》してしまい、その顔を隠すため頭巾を被っているらしい。いずれにしても、忍で出会った知勇兼備の若武者の風情はもはや目の前の男にはない。

少しくぐもった声を放ちながら、刑部はあの頃と寸分の変わりもない竜の如き目を頭巾から覗《のぞ》かせる。

「だが、運がよかったとも言えますな。おかげで、策を練る時が得られたというもの」

「ああ。注進感謝する。刑部殿」

目を伏せ、刑部は応じた。

最近になってここ大坂にやってきた左近には、今一つ情勢は分かっていない。

つい一月ほど前のことだ。治部から文が届いた。

『大戦が起こる兆しあり、大坂へ出よ』

という命を受けて大坂に上ってきたばかりなのだ。喜び勇んで大坂にやってきた矢先、かような目に遭うとは思ってもみなかった。

「されど、信じられるものではございませぬな」左近は言った。「まさか、治部殿のところに、御味方が攻めて来られるとは」

刑部がもたらした注進は、左近の心胆を冷やすに値するものだった。

故太閤秀吉が遺《のこ》した子飼いの将、加藤清正《かとうきよまさ》や福島正則《ふくしままさのり》といった諸将が一味連合し、治部の大坂邸を焼き討ちにせんと軍を集めているという、俄かには信じがたい話であった。

左近は吐き捨てた。

「下らぬ者たちぞ。大坂で戦騒ぎを起こせばどうなるか分かったものではないというに」

「されど、その下らぬ者どもにむざむざ討たれては、とんだ大馬鹿でござろう。――わしは、徳川内府《だいふ》様の許に走らねばなりませぬ」

「分かっております。刑部殿、ここは危ない。もう戻られよ」

「うむ。武運をお祈りいたす」

刑部が部屋から去ったのち、左近は黙考に入った。

この大坂屋敷は大坂城の一角にある平屋の屋敷だ。隣の屋敷ともあまり塀の高さが変わらず、そもそも戦を前提に作っていない。しばしの間持ちこたえる自信はあるが、相手は加藤清正や福島正則といった猛将たちだ。真正面から戦えば無事では済まない。

だが、この時にも、もう一人の自分が囁《ささや》きかけてくる。

お前は、天下に知られた猛将たちと干戈《かんか》を交えてみたくないのか、と。

そんなもう一人の左近を抑えたのは、冷静な計算だった。この屋敷にいる石田家臣は多く見積もっても二百ほど。そのうちの半分は女中たちだ。戦える者は百人にも満たない。それでは戦らしい戦にもならぬ。勝負を待ったほうがよほど戦を楽しむことができよう、と己を押し留めた。

左近は腹を決め、治部の居室へと向かった。刑部の注進を伝えるためだ。刑部がやってきていたのは伝えていたが、密談中とのことで左近が代わりに聞くようにとの下知があったのだ。

治部の部屋の障子を開けると、時まさに治部が立ち上がらんとしているところだった。

「治部殿、一大事にございまするぞ。ただいま――」

「聞いておる。福島、加藤、黒田らが兵を挙げ、ここに迫ろうとしておるのだろう」

「なぜそれを……？」

見れば、佩楯《はいだて》に胴までつけた武者が治部に跪《ひざまず》いていた。見ない顔だ。ほかの家中からの注進かもしれぬ。

そして、部屋の中にはもう一人侍っていた。

治部とよく似た怜悧な表情を浮かべ、こちらを値踏みするように見据える男。頭巾に鬱《う》金色《こんいろ》の道服などをまとっているものだから一瞬茶人かとも思ったが、それにしてはわずかに武の気配が漂っている。この男を見るのは初めてではない。時折治部の許に侍り、ぼそぼそと何かを伝え去っていくのを何度も見ている。

目礼をしたその男は幽霊のような足取りで部屋から去っていった。

「あれは？」

顎でしゃくると、治部は答えた。

「あれは策伝《さくでん》という。美濃の国衆である金森《かなもり》の出だという」

「左様なことを聞いてはござらぬ。――あれは、忍びの類でござるな」

「うむ。便利ゆえに使っておる。頭も切れるゆえ、祐筆《ゆうひつ》代わりにも使える」

治部が言うからにはそうなのだろう。だが――。

「あれをあまり月いるべきではございませぬな」左近は思うところをそのまま口にした。

「どうも二心があるように思えてなりませぬ」

治部は笑った。左様なことは分かっておる、と言いたげに。

「ことを為《な》すためには、ああいう男も用いねばならぬ。大病に抗するためには、毒と紛《まが》うほどの薬をも用いねばならぬのと同じことぞ」

すべてを飲み込んだ上で用いようというのならば、止めるつもりはない。

それにしても、いったい治部は何をしたいというのだろうか。毒、と称するような忍びまがいの男と密談を交わし、用いているからには何かを為さんとしていることは明白だ。

だが、そんな思索は、当の治部によって阻まれた。

「左近、何をぼうっとしておるのだ。逃げるぞ」

「もうお決めでしたか」

「多勢に無勢。それにこの小屋ではまともに戦えぬわ。織田信長公のような迂闊《うかつ》はせぬ」

異存はない。左近は治部の後に続いた。

左近は壁に掛けられていた素槍を取った。あえて鎧は着ない。逃げるとなれば、身軽なほうが便利だ。さらには浮足立つ大坂屋敷の家宰に命じ、家臣たちをあえて四方八方の門から逃げさせた。そうすることで敵の斥候《せっこう》を欺こうという姑息《こそく》な小技だ。

左近は、本命である治部の隊伍《たいご》に加わった。とはいえ、さほど数は多くはない。どう数えても二十にも満たない。敵軍に見つかればひとたまりもあるまい。

左近ら治部一行は通用門から屋敷を脱出した。

外はもう暗い。道には人っ子一人いない。だが、耳を澄ますと、遠くから男たちの野太い声がする。鬨《とき》の声だ。その声はすぐに止み、次いで響いてきたのは女の悲鳴や雪崩のような大きな物音であった。どんどん物音はこちらに近づいている。

「敵の陣立てが早《はよ》うござるな」

「だが、逃げねばならぬ」

「無論の事にござる」

敵の攻め手のほうが早かった。既に石田屋敷の改めを終えたのか、敵将たちは軍を大坂の町全体にまで広げようとしていた。裏路地から表の様子を窺うと、既に主要な通りは敵兵たちに押さえられている。

左近が滴る汗をぐいと拭《ふ》くと――。

そこに、女駕籠《おんなかご》を従えた小男が姿を現した。

「治部はん。ここにおらはったんですか。探しましたで」

堺訛《さかいなま》りで話すその男は、にたりと頬を歪めた。口元からはぎざぎざの乱杭歯《らんぐいば》が覗く。その張り出した顎といい、のっぺりとした広い額といい、へちゃむくれの顔といい、さながら鮟鱇《あんこう》を思わせるような顔立ちは、斯様《かよう》な修羅場にあってもなお思わず吹き出してしまいそうなほどに滑稽《こっけい》だ。あまりの異相ゆえに、年の頃など測りようもない。

どうやら、治部と顔見知りらしい。眉一つ上げず、その男に呼び掛けた。

「曽呂利《そろり》か」

そろり？　異様な名だ。男から立ち上る雰囲気からも芸人の類かと疑ったが、どうやらそうではないらしい。近習《きんじゅ》の一人を捕まえて話を聞くと、結構な男であるらしい。

曽呂利新左衛門《しんざえもん》。太閤秀吉の無聊《ぶりょう》を慰める御伽衆《おとぎしゅう》であった。このお役目につくのはある種の芸能の者で、元は鞘走りの音をさせぬと評判の名物鞘師であったというが、この男は頓才《とんさい》一つで成り上がった。太閤秀吉の無理難題を口八丁でやり込める。かと思えば、不機嫌な秀吉をたった一言で笑わせてしまう。そんな、口舌の徒であるという。

曽呂利はにかりと笑い、治部に頭を下げた。

「治部はんを助けに来たんや」

芝居がかった身振りで女駕籠を開く。女ものの打掛が一枚置かれているほかには何も入っていない。

「これで逃げまひょ」

これはいけるかもしれぬ。左近は手を叩いた。

どこぞの女房衆が戦に恐れおののいて駕籠で逃げ回っているように見せればよいわけだ。もし駕籠の中を見せろと凄《すご》んでくれば、『お前たち如き雑兵《ぞうひょう》の目に我が姫君を晒《さら》すわけにはいかぬ』と一喝してやればよい。あとは、女に化けるという武士にとってはいささか屈辱やもしれぬ策に治部が耐えられるかどうかであったが、その心配は杞憂《きゆう》のようであった。

「よかろう。曽呂利の策に従う」

治部は女駕籠に乗り込み、打掛を頭から被った。

女駕籠を中心に編成しなおした一団。その中で、左近はふと曽呂利に話しかけた。

「どこで軍略を学んだ」

「へ？　何のことでっしゃろ」

「〝およそ戦いは正を以《もっ》て合い、奇を以て勝つ〟。孫子《そんし》の一節ぞ。先ほどの献策、まさしく孫子の奇であろう。戦の何たるかを知っておるな、そなたは」

「何をおっしゃるんでっか。わしはただの鞘師崩れでっせ。さいなもん、あらへんあらへん。ただ――。孫子はんとやらの言い分はほんまにおもろいなあ。皆が表ばっかり見ているときに裏をかく。たぶん孫子はんはそう言わはりたいんやろな」

孫子の言わんとすることを正確に捉えている。地の頭が良い？　いや、違う。この男は孫子の兵法に触れ、その精髄を理解しながら隠している。

治部が周りに置いている曲者《くせもの》は策伝だけではないらしい。

息をついていると、駕籠の中の治部が戸を開いた。打掛を頭に被ったままの姿で話しかけてくる。

「これからどうする？　徒《いたずら》に逃げておってもやがて怪しまれるぞ」

「なら、策がありまっせ」曽呂利はしれっと言った。「徳川内府の屋敷に逃げ込むのがええ」

「徳川内府だと」

さすがの治部も驚きが隠せないようだった。

徳川内府については、左近も世上に聞こえる噂程度のことしか知らない。何でも、太閤秀吉が禁じていた無断での大名子息同士の婚姻を推し進めており、さらには毎日のように宴席をもって大名たちと親しく付き合っているという。唯一内府に正面切ってものを言える立場であった前田《まえだ》大納言《だいなごん》利家《としいえ》公が身罷るとこれらはあからさまな動きとなった。最大の大名家にして秀吉の後継者である秀頼公の後見人という立場を笠に着て天下人を気取っているというのが、最近の治部のぼやきであった。

最大の権力者に調停を頼み込む。順当だ。

だが、治部は頷かない。

「此度の件、徳川内府が糸を引いているということも考えられる。もしそうだとすれば、自ら敵の懐に飛び込むようなもの……」

曽呂利は明確に反論した。それなら好都合である、と。

「もし内府はんが治部はんを退けようとして糸を引いてたとするんなら、自分には大義名分がないって思ってはるってことや。もし大義名分があるんなら、正々堂々と治部はんを捕まえればええはずやさかいな。そやから、心配せんでええ。徳川内府の許に飛び込めば、逆に手出しできひんようなるで」

理に適《かな》っている。まさに、〝奇を以て勝つ〟を地で行っている。やはりこの曽呂利という男は只《ただ》の口舌の徒ではない。

治部も曽呂利の理に気づいたのだろう。皆に命じた。

「よし、徳川内府の屋敷へ走れ」

治部一行は駕籠の棹先《さおさき》を徳川屋敷へ向けた。そんな一団の中で、左近だけはどこか醒《さ》めた目で周りを見ていた。そんな左近の目には、この主従の列に連なる策伝の姿も映る。治部を囲む者どもはあまりに不穏であった。

こんな連中ばかりを集めて治部は何をしようというのだろうか。

左近は首をかしげながらも、速度を上げた駕籠に続いた。


旅の垢《あか》を落とし、平服に着替え直した治部は、思いのほかすっきりとした顔で部屋に入ってきた。

息子の表情が晴れやかであったことに意外な様子の正継であったが、治部に向くや顔を緩めた。

「よくぞ生きて帰ってきたな」

「はい父上。命あらば、いくらでもやり直しは叶《かな》いまする」

左近は知っている。ここ佐和山に戻るまでの治部の心の揺れぶりを。使者に、

『お役目を辞し、佐和山に退くこと』

と沙汰《さた》を下されたとき、平伏した治部の口元から一筋の血が流れたのを、今起きたことのように思い出すことができる。

思えば、おかしな決定ではある。

石田治部の屋敷に加藤清正や福島正則、黒田長政《ながまさ》らが攻めかかった。どう考えても無法を働いているのは襲撃側の武将たちであったが、仲裁に当たった徳川内府は治部にも手落ちがあるといい、大坂城での政権運営の役目を引き剝《は》がし、引退を命じた。もっとも、襲撃側の武将たちが強硬に主張した『石田治部に厳罰を』という願いは退けた。やがてまた中央に戻ることができるという含みのある裁定であった。もしも治部を完全に追い落とすつもりならば、佐和山を取り上げるのが筋であるが、そこまで踏み込んだことは内府もしなかった。

左近はこの決定を痛み分けと見ている。あるいは向こうの勝ちが込んでいるかもしれぬが、引っ繰り返せぬほど旗色が悪いではない。

治部もそこまで考えなおし、ようやく今の穏やかな境地にまで至ったのだろう。

「父上、今後の領国経営なのですが……」

「む？　そなたが戻ってきたのだから、そなたに返すのが筋と思うておるが」

「いえ、引き続き、父上にお願い申し上げたいのです。私には、まだやるべきことがあり申す」

「――左様か」

正継は最初、意外そうに顔をしかめていた。だが、やがて得心したように胸を叩いた。

「よかろう。わしが引き続き任されよう」

「かたじけない、父上」

「構わぬよ。そなたの夢はわしの夢ぞ。やりたいようにやればよい。石田庄の国衆で終わるはずだった男がこうして大身の夢を見ておるのは、そなたの夢の余禄《よろく》のようなものぞ。わしのことは重荷に思わず、やりたいようにやればよい」

正継は剃り上げた頭を撫で、屈託なく笑った。策士と誠実の間を行ったり来たりしている男だが、今の姿は息子を前にした一人の父親の姿に他ならなかった。

さて――。そう独《ひと》り言《ご》ちた正継は立ち上がり、廊下に向かった。が、ふと気づいたことがあったのか、くるりと踵を返した。

「ところで。できうる限り得た米を金に換え、兵糧や武器に換えておったが、これはこのままにするのか」

「はい。このままお進めくだされ」

「うむ、分かった」

頷いた正継は部屋を辞した。

部屋には左近と治部だけが残された。

沈黙を破るように、左近は聞いた。

「以前から気になっておったのです。なぜ、治部殿は得た年貢米《ねんぐまい》のほとんどを戦の蓄えに換えてしまわれるのです」

佐和山城、二の丸の一室。普通、城の一室となれば欄間は当代一流の彫師による逸品が据えられ、色鮮やかな襖絵《ふすまえ》が描かれ、床の間には国が買えるような値の花挿しに花を活け、金で縁取りされた豪壮な屏風《びょうぶ》が部屋に彩を与えているものだ。だが、佐和山城に限っては それがない。城の柱には槍鉋《やりがんな》すらかかっておらず、襖は白一色、床の間の上には武骨な形の刀が飾られているばかりだ。そして、武庫に入れば家中の身の丈に合わぬ数の槍や鉄炮《てっぽう》、兜や胴が所狭しと収められている。

治部は部屋を見渡した。

「がらんとしておるな」

「ええ、飽き飽きするほどでござる」

「装飾など、うわべに過ぎぬ。入り用なものは常に集めてきた」

「入り用？」左近は嘲るように笑った。「確か、太閤殿下の世は天下惣無事なのではございませんでしたかな。天下惣無事に武具は必要ございますまい」

治部の眉がわずかに動いた。

まずいことを言ったか、と口から飛び出た言葉を悔やんだ左近であったが、目の前の若き領主が感情の一部を露わにしたのは、たった一瞬のことであった。それからは、顔色を凍りつかせたまま、感情の昂《たか》ぶりを見せることもなく、淡々と言葉を紡ぎ出す。

「左近。そなたは一つ勘違いをしている。太閤殿下の天下惣無事は、未だ成っておらぬ」

「成っていない？　成ってましょうよ。全国の大名がひれ伏しているのですからな」

「そなたの目は節穴であるようだな。太閤殿下は、己が生のうちに覇業を完遂なされんとしたために、天下惣無事が貫徹されておらぬ。それゆえに、私は武具を集めておるのだ」

「一体それはどういうことでござろうか」

「分からぬか？」

治部は左近ににじり寄り、息がかかるほどに顔を近づけた。冷たく光るその目の奥に、恐怖するかのように顔を歪ませる己の顔が見える。

「まだ日本には、いくつもの火種があると申しておるのだ。豊臣家ですら手を焼くような大名家が、な。例えば――。関東の徳川。九州の島津。奥州の伊達。これらは、またいずれ牙《きば》を剝《む》き、必ずや豊臣の世に仇《あだ》をなすことであろう。事実徳川は今、豊臣家を私《わたくし》せんと動いておる」

「まさか、徳川、島津、伊達を敵に回そうというおつもりか」

「ああ」

治部の顔は冗談を口にするものではない。そもそも、治部が軽口を叩いているところなど見たことがない。

「外様とは申せ、太閤殿下の覇業を早いうちから支えた毛利、上杉、前田は捨て置いてよかろう。されど、徳川、島津、伊達はいかぬ。あの者どもは、殿下が天下に覇を唱えられたのちも抗《あらが》い続け、形勢不利とみるや屈服した者どもよ。事実、徳川は今、豊臣を分断せんとしておる。伊達も、旧葛西、大崎の地で策動をしていた疑惑が色濃い」

豊臣の幕下にいる者ならば、誰しもが一度は考えたことであろう。だが、現実には難しいであろうことを悟り、口をつぐまざるを得なくなる。

徳川は二百五十万石の大大名だ。これを討伐するとなれば途轍《とてつ》もない大戦になる。日本中の大名を結集してかかっても何年も、場合によっては応仁《おうにん》の乱のように十年以上を費やす大戦となるはずだ。

「策は、おありなので？」

左近が聞くと、治部は床の上にとん、と指をついた。

「今、全国の大名の多くは、豊臣恩顧で秀頼君にひれ伏す者ばかり。すなわち、秀頼君さえ我らの側に引き寄せることが叶わば、あとはどうとでもなる。徳川内府は強引に事を運びすぎている。大名間の婚姻の禁を公然と破り、恣《ほしいまま》に振舞っておる。秀頼君の御名でこれを詮議すれば、大義名分は我らにあり。その上で、内府追討の命を発し、大軍でもって徳川を滅ぼす」

一息つき、治部についていた指を左近の側へと動かす。日本地図を思い描いているのだろう。

「その次は伊達ぞ。策伝の調べによって、伊達が諸国に忍びを放ち策動しているところまでは押さえてある。これらを謀反として責め立て大義名分とすればよい」

だが、ここで左近は嘴《くちばし》を挟む。

「一つ疑問があり申す。島津はどうなさる。九州征伐より後、島津はずっと豊臣家のために尽くし、朝鮮渡海までしていると聞いております。左様な家を、〝ただ不穏であるから〟と討てば、豊臣家の側に大義名分が立たぬのではありませぬか」

どんなに小さい種火であっても、そこに火さえあれば大義名分たりうる。だが、火のないところに煙を立てれば、必ずやその胡散臭《うさんくさ》さに気づく者が出てくる。

すると、治部は予想だにもせぬことを躊躇《ちゅうちょ》もなく口にした。

「その際は、我ら石田のみで、島津を落とす」治部の目は怪しく光っている。日輪のような輝きを誇りながら。「大義名分なき戦であることは重々承知。ゆえに、もし、島津との戦までに名分が見つからねば、石田と島津の私の戦とし、刺し違えてでも島津を滅ぼす」

「何故に」

「決まっておろう。豊臣家への忠のため」

治部の切れ長の目が昏《くら》く光っている。

親子ほども年の違う男の気迫に圧倒されている左近がいた。大義名分なき戦に刺し違えても挑む。それはすなわち、後の世に逆賊と罵《のの》しられる覚悟で戦に臨むということだ。そして、汚名をすべて一身に受けてでも、豊臣家のために働こうというのだ。

正気の沙汰ではない。

あまりのことに何も言えずにいると、治部が続けた。

「私が策伝や曽呂利などという危うい男たちを用いておるのは、私が為さねばならぬ大戦を睨むからこそ。まだ見ぬ大戦を戦うには、猪口才《ちょこざい》の利口者ではとても乗り切れぬ。天下を食らわんばかりの毒薬どもを用いねば、これからの大戦はとても勝ち抜けぬ」

「家格に不似合いな武具を揃えておるのは」

「何十年にもわたるであろう大戦を、生き抜かんがため」

「某の息子のような、若輩者を集めておるのは」

「何十年もの大戦となれば、人物がおらねば話にならぬ。金銀財宝は簡単に集めることができるが、人ばかりはそうもいかぬ。繋《つな》ぎ止めねばどこかへ流れてしまう。ゆえに、多少強引であっても、囲い込みをせねばならなかった」

「では」左近は躊躇《ためら》いながらも切り出した。「いつぞや、某が黒田官兵衛殿の許へ駆けた時に、強引に引き戻したのは」

「決まっておる。そなたを、来るべき大戦の軍師と見込んでおるがゆえよ」

なんということであったか。

これまでの疑問がすべて氷解してゆく。それとともに、目の前にいる男のあまりに遠大な風呂敷《ふろしき》の広げ方に、つい頰が緩みそうにもなる。目の前にいる男は途轍もない大馬鹿か、あるいは不世出の大器かのいずれだ。この男の肚《はら》の底で生み出された大策は、もはや一人の人間の生に収まるものではない。

だからこそ、というべきか。左近からすれば、治部の述べた策の穴に目がゆく。

「まずこの戦、徳川との戦とて十年以上の時を要することも考えられる。どうなさるおつもりか」

「私は今年で四十。五年後に徳川と当たるとして、十年後に勝たば五十五。今のそなたほどの年恰好《としかっこう》ぞ。まだ伊達とやり合う余裕はあろう。徳川さえいなくなれば、日本六十余州の勢力図は大きく変わる。徳川の領地をすべて豊臣宗家が取り上げれば、宗家と一門衆、また子飼衆だけで伊達如きは捻《ひね》り潰すことができようぞ。さすれば、残るは島津のみ」

今の左近は六十を数えている。確かに、この年齢ならば、養生を怠らなければあの世の使いは肩を叩いてきそうにもない。

だが、まだ他にも穴がある。

「今、治部殿の述べられた策はあまりに漠としすぎている。ざっとした大略はそれでもよろしかろう。されど戦とは、小さな計略や競り合いの積み重ねによるもの。それをどうお考えか」

治部は不思議そうな顔をした。何を申しておるのだ、そう言いたげに。

「何を言うか。言わなんだか？　それをそなたに任せると言うておる」

「……は」

治部は冗談を言うような人間ではないことは、これまでのやり取りで身に染みている。

面食らう左近の前で、治部は当たり前のことのように述べた。

「これまで私が述べたのは、いわば政略に属することぞ。私はこういったものを描くのは嫌いではない。忍での戦、あったであろう」

さすがに、あのとんでもない泥仕合、とは言わないでおいた。

「あれは、水攻めを行なうことにより、諸大名どもに武威を見せつけるという意味合いがあった。太閤殿下よりこの水攻めの命を受けた時、私が反対せなんだは豊臣の武威を周囲に知らしめることになると思うたゆえだ」

一拍置き、少し左近から目を離した治部は、言いにくそうに続ける。

「されど、私には、軍略の才が備わっておらぬ。戦の最前列に出たことは数回しかない。豊臣の戦の多くを政略や小荷駄の立場から支えてきたゆえに、軍略は大の苦手なのだ。だから、そなたにすべてを任せようと考えておる」

「解せませぬな」

「何がだ」

「なぜ某に、斯様な大役を任せようというのです？　軍略をすべて任せる、ということは、某を劉邦《りゅうほう》における張良《ちょうりょう》として遇するということにござる。劉邦と張良は、深く繋がっておればこその君臣。されど、治部殿は、某をそこまで信頼できるのですかな」

しばしの沈黙があった。

ここで納得できる答えがなければ、たとえ斬られたとしても出てゆかねばならぬ。そう覚悟を決め、目の前の男の答えを待った。心の臓の鼓動が聞こえそうなほどにしんと静まり返る部屋の中、左近は治部を睨み続ける。

ややあって、治部は、口を開いた。

「忍での戦の時、私は死を覚悟した」

治部は右手を広げ、掌《てのひら》を見た。まるでそこに忍の戦が収まっているかのように、苦々しく手を握ると、さらに言葉を重ねる。

「なんとしても、あの戦では豊臣の武威を見せつけねばならなかった。だが、水攻めは失敗し、味方の陣では諍《いさか》いばかり起こっておった。今にして思えば、我々は忍の城兵に負けておったのではない。自身に負けておった。あまりに図体の大きすぎる大軍に、我ら自身が押し潰されておったのだろうな」

治部は瞑目《めいもく》した。

忸怩《じくじ》たる顔を見たその時、目の前の男が未だにあの戦の中でもがいているのだということに気づいた。男にはずっと拘《こだわ》り続けなくてはならない過去がある。目の前の男にとってそれが忍城での攻防戦であったということなのだろう。

「そして、総攻撃のあの日。如何な犠牲を払ってでも勝たねばならぬと念じた。万の兵が犠牲になっても構わぬ、勝ちさえすればそれでよいとな。だが、無理攻めをしてもなお城は落ちなかった。あの時に私は気づいたのだ。私は母親の嚢《ふくろ》の中に、軍才を置いてきてしもうたのだと、そして、私の戦う場は戦場ではないのだと。その時だ。そなたが助太刀に来てくれたのは」

目を開いた治部は遠い目をした。まるで、治部だけが忍の戦に立っているかのような顔をしていた。

「あの時、私は思ったのだ。ああ、この男こそ、私が母親の嚢の中に置いてきた軍才そのものだ、とな。私の思い描いていた戦を実際に目の前でやってのけ、敵将を見極め、射倒してみせた。あの時、私は決めたのだ。いつか、そなたを私の大戦へと引っ張っていこうと。そして、ともに戦おうと」

左近は息をついた。

治部の言うことには全く理路が存在しない。だが、これこそが治部の見ている景色なのだろう。ならば、仮に間違いであったとしても、何者にも正すことはできない。なぜなら、今話していることが治部の真実だからだ。己の見ていた景色が幻であったということに己の実感として気づかねば、この夢からは醒めない筈《はず》だ。

治部が左近に拘る理由は分かった。

だが。左近は口を挟んだ。

「申し訳ござらんが、それは、治部殿の都合でござる。一つ、お伺いしたい。治部殿の戦に出ることで、某に何の利がありましょう」

最後の問いのつもりだった。ここで石高だの禄米だのと言い出したら、床を蹴って出奔しよう、そう決めていた。

だが、治部の答えは、左近の心を捉えた。

「この戦、どう見積もっても二十年、いや、三十年はかかろう。さすれば左近、戦を終える頃にはそなたは八十？　いや、九十になっておるぞ。死ぬまで戦が楽しめる。しかも、誰も見たことのない大戦になる。左近、そなたにとってこれ以上心躍ることはあるまい？」

目の前の男に舌戦で敵《かな》うことはないようであった。

そもそも、左近は治部の話す大策に魅入られていた。治部の話を聞きながら、徳川内府の本拠である江戸をどう攻めるべきかと考えを巡らし、伊達をどう戦場に引きずり出そうかと思案し、総仕上げである島津との戦いを夢想して総毛立っていた。徳川内府は如何な陣立てを仕立ててくるだろう。奥州の覇者である伊達は如何な奇策でもってこちらの度肝を抜いてくるだろう。そして、あの精強たる島津は真向から挑んでくるのだろうか。考えれば考えるほど、左近の軍才が絞り上げられ、次から次に策が浮かぶ。決して苦痛ではない。むしろ感じるのは、ただただ愉悦のみだった。

左近は、ああ、と声を上げた。

「実に面白い。面白うござるぞ、治部殿」

「やってくれるか、左近」

「承った。必ずや、治部殿の策を成就させせましょうぞ。――が、三つ、条件があり申す」

治部は小首をかしげた。

「なんぞ」

「某は今無禄にござる。ゆえ――」

「分かっておる。禄がなければ戦はできぬ。早速用意させよう」

「いえ、禄は要らぬと申し上げたい」

さすがにこの左近の言には治部が面食らった様子であった。

「なぜだ」

「某はもう、主君を戴かぬと決めたのです。ゆえ、某は治部殿の陣に陣借りをしておるという体にしていただきたい」

「よかろう」

「二つ目。某にも一軍を与えていただきたい。それも、精強な軍を。某の馬廻《うままわり》にするつもりでござる」

「いいだろう。随意に兵を連れていくがいい」

「そして、最後の一つ。これが一番重要にござる。失礼なことなれど、治部殿は戦に通じておられぬ。したがって、如何な場合があったとて、某の采配に口を挟まないでいただきたい。その代わり、某は治部殿の政略には一切口を出しませぬ」

氏郷の許での書状のやり取り。そして朝鮮出兵の折の帳簿付け。あのようなものは一切やりたくはなかった。

しばし悩む風を見せていた治部であったが、最後には頷いた。

「よかろう。戦場においてはこの石田治部、そなたの采配に従う」

すると、治部は何がおかしいのかくつくつと笑い始めた。

問うと、治部はその理由を教えてくれた。

「陣借りの客将が、兵を催促した上に全軍の采配を握るなど前代未聞にも程があると思うてな」

「はは、思えばそうですなあ」

つられて左近も笑い声を上げてしまった。腹の底から笑うのは随分と久しぶりのことであった。

治部は左近の肩を叩いた。

「頼むぞ、左近」

「喜んで。天下の陣借り武者、島左近、死ぬまで治部殿の陣に陣借り仕《つかまつ》る」

二人して、また何が面白いのか笑った。

「では左近、早速策を練ろう。徳川内府をどう追いつめればよい」

「いや、まずそんなことよりも、今は武具の買い入れを控えるべきかと存じまする。それを理由に追討されてしもうては元も子もない。心して雌伏し、敵が隙を見せた時にがぶりと嚙み付いて殺す。これが肝要と存ずる」

「そうか。なれば、早速武具の買い入れは止めさせよう」

「次に、用意すべきものにござるが」

夢にまで見た大戦がもう手の届く位置にある。左近は燦然《さんぜん》と輝くそれに手を伸ばさんと、己が軍才をひねりにひねり、目の前の男にぶつけ続けた。

第四話　石田治部陣借り前編

戸を開くと、真っ暗な部屋の奥に一筋の光が伸びた。光の筋は瞬く間に部屋の奥で瞑目《めいもく》する男の姿を浮かび上がらせる。

足を組み、顎《あご》に手をやったまま瞑目していたのは治部であった。

うっすらと目を開いた治部は、左近の顔を見やるや、確信に満ちた表情を浮かべた。

「朗報を持ってきたか」

「はっ。徳川内府が、動きましたぞ」

内府が隙《すき》を見せるまでに五年はかかると踏んでいたが、まさかこんなにも早く時が巡り来ようとは思ってもみなかった。

ことの発端は、会津の上杉景勝《かげかつ》が国内の城を増強しているという注進が近隣大名から大坂になされたことだ。

徳川内府はこれを謀反の兆候と決めつけ、上杉に譴責状《けんせきじょう》を送り付けた。しかし、上杉からの返事は激烈なものであったようだ。「ようだ」としか言えぬのは、上杉からの返事は徳川内府やその周囲といった限られた者の目にしか留まらぬものだからだ。だが、なぜか世上に流布している内容を信じるなら、上杉方は「武具を集め、城を造るは田舎武士の嗜《たしな》みである」と己の行動を正当化し、「讒言《ざんげん》を述べる者を取り調べせぬうちに上洛《じょうらく》などいたしかねる」と、暗に内府を非難した。

内府からすれば、上杉の反抗は予想外であったろう。この少し前に、故前田大納言利家の嫡男・前田利長《としなが》に同様の譴責状を送っている。前田は戦に至る前に折れた。徳川内府は武門・上杉の矜持《きょうじ》を見誤ったといえる。

とにかく、事実として徳川内府は兵を起こした。全国の大名を糾合し、会津の上杉を討つべし、と檄文《げきぶん》を送り付けるや、自ら兵を率い、会津へと進発したのであった。石田治部の佐和山城にも届いた檄文を読んだとき、左近は心中でほくそ笑んだ。千載一遇の機である、と。

目の前の治部は立ち上がった。

「上杉を自ら攻める、か。内府め、迂闊《うかつ》であるな」

「畿内を離れるということはすなわち、政略上の空白を生むということ」

「左近、そなたは政略のことを言わぬのではなかったか？」

治部に咎《とが》められる。が、その言葉は悪戯《いたずら》っぽく響く。

「これは失礼を致しましたな」

畿内を離れて地方に下向するという行動が何を示しているか。間違いない。徳川内府は慢心している。畿内、そして大坂城はすっかり己の手の内にあると考えていよう。家臣を多少残してはいるようだが、つまるところ、家臣を抑えにしておけばどうにでもなると畿内の情勢を睨《にら》んでいるということだ。

石田治部にまで上杉討伐の檄文を送り付けてきたことにも徳川内府の本音が透けて見える。すなわち、治部はもはや力を持たぬ一大名に過ぎず、檄文一つで動かすことができるとみなしているということだ。内府は治部の心中にある大策に全く気づいていないということになる。これまで自重して謀議すら取りやめていた甲斐《かい》があった。

徳川内府、慢心の極み。

檄文を前に、左近は小躍りした。太閤秀吉と互角以上に戦った徳川内府は耄碌《もうろく》してしまったようだ。戦国の作法を忘れている。

治部は左近の前に立ち、肩を叩《たた》いた。

「これより私は宇喜多《うきた》殿と共に大坂の秀頼君を我が陣営に引き入れるべく動く。必ずやこちらに引っ張るゆえ、政略面は任せよ。また、今大坂におる毛利は必ずやこちらに引き入れる」

「ありがたいことにござる」

「左近、一応聞いておく。これから、そなたはどうする？」

治部の目が光る。この問いは、これからどう軍略を展開する？　と聞いている。

左近は応じた。

「まず、交通の要衝に関所を設けようと考えております」

「なぜだ？」

「今、日本中の大名が会津に向かって進発しております。東国の大名は次々に内府の許《もと》に参じておることでしょうな。が、西国の大名は遠方であるゆえ、多くはまだ内府の許に参ずることができておらぬはず。関所を設けることでそれらの遅参大名どもを足止めさせ、その上でこちらの同心に引き込もうとするものでござる」

「そういうことか」

「仲間に引き込むのは――、治部殿のお役目にござる」

「なるほど、政略であるな、これは」

「はっ。あともう一つ、お願いがございまする」

「申してみよ」

「檄文を発していただきたいのと、こちらに加わるようにとの調略を各大名や豊臣恩顧の大名に行なっていただきたく」

するると、治部は目をしばたたかせた。

「豊臣恩顧の者に調略が必要か？」

そうであった。この男は軍略の才がまるでないのであった。左近は噛《か》んで含めるように話した。

「豊臣恩顧、というのはあくまで表向きの看板でござる。諸大名の心中など、誰も推し量れはしませぬ。事実、徳川内府は多くの豊臣恩顧の者を従えておるではありませぬか」

「……そうであったな」

豊臣恩顧の大名を従えているという慢心ゆえに、内府は畿内を離れて会津まで親征に出かけようという気になったはずだ。そういう意味では、徳川内府もまた豊臣恩顧大名の肚《はら》の内を理解しきれてはいないと言える。

「豊臣恩顧の心ある者は、胸に豊臣への忠を持ち、内心苦しみながら内府についておるはずにござる。大坂を押さえた暁には、必ずや、彼らへの調略を怠りなく行なわれますよう」

「分かった。そなたの言うとおりにしよう」

頷《うなず》いた治部は、左近の脇《わき》をすり抜けて縁側へと出た。振り返ると、光に包まれた治部が空に目を向けて背伸びをしているところであった。その視線の先には青く、高い空がずっと続いている。

「大戦になるな、左近」

「はっ。この島左近、天下の戦を楽しませていただきまする」

二人は顔を見合わせ、同時に笑った。

と、そこに、近習《きんじゅ》がやってきた。

「大谷刑部殿がおいでにございます」

左近は釘《くぎ》を刺した。

「最初の大一番にございますぞ」

治部はややぎこちなく頷いた。

「分かっておるわ」

○

接見用の広間で治部と共に待っていると、しばらくの後、廊下側の襖《ふすま》が開いた。白頭巾《しろずきん》

を被《かぶ》り、杖《つえ》をつき、近習に肩を借りながらやってきた刑部は、

「治部殿はおられるのか？」

と目を細めながら口にした。

「おるぞ」

と治部が声をかけると、肩を震わせながら刑部は首を振った。

「すまぬ。病が進んでしもうてな。目も霞《かす》んでよく見えぬ……。治部殿、もしも失礼の段がござったら、平にお許し願いたい」

近習に体を預け、ようやくの体《てい》で床に腰を落とした刑部の様は演技には見えない。しばしば震え、言葉に不明瞭《ふめいりょう》なものが混じり、わずかに体から病人特有の饐《す》えた臭《にお》いを発している刑部に、心なしか丁寧に治部は話しかける。

「構わぬ。むしろ、よく、城へ来てくれた」

「何、わしのところはまだ倅《せがれ》が若輩。戦を任せることができぬゆえ、こうして身を削って奉公せねばならぬのだ」

奉公、という言葉に、左近は既にこの男の肚の内を見極めていた。

治部は問う。

「これから、どうなさるおつもりか」

「どうなさる、とは異なことを。決まっておろう。徳川内府様にご助勢仕《つかまつ》るのみよ」

やはり、か。左近は苦々しく心中で呟《つぶや》く。

左近は思わず治部の背中を見た。何を言われても冷静であられますよう、と釘を刺して

いたおかげか、それとも元より冷静であるのか、治部は落ち着いていた。

「なぜ、内府に助勢《とげ》なさる」

隠しようのない棘がわずかに覗《のぞ》いている。

頭巾の間から覗く刑部の竜の如《ごと》き目が、かすかに震えた。

「愚問にござろう。徳川内府様は今、豊臣家の後見人として骨を折られておる。この前も前田の動きに不審ありと発し、豊臣に害為《な》そうとする者たちに断を下したではないか。そして此度も、天下《てんか》惣無事《そうぶじ》を無視し城を構えて武具を集めておる上杉を討滅せんとしておる。まさに豊臣の御為《おため》ではないか」

「本気で、申されておるのか、刑部殿」

治部の問いに、刑部は肩を震わせた。

左近には治部の肩越しに見える刑部の本音が見えてこない。頭巾で顔を隠しているというのもある。だが、この男は心の奥底に己《おの》が思いを押し隠しているように見えてならない。

刑部は答えた。

「本気ぞ。今日わしがここに来たのはほかでもない。治部殿、そなたを内府様に目通りさせるためぞ」

「なんだと？」

「内府様はそなたのことを悪くは思っておらぬ。考えてもみよ。もし内府様に二心あらば、騒擾《そうじょう》騒ぎの後の裁定、お役目の返上程度では済まなんだはずだ。そなたの首が繋《つな》がっているのはすなわち、内府様がそなたに期待を持っているということの表れぞ。もしそなたが、あるいはそなたの縁者が兵を率い、内府様に参ずれば必ずや報いてくださるはず」

「徳川内府に頭を下げろ、と？」

「内府様にではない。その背後におわす豊臣秀頼公に対してぞ。そう考えを変えれば、さほど苦ではなくなるはずぞ。――さあ、今すぐ、戦を構えようなどという思いは捨て、内府様に従うのだ」

左近は思わず刀を引き寄せて柄《つか》を取った。

なぜ、この男が知っている？　徳川を討滅するという大策は、あくまで治部と左近二人のものであったはずだ。それまでは外に話が漏れるのを恐れて誰にも話していない。正継にすら説明していないこの策を、なぜ刑部が知っている？

治部は左近を腕で制し、刑部を見据える。

「さすがは天下に名の聞こえた大谷刑部。感づいておられたか」

「付き合いも長いゆえ、そなたの理路は大体承知しておる。奉行への返り咲きくらいは企《たくら》んでおろうと思い間諜《かんちょう》を忍ばせておったが、まさか、徳川内府様を討とうと考えておったとは貴殿らしからぬ大胆な策と感服仕った」

左近は己を制し続ける治部に怒鳴る。

「お退《ど》きくだされ。この男、何が何でも斬《き》らねばなりませぬ。間諜を忍ばせていたとなれば、もはや敵でござる」

治部は、まるで子供をあやすような声で左近をたしなめる。

「左近、そなたは〝何を言われても激高してはなりませぬ〟と私に言うたではないか。そのそなたが怒りを発して如何《いか》にする」

「されど、この者は、間諜を放っておると……」

治部は左近の言を鼻で笑う。

「間諜を放つなど当たり前のことぞ。私も気になる家中に放っておる。敵方の間諜には嘘《うそ》を吹き込んでおるわ」

左近は刀を床においてまた座り直した。

ここは政略の場だ。左近が口を出すべきではない。

左近が座ったのを見届けるや、治部は刑部に向いた。

「話が筒抜けならばいっそ話が早いというもの。――刑部殿、我らの挙に加わっていただきたい。私一人で見るには、あまりに政略は難しすぎる。もしそなたが加わってくれたのならこれ以上なくありがたいのだ」

「無謀だ」刑部は首を振った。「内府様を討つ。口で申すのは簡単であろう。されど、もし討ち取るとならば、途轍《とてつ》もない難事であるぞ」

「それは――」

治部はちらりと左近を見た。軍略を見せろ、と目で促している。

左近は体一つ分にじり寄った。

「そう難しいものではございませぬな」

「なんだと?」

声を震わせる刑部に向かい、左近は己の心算をゆっくりと述べ始めた。

「確かに、平時にあって内府を討つのは途轍もない難事。されど、今は平時に非《あら》ず。迂闊にも内府は畿内を離れ、軍旅の最中でござる。全国の大名たちは内府の命により軍を発している。今、日本六十余州が鳴動しておるのです」

左近は頭の上に日本地図を思い描いた。

「今はさながら、日本六十余州に白黒の石が散らばったような情勢にござる。それは徳川も我らも同じ事。軍略においては、その隙をつき、できる限り優位に事を運ぶべしと考えております。それゆえ、最初に狙《ねら》うは――伏見城。ここには徳川の将・鳥居《とりい》何某《なにがし》がおる。これを除けば、畿内における徳川の抑えがなくなる。なれば」

この後を治部が引き継いだ。

「秀頼公を、我らが推戴《すいたい》する形となる」

「なるほど。一番の大義名分を押さえることができれば、内府様の権力の源泉たる秀頼君の後見人という立場をも取り上げることができる、ということか」

打てば響くような男だ。刑部の理解の速さに左近は舌を巻く。

「して、これからどうする。左近殿」

刑部に問われるがまま、左近は正直に答える。

「さて、ここからは政略の進み次第、あとは内府の出方次第で変わるゆえ、今の某には分かり申さん。もし内府が本拠・江戸城に拠《よ》るのなら大軍を発して城攻めと相成りましょう。もし内府が会津攻めを無理にしようというなら、秀頼君に上杉の行ないを認める書状を発していただき、その上で我らが会津へ攻め上がればよいのです」

しばし黙考に沈んでいた刑部だったが、やがて、のろのろと首を振った。

「少し、考えさせてはくれぬか」

そんな悠長を許すつもりは左近にはなかった。だが、治部が、

「よかろう。よくよく考えてくだされ」

と寛大なことを言い、刑部を帰らせてしまった。

刑部の後姿を目で追う治部の背中には、疑いの影はまったくといっていいほどなかった。

「大丈夫でありましょうか。あの男、こちらにつかぬのでは」

「あの男がこちらにつくまで、何度でも説得する」治部はきっぱりと言った。「それに、本来なら素通りしてもよい佐和山城にこうして足を運んでくれたのだ。刑部の肚の内もまた揺れておるのだ」

「だと、よろしいのですがな」

「左近、これは政略に関《かか》わる話。これ以上は――」

「承知」

平伏し、これ以上の言を慎んだ。

恐らく味方に引き入れることはできまい。そう諦《あきら》めていた左近であったが、数度にもわたり、治部が評定《ひょうじょう》を持った結果、あれほど徳川との戦は無謀であると言い続けていた刑部が折れ、粉骨砕身、治部と共に働く、と宣するに至った。

刑部が頷いた密議には臨むことができなかった。それゆえ、こちらに加わると決めた際の刑部の肚の内を測りようがないまま、左近は戦支度に忙殺されることとなってしまった。

佐和山城の大手門前は、芋を洗うような大混雑となっていた。

「ほう、これはすごいのう」

やってきた者どもの姿を眺めながら、石田正継は目を回していた。佐和山城の麓《ふもと》に集まったのは陣借りの武者たちだ。昔はこうした手合いがいくらでもいて、戦のたびにいくばくかの銭を与えて働いてもらったものだった。国内で戦がほぼなくなるや彼らの姿は見られなくなったが、未《いま》だに乱を求める者たちはいるらしい。

古びた腹巻に刀身に錆《さび》が浮き始めている薙刀《なぎなた》などという何とも垢抜《あかぬ》けぬいでたちが多い。辟易《へきえき》せぬことはないが、佐和山には十分すぎるほどの武具がある。支給してやれば何の障りもない。

「どうなさる、左近殿」

「そうですな」左近は首をひねる。「とりあえず、支度のため銭を与えるがよろしいかと」

「しかし、左様なことをすれば銭だけ持ち逃げする者があるのではないか」

正継もあまり戦を分かっていないらしい。この男は小さな庄を切り盛りする程度の国《くに》衆《しゅう》であったと聞いている。一族郎党を率いて隣の国衆と諍《いさか》う程度の戦しか見ていないはずだ。

「玉石混淆《ぎょくせきこんこう》は致し方ないこと。ここで銭を渋れば皆逃げてしまいましょうぞ。ここはわずかばかりであっても銭を与え、心をつなぎ留めておくことが肝要でござる」

「なるほど。では左様取り計らおう」

正継が頷いているのを見て、実にありがたい、と心中で独り言《ひとご》ちた。

中途半端な知恵者は、己の頭が天下随一と決めつけておるゆえに他人の献策を聞かない。釘を刺した治部はさておいても、正継は他人の意見を聞く耳をしっかり持っている。真の知恵者だ。

後顧の憂いはない。満足しながら、やってきた者どもの顔を一人ずつ眺める。どいつもこいつもいい面構えだ。傷のない者がない。それどころか、耳朶《みみたぶ》の一部が飛んだもの、鼻を削《そ》がれた者、前歯がいくつも欠けている者の顔もある。歴戦の武者どもだ。

その中に、ひときわ傷だらけの鎧《よろい》をまとった武者の姿が目についた。その瞬間、頭の中で何かが弾《はじ》けた。

ふと、昔の光景が頭を掠《かす》める。

左近に見据えられているのを悟ったのか、その男はこちらに向いた。最初、不審そうにこちらを見ていたが、そのうち、思い当たることがあったのか、破顔一笑して、前にいた武者たちの列を掻《か》き分け始めた。厭《いや》な顔をする武者たちであったが、その男の六尺（約百八十センチ）あまりもの身丈に丸太のような体、鬼瓦《おにがわら》を思わせるいかつい顔立ち、さらには軽々と肩で負う五尺（約百五十センチ）にはなろうという金砕棒《かなさいぼう》を見るや道を譲る。

「おお、おお、おお……！　左近殿。島左近殿か！」

「そういうそなたは、蒲生喜内殿ではないか！　なぜこんなところにおるのだ」

雑兵どもを掻き分けてやってきたのは、蒲生少将のところにいた蒲生喜内であった。目にうっすらと涙を溜《た》め、鼻水をすすった喜内は満面に笑みを湛《たた》える。

「なぜとは水臭いではないか、左近殿！　わしは言うたぞ、〝いつかそなたに軍略を学びに行く〟とな」

「蒲生家はどうしたのだ」

すると、喜内は鼻の下を指で拭《ぬぐ》った。

「数年前に出奔《しゅつぽん》したわ」

喜内が言うには——。

五年ほど前に蒲生氏郷が死に、嫡男である秀行《ひでゆき》が家督を継いだ。しかし、あまりに若年であったがゆえ、氏郷が抑え込んでいた家中の対立を調停できず、家臣たちが徒党を組み反目し始めた。そんな家中に嫌気が差し、喜内は蒲生家を出奔してしまったのだという。

「出奔したのう、わしはそなたを探しておったのだ。そなたほどの武人であればどこにおるのかもすぐに分かろうと思うたのだが、見つけることが叶《かな》わなかった。ある者は大和に帰ったといい、またある者は伊賀の筒井に帰参したともいい、またある者は京で姿を見たとも。噂《うわさ》を耳にするたびいちいち真偽を質《ただ》しに足を運んだが、どれも外れであった」

ちょうどその頃は石田治部の客分として息を潜めていた。探しても見つからないのは無理もないことだ。

「この前、噂を聞いた。〝佐和山の石田治部の許に島左近あり。治部と共に徳川内府を討つべく動いておる〟とな。あまりに途方がないゆえ、まるで信じておらなんだが……。ようやく、見《まみ》えることが叶った」

男泣きに泣く喜内は、丸太のような腕で目のあたりを拭っている。見れば、腕にまとわりついている袖口《そでぐち》はすっかり擦り切れてぼろぼろになり、垢が浮いている。垢じみている、どころか、垢が模様をなしている。この男の辿《たど》った風雪の日々を物語るようだった。

「よう、来てくださった。そなたがおれば百人力だ」

「百人力？　甘い甘い。千人力よ」

にかりと笑い、袖を払って力瘤《ちからこぶ》を見せる喜内。血管の浮かぶ筋肉は、弛《たゆ》まぬ修練のほどを物語っている。

と、喜内は陽気な顔を少し曇らせた。

「左近殿、山科羅久呂、覚えておるだろう。奴《やつ》がよろしく言っておったぞ」

もちろん覚えている。蒲生少将の軍の中でも、いや、この国を見渡してもそうはいない。金髪碧眼《へきがん》を誇る南蛮人の将だ。

「羅久呂殿はどうされた？　蒲生家中におるのか」

「いや、わしと一緒に蒲生家を出たよ。あの男、ただでさえ目立つからな。大方、家中のごたごたが面倒になったのであろう」

金髪碧眼の異相の上、言いたいことを直截《ちょくせつ》に口にしてしまう性向、さらには氏郷に重く用いられていた羅久呂を不快に思う者もあったろう。

「しばらくはわしと一緒に旅をしてそなたを探していたのだがな、ある日、奴が国に帰ると言い出してな。子供が恋しくなった、だと。止めることはできなんだ。いろいろあったが、最後には笑顔で別れた」

「そうであったか」

羅馬に子がいると言っていた。今頃《いまごろ》、子供と再会し、平和な羅馬で一緒に暮らしているのだろうか。

遠い異国を思い、左近は西の空を見やる。

「羅久呂はおらぬ。が、奴の分も力を尽くそう。奴の残した土産ももってきた」

喜内は顎をしゃくって、雇っていると思《おぼ》しき人足たちが十人がかりで押している車を指す。

「かたじけない」

左近は喜内の手を取った。

と、その時であった。ある一団が大路から現れた。

磨き上げられた鉄笠《てつがさ》に、足が三本ある鴉《からす》をあしらった胴をつけた足軽《あしがる》たちが列をなしてやってくる。整った軍列、そして足軽兵の眼光に、先ほどまでがやがやと声を上げていた陣借り武者どもはすっかり黙りこくってしまった。何せ、足軽たちは左肩に鉄炮《てつぽう》を背負っている。

続いて、騎馬武者たちがやってくる。磨き上げられた鎧姿ではあるが、他の家中の騎馬武者とは異なり、得物が槍《やり》ではなく、短い銃身の鉄炮だ。

「なんだ、こいつらは」

喜内が驚くのも無理はない。やってきた百人余りの一団は全員が鉄炮を携えている。普通、一つの軍団を率いるのならば槍を持った足軽兵や騎馬隊が必要不可欠だ。でなくば戦にならない。

その一団は、大手門の前に静止した。そして、鬨《とき》の声を上げて、皆、抱えていた鉄炮を頭上に掲げた。列が割れるや、そこから一人の男が歩いてきた。

小具足《こぐそく》などという軽装ながら、肩には三丁の鉄炮を担いでいる。大筒と見紛《みまご》うほどの鉄炮、銃身が横に二つ並ぶ鉄炮。そして、銃身が長く先が咲きかけの朝顔のように膨らんだ鉄炮。その三丁を軽々と担ぎやってきたその小男は、梟《ふくろう》のように大きな目をらんらんと輝かせ、大手門をくぐった。

左近は思わず、感嘆の声を上げていた。お前も来たのか、と。

三丁の銃を担ぐ男は、左近一人を見据え、声を上げた。

「雑賀孫市、石田治部殿の許に馳《は》せ参じた」

場がどよめく。

雑賀孫市？　あの鉄炮用兵の？　信長公がおわした頃、本願寺と共にさんざん戦った？　紀州征伐の際にも最後まで抗《あらが》った？

しかし、孫市はそんな周囲のざわめきになど耳も貸さず、いつの間にか割れていた人々の間《ま》を真っ直《す》ぐに歩いてきた。

そして、左近の前に立つと、薄く笑った。

「随分と歳《とし》を取ったな、左近殿」

思わず頬《ほお》を触ってしまった。指先に皺《しわ》だらけの肌を感じる。

「嫌味な奴だ」左近は軽口を叩いた。「そなたはまるで変わらぬな」

最後に見えたのが大和の郡山城だから、もう十年以上顔を合わせていない勘定になる。目の前の男ももうずいぶんな歳になるはずだが、その形《なり》は二十歳代の青年のような若々しさを誇っている。

左近は孫市の肩を叩いた。

「それにしても、よく来てくれた。これまで何をしておったのだ」

ぽつぽつと語るところによれば――。

しばらくは藤堂与右衛門の与力として秀長に、秀長死後はその嫡男《ちゃくなん》である秀保に従っていたが、秀保が後継ぎを残さぬままに死に、大和豊臣家が断絶となったとき、与右衛門とは別れた。引きがあって太閤秀吉直下の鉄炮足軽大将の一人として仕えていたのだが、回ってきた石田治部の檄文に左近の名を見つけ、矢も楯《たて》もたまらず馳せ参じたのだという。

「俺の鉄炮が要るであろう」

「よいのか？　勝手に動いて」

「構わぬ。今、大坂城は混乱しておる。我らの動きなど誰も気づきはしない」

「そうか。だが……。孫市、なぜお主はここに馳せ参じた？　お主がここに来た理由を知りたい」

孫市は言葉を探すように宙に視線を泳がせた。しかし、しばらくしてこう答えた。

「……改めて聞かれると難しい。だが、島津を撃った、九州征伐のような大戦が忘れられぬ。そして、あの戦を共に戦った左近殿ともう一度戦ってみたい。そう思うたのだ。それではいかぬか」

くすぐったい。

思わず憎まれ口を叩いてしまった。

「こんな爺《じじい》を捕まえて何を言うかと思えば……。まあいいだろう。雑賀孫市殿。我ら石田治部の家中、喜んで貴殿を迎える」

薄く笑った孫市であったが、はたと思い出したように口を開いた。

「そうだ、伝えそびれるところであった。――ところで、檄文と一緒に、将たちを味方に引き入れるべく書状を書いておるようだが、誰が書いた」

政略については左近の持ち分ではない。大坂に上り種々の工作をしている治部の役目だ。

「聊《いささ》か、文章が気になる」孫市は言った。「味方に引き入れるための書状であるにも拘《かか》わらず、居丈高であるというか。もちろん、それだけで己の身の処し方を決めようと思うほどのものではないが、〝元より貴殿らは豊臣の家臣である〟などと石田治部に言われて、面白く思わぬ者もあろう」

石田治部は秀吉の近習を振り出しに出世を重ねた男だ。文章のよしあしはいかに定型を頭に叩き込んでいるかで決まる。これまで書状を多くやり取りしているはずの治部が、大事な相手の心証を逆撫《さかな》でにするような文を書くはずがない。

「少々、きな臭くなってきおったか」

左近は西の大坂城の方を睨《にら》む。と――。

「左近殿、左近殿」

大手門から伝令が走ってきた。手には書状を掲げ持っている。

「大坂の治部様、刑部様より言伝《ことづて》にございます。至急、兵を率いて大坂までやってきてほしい由にて」

「分かった。今すぐ向かう」

振り返り、喜内と孫市を見やり、頷く。

二人は頷き返した。

天を衝《つ》くばかりの天守が水堀の水面に映っている。華麗な金細工が遠目にもよく見える。あの様は、佐和山の飾り気のない櫓《やぐら》とは好対照であった。

堀の向こうに浮く伏見城は、左近のことをあざ笑うように見下していた。

「父上」

振り返ると、新吉が立っていた。

「なんぞ、お前は伏見におったのか」

新吉はあくまで治部の家臣で、陣借りである左近とは全く別の行動を取っている。無理を言えば新吉を己が軍団に呼び寄せることもできただろうが、あえてそのようなことはしていなかった。

左近は新吉を見るなり、怒りをぶつけた。

「なぜ斯様《かよう》な城が落ちぬ！　朝鮮に渡り武略を磨いてきたのではなかったのか！　こんな張子のごとき城に何日費やしているか！」

「も、申し訳ございませぬ」新吉は肩をすぼめる。「面目次第も」

すると、横に立っていた喜内が間に入った。

「まあまあ。仕方あるまいよ。相手は何せ徳川きっての猛将、鳥居よ」

「しかし、この城であるぞ」

左近の憤懣《ふんまん》は留《とど》まるところを知らない。

京の端にある伏見城は秀吉の隠居所として作られたものだ。城、と名がついており、壮麗な天守閣を備えてはいるが郭《くるわ》は総じて小ぶりで、本来は防御に使う城ではない。これを築かせた秀吉とて、何か事があったときにここで籠城《ろうじよう》しようとは考えていなかったことだろう。言うなればこの城は己の勢力域の中で、胡乱《うろん》な兵に寝首を掻かれないための城だ。一日二日も耐えれば味方がやってくるという前提で縄張りされている。

宿所に毛が生えた程度の城を攻めあぐねているなど、到底信じられる話ではなかった。

だが、大坂に呼び出された左近を待っていたのは、治部の弱り切った表情であった。

『伏見城が落ちぬ』

既に、大坂は治部によって治まっている。治部と大谷刑部、さらには宇喜多秀家《ひでいえ》といった面々が協議し大坂へと向かい、五大老の一角である毛利までもこちらの陣営に引き込んだ。さらには秀頼君を中心とする大坂衆、実際に豊臣家の家政を取り仕切る奉行衆も味方につけた。

かくして大義名分を得た治部は、秀頼君の名のもと、徳川内府を弾劾する檄文を各大名に送り、内府に助勢する者たちの討滅を宣した。そうして、最初に兵が向けられたのは、内府の重臣・鳥居元忠《もとただ》が拠る伏見城であったのだが――。

伏見城は大坂と京の中間地点に位置しているゆえ、いつまでも敵に陣取られていては困る城であった。小さな平城と侮り、誰もこの城に注意を払っていなかったのだが、何日経《た》っても城の落ちる様子がない。

業を煮やした治部が、左近に伏見城攻めの指揮を命じたのであった。

こんな城にかかりっきりでいるわけにはいかない。左近は治部の戦下手に辟易しつつもこの任を受けた。

この城が容易に落ちぬ理由に見当はついている。

左近は本陣の帷幄《いあく》へと戻る。そこに答えが転がっていた。

床几《しょうぎ》の上に居並ぶ将たち。上座に座るのは石田の家臣たちで、下座のほうには治部達に加勢を決めた大名たちが座っている。上座の者たちは口角泡を飛ばしてああでもない、こうでもない、と策をぶつけ合っている。しかし、下座の者たちはそんな評定に加わることなく、白けた表情で腕を組んでいるばかりだ。そしてその間には、頭巾を被って杖を抱き、のろのろと首を振る大谷刑部の姿もある。

「刑部殿」

「おお、左近殿か。よう来てくださりましたな」

「一体これはどうなっておる？　なぜこんな小さな城が落ちぬのだ」

「己の威のなさに、ほとほと嫌気が差しますな」

刑部は肩を落とす。

この戦の難しさが帷幄に表れている。この戦の発起人は石田治部や大谷刑部といった大身とはいえぬ大名たちだ。秀頼君を味方に引き入れているとはいえ、実際にこの戦の方針を決めるのは治部や刑部ということになる。大大名の中には、小大名の言うことなど聞けるか、とそっぽを向く者もあろう。それどころか、ここ伏見にあっては治部の家臣、すなわち陪臣が直接の指揮を執る形になっている。大名は体面を大事にする。とても命令を聞く気にはなれまい。

足並みの乱れが、敵に利している。

刑部から離れ帷幄の中を歩く左近は、下座の端に、一人の老兵が座っていることに気づいた。

最近はとんと見なくなった赤糸縅《あかいとおどし》の式の具足。毛沓《けぐつ》を履き、衛府太刀《えふのたち》を模した太刀を脇に携えるといういかにも古風な形をしているその武者は、真っ白になっている髪を後ろにまとめ、厳《いか》めしい表情で瞑目している。その堂々たる姿に、周りの武将たちも少し遠慮して距離を置いている様子だった。

左近が目を止めたのは卓の上に置かれた兜《かぶと》だった。鍬形《くわがた》前立ての根元にあしらわれた、丸に十の家紋に見覚えがあった。

「もし、貴殿はもしや、島津の……」

「いかにも」

目を見開いたその時、左近は総毛立った。ただ見られただけであるのに、ばさりと斬《き》られたような錯覚に陥った。

背中に流れる汗を覚えながらも、左近は努めて冷静を保った。

「某、島左近と申す」

「島左近……？」老武者の顔は、みるみるうちに綻《ほころ》んだ。「おまんさぁ、島左近と申されたか。……先の九州の戦で、俺《おい》を追いつめた男の名がそげな名でごわした」

独特の訛《なま》りも変わっていないが、あの頃よりは聞き取りやすい。畿内者とも会話をすることが増え、こちらの言葉を覚え始めているようだ。

「島津兵庫殿でございますな」

「ああ、ああ！　あん戦ん時、小癪《こしやく》な軍配を振っちょった若衆でごわしたか」

「思い出していただけましたな」

島津兵庫は目をくわっと見開き、左近を睨んでいる。虎《とら》が獲物の姿を捉《とら》えているような目で。

左近もまた、九州征伐の折を思い出していた。宮部継潤を救い出すべくやった無理の数々。命知らずの島津の武者、そして、その鬼のような兵たちを束ねる、鬼の大親分のごとき男――。

左近は震える心胆を無理やり押し殺しながら、あえて挑発にかかった。

「貴殿ほどのお方がおられながら、なぜ隠居城一つ落ちぬのですかな」

すると島津兵庫は、ふん、と鼻を鳴らして顎をしゃくった。策を披露しあう上座の治部の家臣たちを眺め、短く息をついた。

「やる気がしもさん」

兵庫の気持ちは痛いほどよく分かる。左近とて、非才の軍略に従って死にたくはない。

既に島津兵庫の大坂方助勢までの流れは小耳に挟んでいる。本来は徳川勢に馳せ参ずるはずで、伏見城に入ろうとしたものの鳥居元忠に拒否され、結局治部側に助勢したらしい。

左近は空いている床几を引き寄せ、兵庫の前にどっかりと座った。視線を合わせ、にかりと笑みを作る。一方の兵庫はなぜこの男は斯様な顔をしているのだ、と言わんばかりに左近を注視している。

「一つ、耳寄りな話がござる。乗られぬか」

「聞きもそ」

「某は、この戦の軍略をすべて任されている身にござる。ゆえ、石田の家臣どもなんぞ簡単に黙らせることができまする」

「そいが何《なん》ちゅうこっな」

「何、兵庫殿。好きに暴れてもよろしい、と申し上げておるのでござる」

兵庫の眉《まゆ》が、小さく動いた。

食いついた。左近は脈を感じ取りながらも、焦《じ》らしに焦らす。

「大身の大名である島津殿に、何かを命じようなどとは最初から思うてはおりませぬ。ゆえ、ここから話すのは、あくまでお願い、請願の類《たぐい》でござる」

「ほう？　続けやんせ」

「天下に聞こえる島津の武で、あの城を落としてくれませぬか。さすれば、全軍の士気が上がる。これ以上のことはない」

しばし黙考に沈んでいた兵庫であったが、まだ乗ってはこない。

「じゃっどん、そいは俺どんがただ働きすっこちないもはんか」

「ただ働きかどうかは、戦が終わってから決まること。この戦、徳川を破った暁に、秀頼君からたんまりと恩賞を貰《もら》えばよろしかろう。某が治部殿を通じてそう願い出てもよい。それとも薩摩には、戦が始まる前に家臣に恩賞を下す習いがおありか」

「働けば報いる。そう申されるとか」

「その通りにござる。ただし、島津殿にだけ骨折りいただいては心苦しい。そこで……。孫市！　こちらへ」

左近に命じられるがまま、この陣についてきていた孫市がやってきた。怪訝《けげん》な目を向ける兵庫であったが、孫市はその視線をものともせずに梟のごとき目で見据え返している。

「この男は雑賀孫市。九州征伐の折、兵庫殿の左腕を撃った男でござる」

兵庫の全身から殺気が立った。一気に辺りに張り詰めた気が立ち込める。これには、遠巻きに左近たちのやり取りを見ていた大名たちが仰《の》け反《ぞ》り、距離を置いた。

目を剥《む》き歯噛《はが》みしてその間から荒い息を吐き、孫市をねめつける兵庫の顔は、朝鮮出兵の折の勇猛な戦いぶりによりついた『鬼島津』の名に負けぬものであった。だが、孫市は兵庫の視線を涼しげに躱《かわ》した。

「この者に一軍を率いさせようと思っております。要は、島津殿との二本立てにしようということですな」

「そいなら、こん若造と功を競えち言うこっごわすか」

「いかにも」

左近と兵庫の間で気の応酬がなされた。兵庫の放つ殺気を軍略の気で受ける。左近のつけている佩楯《はいだて》の札《さね》がぎしぎしと音を立てる。

痛いほどの沈黙。しかし、百万語を超えるやり取りがそこにはある。

だが、最後になって、兵庫が折れた。

「よかろう。そげな挑戦を受けぬは薩摩《さつま》隼人《はやと》じゃなか」

「それはよかった」

「じゃっどん、俺は動かん。代わりを出しもす」

「代わり？」

と、兵庫は大音声《だいおんじょう》を発した。

「又七郎《またしちろう》！　どこをほっつき回っちょっとか！」

と、帷幄の外から、一人の若武者が飛び込んできた。

年の頃は三十ほどであろうか。大たぶさに結い上げた髪、不敵に歪《ゆが》める口元、赤で揃《そろ》えられた当世具足。腰には四尺（約百二十センチ）になろうという太刀を佩く。中々の美形だが、底の見えぬ目、そして獲物を探すようにひくつかせる鼻、さらには口元から覗く尖《とが》った糸切り歯は、さながら獰猛《どうもう》な狼《おおかみ》を思わせる。

「伯父御、申し訳ありもはん。ちっと徳川の兵と遊んじょったんとこいが、槍を汚してしもてそいの始末を幕ん外でしとったとこいにごわす」

若造の籠手《こて》は血に塗《まみ》れている。〝徳川の兵と遊んでいた〟という言に間違いはあるまい。

だが、それをへらへらと口にするのには、流石《さすが》の左近も度肝を抜かれた。

「こいは俺の甥《おい》で島津又七郎と言いもす。若輩者じゃっどん、朝鮮の戦では首を挙げまくった兵児《へご》ごわす」

噂には聞いている。島津に途轍もない若侍がいる。たった一人で敵陣に切り込み、数十人を即座に切り伏せて戻ってくる。兵を率いさせれば百戦錬磨の敵将を死に追いやる。精強で名高い島津の中でも、その軍才はずば抜けていると。その若武者の名が、島津又七郎。

兵庫は又七郎の背中を力一杯に叩く。胴が、きんと音を立てた。

「俺どんはこの又七郎を出しもす」

「何のことにごわすか、伯父御」

「おはんを戦に出す、と言うちょっとよ」

すると、又七郎の顔から先ほどまでのひょうきんな色がこそげ落ちた。

「へえ、そいは楽しか」

又七郎の目が危うげに揺れる。人間の目ではない。これは、虎狼《ころう》の目だ。

鳥肌が立つのを自覚しながらも、左近は顔に出さないように床几《けいたっ》を蹴った。

「よし、では決まりですな。しからば、これから一刻（約二時間）の後、総攻めと参りましょうぞ」

「相分かりもした」

卓を叩いて立ち上がった島津兵庫は、兜を被り直すと又七郎と共に帷幄を後にした。二人の姿が完全に見えなくなってから口を開いたのは、不審げな表情を浮かべる孫市であった。

「――なぜ、俺が軍を率いることになっているのだ。俺は鉄炮用兵しかできぬぞ」

「分かっておる。……喜内殿！　新吉！」

声を上げると、帷幄の隅で所在なげにしていた二人が左近たちの許へとやってきた。

「どうされた」

「頼みがある。喜内殿、貴殿は一軍を率い、孫市を支えてやってくれ」

「心得た」

満足げに頷く喜内から視線を外し、鼻を膨らませて顔を上気させる新吉に向いた。

「それから新吉、お前は喜内殿の許でお二人を助けよ」

新吉は顔を曇らせた。しばらく何か言いたそうに唇を動かしていたが、最後には、

「かしこまりました」

と頷いてみせた。

「貴殿らにこの戦、任せる。できるだけ早く終えてくれ」

三者三様に違う表情を浮かべる三人を見回す。困惑している孫市、満面に笑みを湛《たた》える喜内、そして目を伏せる新吉。三人の手を取り、握る。

すると、喜内が声を上げた。

「左近殿、そなたはこの戦で何をするつもりぞ」

その問いに、左近は手短に答えた。

「少々、大坂で気になる動きがある。だから、貴殿らにここは任せる」

「承知」

三人を代表して喜内が頷いた。

大坂城内は勝利に沸いていた。

左近が出向いてから二日後、伏見城が落ちた。その知らせは、大坂城に帰還した左近を追いかけるように飛び込んできた。

かねてより進めていた内通工作が実り内側から火の手が上がったのに乗じて味方勢が猛烈果敢に攻めまくり、敵大将・鳥居元忠は雑賀孫市が討ち取ったとのことだった。さすがは雑賀孫市、紀州の鉄炮用兵は神がかりぞ、などという誉《ほ》めそやしの声が城内には満ちていた。

だが、釈然としない。

そもそも敵兵と味方兵には比べるべくもない物量差があった。伏見城など一日で落とさねばならぬ小城だ。敵の士気が高かったことを差し引いても、十日余りを費やした攻城戦は様々な問題を浮き彫りにしている。

一番は、治部の許に集っている大名たちの士気の低さだ。

確かに、大坂側についている大名たちの中には成り行きでこちらにつかざるを得なかったという者もいる。島津などはその代表格だ。また、秀頼君の——豊臣家の——名の許に参集されたにも拘わらず、実態としては石田治部や大谷刑部に使われている、という事実が大名たちの矜持に傷をつけているのは否《いな》めない。だが、それにしても、あまりに士気が低すぎる。

ふと、佐和山での孫市の言葉を思い出す。

『味方に引き入れるための書状であるにも拘わらず、居丈高である』

治部から届いたという書状だ。これには何か裏があるはずだ。

思案しながら二の丸廊下を歩いていると、行く手から人々の喧噪《けんそう》の声が聞こえた。物々しい足音、男の怒号、女の悲鳴。

物音のほうへ向かうと、ある部屋の前で人だかりができていた。鎧武者たちが部屋の入り口を固め、中に目を向けている。

何があった、と聞いた。

「なんでも、祐筆《ゆうひつ》どもが騒ぎを起こしまして」

苦々しげな兵たちに道を開けさせて中に入った。

部屋の中に広がっていたのは、想像だにしない光景だった。

屈強な男たちが何人も床の上に倒れ込んでおり、中では石田治部の許にいた間諜の策伝が床の上で気絶している。調度は滅茶苦茶《めちゃくちゃ》に乱れ、部屋の中には硝煙の臭いが満ちている。

部屋の奥のほうでは、鎧姿の武士二人がある男を縛り上げているところであった。

その男の異相はそうそう忘れられるものではない。

ぎざぎざの乱杭歯《らんぐいば》。鮟鱇《あんこう》のような面構え。どこか不敵に笑みを浮かべてなすがままにされているのは、御伽衆《おとぎしゅう》の曽呂利新左衛門であった。

即座に何があったのかを断ずることができず、左近は身の置き場に困っていた。

そんな左近に助け船を出すかのように、曽呂利が乱杭歯を覗かせた。

「いやー、あきまへんわ。思い切りしくじってしもたで。やんなるわ」

「しくじった？　どういうことだ」

「おや、そこにおらはるは左近はんやあらへんか」

その辺の茶屋でばったり出会ったかのような口ぶりに、こちらの毒気が抜かれそうになる。だが、曽呂利の顔には暗い愉悦が見え隠れしている。

突如発した怖気《おぞけ》を振り払うように、左近は早口で問うた。

「何をしたのだ」

「はあ、せやなあ」

まるで世間話でもするように曽呂利が言うことには――。

策伝と部屋で雑談に興じていたところ、突然中に曲者《くせもの》たちが雪崩《なだ》れ込んできた。武の心得のない曽呂利は逃げまどうばかりだったが、とんちで使うつもりだった花火の尺玉があったことを思い出し、火をつけたのだという。

呆れを隠せない。緩みそうになる口を結び直し、左近は顎をしゃくった。その意味を察したか、曽呂利を縛りつけていた武士たちは曽呂利を立ち上がらせて引っ立てていった。

曽呂利とすれ違う。その時、曽呂利が昏《くら》い笑みを口の端に浮かべたのを、左近は見逃さなかった。

あの男には何かあるというのが左近の見立てだ。この騒ぎで排除できたをよしとするべきだろうが、何かろくでもないことを仕掛け、既に大坂方に混乱をもたらしていると見るべきだろう。

左近は舌を打った。

左近は大垣《おおがき》城の天守から東を睨んだ。城下町の少し向こうにいくつも川が流れている。その向こうには田園風景が続き、はるか遠くに天険が並んでいる。

美濃《みの》大垣は交通の要衝だ。東海道と中山道を結ぶ美濃路の上にあり、また杭瀬《くいせ》川などの水運も盛んな地域だ。近江と境を接する美濃の町ということもあり、古来、日本の東西を分ける地域と目されている。遠い昔、壬申《じんしん》の乱の舞台となったのがここ大垣だ。

左近は卓の上に戦図を広げていた。この地域のものではない。陸奥から九州までを網羅する地図だ。この戦は、既に一地域でのものではなくなっている。

まずは陸奥。突発的に行動を取った上杉とは連携を取れてはいない。背に腹を替えられぬ事情により徳川と向かい合っているのだろう。だが、敵の敵は味方だ。左近は会津に白い碁石を置いた。また、上杉と連携している佐竹も、とりあえずは味方とすべきであろう。だが、どうやら伊達や最上は徳川について上杉への備えを構築しているらしい。会津の周りに黒い石を配していく。

そして、九州だが……。

左近が思案していると、左近のいる場に新吉が登ってきた。天守からの風景を一瞥《いちべつ》した新吉は、小首をかしげながら左近に報告をした。

「ただいま、知らせが参りました。なんでも、黒田如水《じよすい》殿が御味方である大友を攻め始めた由にて」

「如水……官兵衛か」

左頬に大きなあざのあるあの男の顔が脳裏に浮かぶ。

「あの男は何がしたいのでしょうか。大坂方に御味方すると文で誓われたはずでございますのに」

事実、豊前《ぶぜん》という九州での枢要の地を任されている官兵衛は、大坂方に与《くみ》する九州の大名の領国通過を黙認していた。もし徳川方に与していたのならば戦になってでも行く手を阻まねばならなかったはずだ。だからこそ、大坂方への助勢を確信していただけに、この突然の行動は唐突に映らぬことはなかった。

愉快だった。思わず膝《ひざ》を叩く。

「ち、父上？　いかがなすったのです？」

「いやなに、さすがは黒田官兵衛と思うてな。俄《にわ》かには判然とせぬ行動を取りおる」

こんな行動を取ってしまってはどちらが勝っても窮地に陥ることは明々白々だ。だが、官兵衛には官兵衛なりの計算があるのであろう。

左近は豊前に黒い石を置いた。

と、そこに治部がやってきた。小具足姿の治部は、左近を見るや顔をしかめた。

「聞いたか。黒田官兵衛が徳川方に寝返ったとな」

「ええ、今倅から。治部殿、これは、島津の前に黒田をどうにかせねばなりませぬな」

言わんとするところを察したのだろう、治部は口角を上げて頷いた。

俄然《がぜん》楽しみになってきた。この戦が終わり、伊達を追討したのちには黒田官兵衛との戦だ。あの戦上手は如何な軍略でもって迎えてくるだろうか。想像するだけで心が躍る。

だが、それもこれも、今の戦に勝たねば果たせない。

「今にして思えば、官兵衛が徳川についたのは仕方あるまいかと。確か息子の長政が徳川についておるはず。子供が徳川についておるのに父親がそれに反するわけにはいかなかったのでしょうな」

「そうであるな」

口ではそう言うものの、治部の顔は蒼白《そうはく》に近くなっている。

左近はそこまで悲観していない。この戦においては、天下の軍師である黒田官兵衛すらも空に瞬く綺羅星《きらぼし》の一つに過ぎない。大きな戦ゆえの醍醐味《だいごみ》に、武者震いを覚える。

「さて、次に畿内周りの情勢ですが……」

丹後《たんご》の田辺《たなべ》城を与えられている細川が徳川についた。京の裏手であるこの位置に徳川方がいるのは看過できない。早いうちに討滅しておくべしと断じ、大軍を送っている。もっとも、城に籠《こも》る将兵は千にも満たないという。そう時もかからず落ちる。

京の北、田辺城のあたりに置いた黒い石に、白い石を添わせる。

「そして、伊勢の情勢ですが」

伊勢周りも交通の要衝だ。東海道のうち、桑名《くわな》から坂下にかけては伊勢にある。ここの封鎖は絶対に外せない。

伊勢は徳川方の巣窟《そうくつ》だ。左近は黒い石をいくつも並べ置いた。宇喜多秀家をはじめとした将を送り込んでいる。伝令によれば順調に攻略を進めているという。伊勢周りの封鎖は予定通りに終わることだろう。

左近はふと、そこに見知った者の名前を見つけた。

筒井定次。

かつての主の名前が、敵側に躍っている。

時流が読めぬと嗤《わら》うつもりはない。いつぞやの意趣返しなどと思うこともない。左近の心中に去来していたのは、もし己が未《いま》だに筒井にいたとしたら如何なことになっておったろう、という問いだった。筒井の家臣の一人として兵を率い、宇喜多秀家相手に己の武を見せつけることになっただろうか。いや、あるいは早々に降伏し、戦う機会もないまま敗残兵となってしまったのだろうか。それどころか、隠居したまま、この天下の大戦に白けた目を向けるばかりであっただろうか。運命の不思議を思わずにはいられなかった。

今は感傷も不要だ。旧主の忘れ形見へのわずかな忠を追いやって、左近は伊勢周りに白い石を配していく。

次は北陸周りだ。ここは伏見城から転じた大谷刑部に任せている。主だった将もおらず、敵方の進軍路にはなりづらい。だが、押さえておかぬわけにはいかない。ここも鎮撫《ちんぶ》にはさほど苦戦していない様子だ。すぐに本軍に合流できよう。左近は北陸には石を置かなかった。

左近が目を光らせるのは、大垣から東の動きだ。

中山道沿いの町々に目を向ける。その一つ、上田《うえだ》は真田が大坂方について籠城している。これはありがたい。ここに城があることで、進軍してきた敵を一時受け止めてくれる。最悪でも、兵の一部を残して進軍せねばならなくなる。この石は後々利いてくるはずだ。左近は上田に白い石を配した。

問題は伊勢から東の東海道沿いだ。

左近は主だった城下町に黒い石を置かざるを得なかった。

この戦は、徳川内府による会津討伐に端を発している。そのため、内府の許には東海道筋を安堵《あんど》された大名が集っている。そして、治部の放っていた間諜によれば、それらの大名の多くは豊臣恩顧であっても内府に助力を誓っているという。

左近は東海道筋の黒い石を睨む。

「治部殿、東海道筋の大名を一人でも翻意させることはできませぬか。さすれば、多少はやりやすくなるとは思うのですがな」

治部は苦々しげに首を振った。

「ずっと書状のやり取りはしている。だが、乗って来ない」

「なるほど。清洲《きよす》城主の福島殿はどうでござる？　あのお人は太閤殿下の子飼いにございましょう？」

「書状で何度も説得はしている。だが、芳しい返事はない」

清洲は伊勢にも通じ、美濃への入り口にもあたる重要な拠点の一つだ。ここを徳川方に押さえられているのはあまり都合がよろしくない。できることならここを味方に引き入れておきたいところではあるが、政略でものにできぬのならば仕方のないことだ。

政略で埋められぬ分は、軍略で埋めればよい。

左近は清洲に黒い石を置いた。

そして——。左近は戦図の一点を睨んだ。徳川本拠の江戸だ。左近はそこに十個あまり黒い石を並べた。

斥候《せっこう》の報告によれば、既に徳川は会津から離れ、宇都宮《うつのみや》に抑えを置いて江戸城に拠っているという。しかし、動く様子がない。

「父上、なぜ徳川は動かぬのですか？　もしや、籠城をするつもりでしょうか」

「いや、徳川は左様なことはせぬ。わざわざいきなり本拠を籠城には使わぬはずぞ。それに、江戸城は太田《おおた》道灌《どうかん》以来、大きな改修がなされておらぬという。考え合わせれば、徳川が江戸に留まっておるのは、背後を警戒してのことだろう」

「背後？」

「佐竹ぞ」

水戸《みと》に本拠がある佐竹は上杉と連携しているはずであったが、徳川が会津から撤退するときには大した動きを見せることはなかった。佐竹は常陸《ひたち》一国を支配する大名だ。決して侮れない。

「佐竹が、でございますか」

佐竹といえば、蒲生家陣借りの折にあれこれと取次をしたことがある。そのおかげで此度佐竹が大坂方についたとは言い切れぬが、一助にはなったと信じたい。

「うむ。石はどう利くか分からぬときがある。此度はうまく利いておるな」

かくして、左近たちの眼前に日本中の勢力図が出来上がった。

概して西は大坂方、東は徳川方に割れているが、大坂方における上杉や、徳川方における黒田や細川のように、互いに石が敵の陣に食い込み、掣肘《せいちゅう》しあっていることが分かる。

実際に石を並べてみると、空白地帯が浮かび上がってくる。

その一つが、美濃一帯だ。美濃の西にある大垣は既に大坂方が押さえている。しかし、その他多くの地域はどちらにつくか微妙な情勢だという。

「治部殿、ここの調略はどのように？」

「進めている。特に、岐阜《ぎふ》城の織田中納言《ちゅうなごん》殿に置かれては私自ら出向き御味方くださるように願っている」

織田中納言秀信《ひでのぶ》はかの織田信長公の嫡孫だ。秀吉はこの嫡孫を取り込んだことにより出世の糸口をつかんだ。そうした経緯から秀吉はこの嫡孫を大事に扱い、織田の天下布武始まりの地であり要衝である岐阜城を与え、さらには中納言の位を与えてもいる。豊臣からすれば主筋にあたる。治部がわざわざ出向いたというのも主筋に対しての配慮であろう。

「ここが、どうなるかでございますな」

左近は腕を組んで顎を撫《な》でる。

と、そこに伝令兵が登ってきた。左近ではなく、治部に用があるらしい。

「殿、一大事でございます」

「どうした」

「美濃の織田中納言様が、我らにつくと仰せになられました！」

「そうか！」

普段感情を露《あら》わにすることがない治部が、この時ばかりは全身で喜びを示した。伝令役の肩を何度も叩き、

「そうか、そうか」

と繰り返している。

思わず、左近も手の中にある碁石を強く握った。じゃり、という乾いた音が手の中から響く。

これは大きい。

美濃の中心である岐阜がこちらについた。するとどうなるか。

岐阜城は天険に築かれた山城で、清洲城や犬山《いぬやま》城などの城を一望することができる。城単体としても十分な備えを持っている上、近隣の城との連携の要として使える城である。

一方、その西にある大垣城は拠点としては優秀だが、純粋に砦《とりで》として見た時にはいささかの不安がある。多くの川が近隣に流れているため、水攻めを行なわれてしまっては多大な被害を受けかねない。また、平城であるため、純粋な要塞《ようさい》としての機能はどうしても山城に負ける。

左近は、はは、と笑った。

「これで我らの軍略が固まりましたぞ」

「そうか。どうする」

「地図を見てくだされ。今、岐阜中納言様の御決心により、岐阜城は我らの側の城となったわけにござる。すなわち、岐阜城を中山道方面での抑えと致しまする」

「東海道はどうする」

「宇喜多殿が伊勢を押さえに回っておられるゆえ、こちらはほぼ押さえることができましょう。つまるところ、伊勢と岐阜を先手《さきて》とし、徳川を抑え込むわけにござる」

治部は顎に手をやった。

「なるほど、小牧長久手と同じ戦運びだ」

縁起でもないことを言う。左近は思わず心中で舌を打った。小牧長久手の戦において、秀吉軍は徳川の老獪《ろうかい》な用兵にしてやられ大敗を喫しているはずだ。目の前の治部はその戦に出ているであろうに。そう心中でぼやく左近を前に、治部はこう言い放った。

「よいではないか。太閤殿下がなさり損ねた徳川の討伐を小牧長久手と同じ陣立てで意趣返しできるなど、これ以上ない天の配剤。豊臣の武威を示すにあたりこれ以上の膳立《ぜんだ》てはない。そうは思わぬか、左近」

治部の理路は左近とは随分異なるらしい。

いずれにしてもこれで策は固まった。

「左近」治部は言った。「これで、ようやくそなたの望んだ天下の戦がやってくるぞ」

「そのようでございますな」

「なんだ、あまり嬉《うれ》しそうではないな」

「嬉しゅうござる。されど、それ以上に」

「それ以上に、なんぞ」

正直に、ありのままに、己の思うところを述べた。

「まさか、ここまで大戦が難しいものだとは思いませなんだ」

日本六十余州にもわたる大戦。敵味方が複雑に入り乱れている。そもそも、誰が味方で誰が敵であるかさえもよく分からなくなりつつある。碁であれば、相手はたった一人。その相手の癖を盗むことはそう難しいことではない。だが、この戦は違う。究極的には相手は徳川内府だ。しかし、戦図の上に置かれた石の一つ一つに意思があり、自我がある。そして、石の一つ一つがここに至ったいきさつを抱えている。これを完全に統御する者がいるとすれば、それは神仏と呼ばれる存在であろう。

「なんだ、弱音か」

「いや、違いますな。ようやく、信玄公の見ていた景色に到達した気がして、いささか武者震いをしているのでござる」

と、治部は、ふむ、と声を上げた。

「ときに、以前から気になっていたのだが、そなた、口癖のように〝信玄公の軍略〟などと申し、信玄公より軍略を学んだと称しておるが、真《まこと》のことなのか？　そなた、若い頃はずっと筒井家家臣として大和におったはずではなかったか」

ふと、左近の目の前に、金色の獅子《こんじきしし》の前立が光り、鉢を覆う白い毛をなびかせる赤糸縅鎧の武将の姿が浮かんだ。手には、風林火山と記された采配を持ち、豪壮な太刀を佩いている。面頰《めんぽお》で顔を覆っているが、目だけは左近をしっかり捉えている。

瞬きをすると、その将の姿はすっかり消えてしまった。

左近はゆっくりとかぶりを振った。

「よいではありませぬか。某がどこで軍略を学んだのかなぞ」

釈然としない表情を浮かべていた治部であったが、やがて、それもそうだ、と口にした。

「この戦には関係なきことであったな」

左近は少し笑った。勝利への確心が、ふと笑みにつながった。

だが、戦の神は、依然として左近に試練を与え続ける。


新吉に手を引かれるがまま、左近は大垣城の天守に登った。

夜になってすっかり闇《やみ》の中に包まれている天守には、既に治部と、北陸の鎮撫を終えて大垣に戻ってきていた刑部がいた。二人は窓から東の空を眺め、呆然《ぼうぜん》と立ち尽くしている。

「治部殿」

声を掛けると、治部は振り返った。その顔は血色を無くしている。

「父上、あれを」

窓の外には月明りの下で田園風景が続いている。さらにその向こうには天険が宵闇《よいやみ》の中に浮かんでいる。と、そのうちの一つから、もうもうと黒煙が上がっており赤い炎が瞬いているのを見つけた。遠くからあれほど明瞭《めいりょう》に見えるということは、おそらく大火事となっているはずだ。

方角からしても間違いがない。

頭巾の間から目を覗かせる大谷刑部も、目を見開くばかりであった。

「なぜ、岐阜城が燃えておるのだ」

岐阜城は断崖絶壁《だんがいぜっぺき》の山の上に作られた城だ。力攻めなどしようものなら相当の犠牲を払わねばならない。それこそ、万を超える兵をつぎ込み、その悉《ことごと》くを死に追いやらねばならぬ。

福島正則や池田輝政《いけだてるまさ》といった徳川方の武将が美濃方面に攻めてきていたのは既に摑《つか》んでいた。ゆえに、敵の進軍に間に合うべく岐阜城に味方を差し向けていた。もし戦が長引くようであればさらに兵を送ろうと算段していた矢先の落城は、到底信じられるものではない。

窓から離れた治部は卓を叩いた。そして肩をわななかせて左近に詰め寄った。

「なぜこんなことになっている！　左近、申し開きせい。いったい何が起こったのだ。岐阜城は天下の堅城ではなかったか。あの城を先手として徳川を食い止めるのではなかったか！　そなたの軍略はどうなっておるのだ」

何も言えなかった。そもそも、左近にすら何が起こっているのか分からなかった。

怒りを表す治部、おろおろしている新吉。そんな中、左近たちの間に入ったのは刑部であった。のろのろと歩き、肩で息をしながら二人の間に体を挟み入れた。

「治部殿、落ち着かれよ。まだ何が起こったのか、誰にも分からぬ」

「だが……！」

そんな時、天守に伝令兵が登ってきた。その者の鎧はところどころに細かい傷がついており、草摺《くさずり》の札がいくつか取れかかっていた。

「岐阜城より、ご報告にござる……。岐阜城、敵方の手に落ち申した」

伝令が語ったのは、予想だにしない戦の有様であった。

敵が近づいてきたのを知るや、岐阜城主である織田中納言は評定の場で出陣を命じた。これには老衆《おとな》が必死で諫言《かんげん》したというが、織田中納言を翻意させることができず、結局城を出て夜戦を仕掛けたのだという。諫言をした家臣たちは『ここが己の死に場所』と声を掛け合い、必死の抵抗をしたらしいが、猛将で鳴らす福島正則、池田輝政を押し留めることはできなかった。かくして、守備兵をなくした岐阜城は、わずか一日で落ちてしまった……。

「なんと」刑部は頭に手をやった。「あの信長公の御嫡孫ともあろう者が、なんというつけの采配をなさったか……」

左近の肩をつかんでいた治部も、のろのろと手を離した。

「……すまぬ、そなたのせいではなかった」

岐阜城という天険の城に拠っているにも拘わらず、わざわざ出陣をする意味はない。城が孤立しており打つ手がなく、『あとは名を惜しむばかり』と覚悟を決めたのならば分からないではないが、岐阜城は大垣城にも近い。いくらでも援軍を出すことはできたし、事実援軍を送り込む腹積もりであった。織田中納言においては老臣たちにすべてを任せ、城の二の丸で安んじておられればそれでよかった。そして、半年でも一年でも城に籠ってさえおれば何の問題もなかったのだ。

左近は卓の上に置きっぱなしにしていた地図を睨み、岐阜城に置いていた白い石を黒に替えた。

たった一個、石を替えただけだ。だが、これが戦図の様相を大きく変えている。岐阜城という石が黒に変じたことで、美濃一帯にある味方の城の数々が孤立し、もはや先手としての意味を失うことになる。やがて、残っている白い石も悉く黒い石に蹂躙《じゅうりん》されよう。

「新吉、喜内殿と共に一万を率い、敵兵に備えよ」

「は、はい」

慌てて階段を駆け下りていく新吉を見送ったのち、左近は蒼《あお》い顔のままの治部に向く。

「さて治部殿。話が変わり申した。本来ならば岐阜で敵を抑えるべきでござったものの、岐阜城は落ち申した。なれば、新たな策を考えねばなりませぬ」

「策を示せ、左近」

「岐阜を福島らが攻めたということは、徳川内府は美濃路を進軍するつもりではないか、というのが某の見立てにござる。無論、東海道を行く軍が伊勢を攻め、中山道を行く別陣が美濃路へと雪崩れ込むつもりなのかもしれませぬ。それゆえ、徳川の動きを見て策を変えることになり申すが、基本はここ美濃路のいずれかで徳川と対峙《たいじ》することになりましょう」

「ならば、ここ大垣に籠城すれば――」

「なりませぬな。大垣城は平城、しかも辺りにはいくつも川がある。もし水攻めなどされようものなら大変なことになり申す」

治部は口をつぐんだ。忍の戦を思い出しているのかもしれない。

左近は戦図を眺めた。大垣城から西の美濃路を見やる。

「まず、大垣より東に出ることは難しゅうござる。大垣の東は平野。敵軍を抑えるに、これほど向かぬ地形はない。野戦を挑むのも策の一つにござるが、あえて野戦の上手である徳川内府に勝負を挑む必要はありますまい」

「むう……。ならば、どこに籠城すれば」

ここで刑部が口を挟んだ。

「いっそのこと治部殿の本拠である佐和山城に籠ればいかがであろうか。中山道の上にもあり、さらには交通の要衝。ここならば、存分に戦うことができるはず」

「刑部殿の見立ては実に正しゅうござる。ただ、これは次にとっておきたく」

「次？」

「戦とは、常に万全を期すべきにござる。背水の陣などと称して逃げ道を自ら断つのは、無能な将の策にござる。もちろん一度の戦で勝ち負けが判然とすればこれ以上のことはございませぬが、仮に長期の戦となったとき、佐和山城を無傷で残しておくことには意味があり申す」

「なるほど」刑部が顎に手をやる。「では左近殿、もし、徳川が美濃路に集結するとして、我らはどこに陣を張ればよろしいか」

「一番は、ここでしょうな」

左近は戦図の一点を指した。美濃大垣と近江佐和山の中間地点に立地するそこには、関《せき》ヶ原《はら》、と書いてある。

「なぜ関ヶ原だ？」

戦図を覗き込んだ治部の問いに左近は答える。

「あそこは開いた扇のような地形になってござる。西に扇の要があり、東に向かって開けている地形。これは、寡兵でもって多数の兵を迎えるに格好の地形でござる。拮抗《きっこう》した兵力であればなおのこと有利となりましょうな」

「なるほど」

「さらには、あそこは古代より交通の要衝でごさったゆえ、いくつも砦が残っております。これらを使い、それぞれの陣が連携を図れば巨大な城のごとくに使うことができまする」

「さっそく、斥候を」

「もう出しております。数日中には調べが終わり、地図も出来上がるかと」

治部は感嘆した。

「そなた、そこまで手が回っておったか」

「念のための策でござる」

本来、関ヶ原の陣立ては仮に岐阜城が落とされたときの次善の策であった。半年や一年、どんなに相手が精強でも一か月は保《も》つと見込んでいただけにわずか一日での落城は予想外であったものの、相手が相手、攻められ方によっては落ちるのも考えに入れていた。

あくまで念のために練っていた策がここで生きるとは――。

左近は容易に見通せぬこの戦の先行きに苛立《いらだ》ちを持ち始めていた。

と、岐阜落城を告げた伝令と入れ違いに、また別の伝令が階段を上ってきた。こちらは先ほどの伝令と比べれば傷はない。

「報告！　大津《おおつ》城の京極高次《きょうごくたかつぐ》様、寝返り！」

「なんだと」

治部は苛立たしげに眉をひそめた。

大津城は琵琶湖の南に位置する城で、京、大坂への道の途上にある。戦向きの城ではない。琵琶湖の水運の安全を見張るための政庁という意味合いの強い城だ。だが、この城の寝返りは大きい。

戦図の大津に置かれていた白い石を黒に替える。京・大坂と大垣を結ぶ街道の途上に突如黒い石が置かれる形になってしまう。これを捨て置いては、大坂との連携が断たれかねない。今は無視してもよいかもしれぬ。しかし、戦が長引けば長引くだけ、この城の戦略上の意味が大きくなっていくことは疑い得ない。

「どうする？」

治部は聞いてくる。

「一つは軍を差し向けてこれを討滅することにござる。この島左近自ら兵を率い、力攻めにしてでも降《くだ》してまいりましょう」

「いや、待て」治部が異論を挟んだ。「そなたは大垣におるべきだ。ここは、政略で収めるべきではないか」

「政略？」

「決まっておろう。大津城の京極宰相《さいしょう》殿を調略する」

京極宰相高次。妹を秀吉の側室に差し出したことで出世したと言われ、〝蛍大名〟の異名をとる男だ。己を高く売り込むための策であるとすれば、調略は大いに有効だろう。

事実、大坂方に与する大名の中には、己を売り込もうとするばかりに態度を濁している者もある。

その中の一人に、小早川金吾《きんご》秀秋《ひであき》がいる。

もとは太閤秀吉の御一門衆であったが、毛利の名家である小早川家に養子に入った。もちろん豊臣家はこれを一門衆として扱い、宇喜多秀家などと共に重く用いている。しかし、最初からこの戦を主導してきた宇喜多とは違い、小早川金吾はあまりこの戦に乗り気ではないようだ。口では助勢を唱えながら、近江近辺の城を行ったり来たりして、どこかに腰を落ち着けようという気配がない。その有様に、『金吾様は内府と内通しておるのではないか』という風聞さえ立っている。さすがに敵方との内通は考えたくないが、小早川に己を高く売ろうという下心がないとはいえない。

左近は頷いた。

「では、京極はお願いいたす。あと、ふらふらしておる金吾殿も何とかできぬものでしょうかな」

「ああ。関白の位でも鼻先にぶら下げておく」

「お任せいたす」

左近はもう一度、炎上する岐阜城を睨んだ。天下布武の城は、驚くほどに綺麗《きれい》で、寒気がするほどに美しい。だが、そんな姿はすぐに闇に飲み込まれ、見えなくなった。

佐和山と大垣の往復が続いていたある日、佐和山の屋敷に戻った。

戦は予断を許さない。徳川内府は岐阜の陥落を受けてようやく重い腰を上げたらしい。まだ内府がどこに向かうのかは不透明であるがゆえに、伊勢や中山道方面への目配りも欠かせない。戦の軍略を一手に担う左近も、戦の形が明瞭になるまではどこかに腰を落ち着けるわけにはいかなかった。

屋敷の自室に籠り寝そべった。冷たい床の感触が心地いい。あまりに物事を考えすぎて、頭が痛くなってきている。大の字に床に転がりながら、読まねばならぬ書状の山に目を通す。あの城はこちらに落ちた、あの城は未だに落ちぬ……。一枚一枚を子細に読み上げていると、ふいに左近に声が掛かった。

「なんだか、大変そうだねえ」

「そう見えるか？」

御茶の声だ。慌ててしゃんと身を起こしたものの、御茶は特にぐうたらしていた姿を咎《とが》めはしなかった。

振り返ると、打掛のまるで似合わない御茶がそこにいた。大和の国衆だった頃から連れ添ってきたこの妻に絹の着物が似合わないということに気づいたのはいつのことだったろうか。この女は、屋敷の奥でちょこんと座っているような女ではなく、本当は野草を摘み、布を織り、歌を歌いながら畑を耕すのが似合っていた女であった。そして、その夫である己とて、当然こんな大屋敷などが似合う男ではなかった。

「なんだか最近、頬がこけた気がするよ」

「そうか」

思わず頬に触れた。しばらく手入れができていないゆえ、頬に無精ひげが浮かび始めている。

「ねえ、お前さん――」

御茶が何か言いかけたその時だった。家令がやってきた。

「ご隠居様にお目にかかりたいという男が」

あくまでこの屋敷は新吉に与えられたものだ。ゆえに左近は〝ご隠居様〟である。

「誰ぞ。名は聞いたか」

「へえ」

家令が口にした名前に、左近は懐かしい思いにとらわれた。家令に家に上げるように命じる。しばらく部屋の中で待っていると、一人の男がやってきた。

縁の広がった深編笠を脇に抱えて入ってきたその男は相変わらず怜悧《れいり》な顔をしていた。紺色の羽織と茶色の伊賀袴《ばかま》に晴れているというのに蓑《みの》を背負っている。見れば袖はすっかり垢っぽくなっており、伊賀袴のところどころに直しの跡があった。

「久しゅうございますな」

細い眉をほんの少しだけ動かし親愛の情を示したその男は、かつて蒲生少将の陣中で一緒であった柳生又右衛門であった。

「おお、又右衛門殿か、久しいではないか。元気になされていたか」

「ええ、おかげさまで。――おお、お方様、これはご無沙汰《ぶさた》いたしております」

御茶にも頭を下げる又右衛門。

口ぶりからするに、何度か会っている様子だ。

どういうことかと聞くと、御茶は「何を言ってるんだい」と不機嫌な声を上げた。

「お珠《たま》を柳生の嫁にやったじゃないの」

お珠……。記憶の棚からなんとかその名前を引き出す。左近と御茶の間に生まれた末の娘だ。長子である新吉とは二十ほども年の差がある。末っ子は目に入れても痛くないなどというが、あまり可愛《かわい》がった記憶はない。確か、一回目の朝鮮出兵の折、「珠を嫁がせる」と御茶から文があったが、「お前にすべて任せる」と返事を出した覚えがある。まさか、己の娘が柳生家に嫁いでいたとは、と今更のことのように驚いたのと同時に、変なところで又右衛門とは縁ができていたことを今知った。

しばし親しげに御茶と立ち話をしていた又右衛門であったが、会話が少し途切れたところでこう切り出した。

「では、お方様、本日は左近殿と話がございますゆえ」

又右衛門の人払いはきわめてさりげない。御茶などは顔を赤くして、

「そりゃそうよねえ。じゃあ又右衛門殿、ごゆっくり」

と屋敷の奥へと引っ込んでしまった。

二人きりになった部屋の中、旅姿の又右衛門は帯から刀を鞘《さや》ごと抜いて右側に置き、左近の前に座った。又右衛門の佩刀《はいとう》は武骨ながらそれゆえに趣のある、まさに目の前にいる男を体現するような太刀であった。

左近は顎に手をやり、目の前の男を見据える。

「さて、何用ぞ」

「おや、ご挨拶《あいさつ》ではありませぬか。たまたま佐和山に寄ったゆえ、こうしてご機嫌伺いにきたといいますのに」

「あまり、某を怒らせぬでくれ。余計な体力は使いたくないものでな。――知っておるのだぞ、そなたが徳川に陣借りしていることくらいはな」

すると又右衛門は、わざとらしく驚いたような表情を浮かべた。

「ということは、なぜ某が佐和山におるのかも分かっておりますな」

「知っておる。どうやら、大和近辺の国衆を扇動しておったらしいな」

大和には未だそれなりの伝手《つて》は残っている。筒抜けとは言わぬまでも、柳生の若造が色々と背後を脅かしているという動きは摑んでいた。

又右衛門は、悪びれもせずに頷く。

「ええ、おっしゃる通りです。ただ、〝なぜ某が佐和山にいるか〟についてまで、左近殿は気づいておられぬようですがね」

大和での工作を終えて徳川内府の許へと戻るなら、そそくさと先を急げばよいだけの話だ。あえて佐和山に顔を出す理由はない。

又右衛門は薄く笑い、けれども決して笑いはしない目をこちらに向けた。

「徳川内府様より、ご伝言にございます」

すう、とあたりが急に冷え冷えとし始めた。それは、又右衛門が放つ、殺気とは異なる気のせいだ。殺してやる、という意思が周りに溶け出すのが殺気であるなら、又右衛門のそれは、斬れるものならばやってみよ、という意識が為せるものだ。

又右衛門は冷笑を浮かべたまま続ける。

「もし、治部を裏切り、我が軍門に降るのであれば、これまで治部がそなたに認めていた領地の安堵は必ず約し、これまで徳川相手に策動していた罪の一切を許す。そうおっしゃっておられます」

「ほお、それは大盤振舞だ」

「なんでも、左近殿は治部殿の知行の半分を与えられているとのことにございませぬか。その知行を安堵なさろうというのです。寛大な思《おぼ》し召しとは思われませぬか」

知行の半分云々《うんぬん》は、世上に流れている噂に過ぎない。初めて耳にしたときにはさすがに驚き、治部にも報告をしたものだった。だが、治部は『言いたい者には言わせておけ』と取り合わなかった。あとになって、あの噂を流したのは治部かもしれぬと思い至った。『治部は有能な者ならば金に糸目をつけずに雇い入れる』という格好の宣伝になるはずだ。

だが、左近は、はっ、と笑った。

「残念だったな。某は、一石とて、一俵とて治部殿からは頂いておらん。それゆえ、徳川内府の案、到底飲めぬ」

「何も、貰っていない？　一石とて？」異国の妖怪を見るような目で又右衛門は左近を睨んだ。「では、左近殿はなぜ石田治部についておられるのですか。忠義ですか、それとも義理ですか」

「冗談を言うな」

忠義など、山崎の戦の時に放った一本の矢と共に捨てた。そんな男に義理などあろうはずはない。ただ、左近の胸にある思いは――。

左近は答えた。

「まだ見ぬ戦への、餓《かつ》えよ」

しばし呆然としていた又右衛門であったが、やがてため息をついた。

「らしいといえばらしい。けれど――。もう、戦の時代は終わることでしょう。この戦が終われば、おそらく、もう戦など起こらぬ時代となる。内府様によって」

「終わらぬよ、治部殿と某がともにある限り」

これ以上の問答は不要らしい。

察するものがあったのか床を蹴るように立ち上がった又右衛門は、刀を取って踵《きびす》を返した。が、吐き捨てるように背中越しに言った。

「戦場で見えた時には、家伝の剣の神髄、しかとお見せしましょう」

「そうか」又右衛門の背中から湧き起こる気に頬を焦がしながら、左近は応じる。「内府に伝えておいてくれ。〝何十年も前に貴殿を三方ヶ原で追いつめたる信玄公の采配、とくと味わえ〟とな」

「覚えておりましたら、内府様にお伝えいたしまする」

冷たく言い放った又右衛門は足音もなく廊下に出ていった。

しばし、一人、部屋の中にいた左近であったが、やがて、屋敷の奥から御茶が現れた。

「もう、又右衛門殿は帰ったのかい？」

「ああ。何でも近くに寄ったから、顔を見たいとのことであった」

「そうかい」

御茶は遠い目をして縁側の外を見やった。その双眸《そうぼう》に何が映っているのか気になって御茶の視線に己の視線を絡ませた。夏の苛烈《かれつ》な日差しが降り注ぐ縁側の向こうには入道雲が湧き立つ空が見える。じわじわと鳴く蟬《せみ》の声も届く。

「最近、なんだか蟬の声がうるさくてかなわないね」

「む？」

「佐和山もずいぶん寂しくなったよ。お隣さんも、大垣におるんだと。あそこの家は二十前の子供もいたからやかましかったんだけど、いざ静かになってみると、なんだかしんみりしちまってね」

意外だった。御茶が感傷めいたことを口にするところは、これまで見たことがなかった。

御茶は何も言えずに立っている左近の頰に手を伸ばした。両手で優しくその頰を抱えた御茶は、白いものが混じる髪の毛を揺らしながら、力なく言った。

「頼むから、わたしの傍《そば》で死んどくれ。この糞爺《くそじじい》、長生きしやがって、ってわたしがぼやくのを聞きながら、穏やかに死んでおくれ」

なんという言いざまだ。

左近は応《こた》えた。

「これから戦に行く武者に対する言いぶりではあるまい。――だが、戦場では死にはしない。俺を誰と思っている。島左近ぞ」

御茶はこくりと頷いた。このしぐさが、寺で出会い、見初めた頃の姿と重なった。

白っぽい麻の半着に馬乗り袴という軽装で大垣城を出た左近は、たてがみの中に顔をうずめていた。

ひたすらに走る。味方兵たちの不安げな声に聞き飽き、結論の一向に出ぬ、つまらぬ軍議を抜け出すと、城の西門から西に馬を走らせる。

「父上、お待ちください。危のうございまする！」

鎧に身を固めた新吉が馬で追ってくる。

「うるさい！　ちょっと遠出するくらいで鎧など着ていられるものか！」

「遠出どころではございませぬ」新吉は言った。「今、どういう時かお分かりにございましょう！」

無論分かっている。いや、分かっているからこそこうして馬を走らせている。

ついに、徳川内府の狙いが分かった。

東海道を進んでいた内府は美濃路へと進んだ。そして今、福島正則や池田輝政などといった先手や諸将を従え大垣の西にある赤坂《あかさか》にまで陣を進めてきたのである。

内府の狙いは明確だ。中山道を進んでいる別動隊と合流し、陣を張らんとしている。

となれば、こちらもやるべきことは決まってくる。各地域に振り分けていた兵の多くを大垣近辺に集めるべく号令を発した。かくして、大垣の地には俄然戦の匂いが漂い始めた。

杭瀬川の近くまでやってきた。土手を降りると、両岸には人の背丈ほどはあろうかという芦《あし》の原が広がっている。土地の者に聞いたところだと、杭瀬川は暴れ川で洪水の度に地形が変わってしまうため、土手の下は耕すことをせずに放《ほう》っておいているという。

芦原の間にわずかに切り開かれた道を進むと、やがて水の流れる音がした。そうしてしばらくすると、芦原が開け、川幅五間（約九メートル）ほどの川が現れた。これが杭瀬川だろう。そして、その川を挟んで遥《はる》か西に、整然と並ぶ陣がいくつもある。あまりに遠くで馬印を確認することはできない。だが、遠いがゆえに、見渡すばかりに展開する敵軍の数を肌で知ることができた。

ざっと見積もって十万といったところだ。

左近はふと、こちらの総数を数えていた。

実はまだ、田辺城に籠る細川を降伏させることができていない。そして、本来は調略で解決を目指していた京極高次の大津城も、結局は軍を出さなければならぬまでにこじれてしまっていた。その二城に手間取ってしまい、ざっと三万の兵が大垣に到着していない。

しかしそれは敵も同じことだ。中山道を行く徳川の別動隊は、上田の真田によって足止めを食らっているらしい。目と鼻の先に布陣しながら、未だに攻めかかってこないのは別動隊の到着を待ってのことだろう。

いずれにしても、兵数はほぼ一緒。ということは、

『戦に何が何でも勝つ』

という気概を強く持ちえた側が勝つということだ。

だが、不安はまだある。

小早川金吾秀秋だ。

治部の必死の調略により、金吾は大坂方に与することを明確に約したという。しかし、その後の動きは不可解の一言に尽きた。

大垣城に入ればいいものを、なぜかその背後に位置する関ヶ原に布陣したのである。しかも、先に陣を張っていた武将を追い出し、松尾山《まつおやま》に布陣した。

松尾山は関ヶ原の扇の要の南にある山で、古来、枢要の地と思われていたのか城の跡が残っていた。左近が命じて松尾山の砦を修復させていたのだが、そこに金吾が入った格好になる。

もし、金吾が内府と繫がったままだとしたら――？

大垣城の帷幄に不安が広がった。

即座に動いたのは大谷刑部であった。

『では、わしが行こう』

手勢を率い、まるで金吾軍に睨みを利かせるかのように松尾山の麓に布陣したのであった。この刑部の行動により、大垣城はとりあえず安堵に包まれた。

しかし、不安を未だに抱えたままだ。

果たして刑部は信頼に足る相手であろうか。あれは内府びいきであったが、再三に亘る治部の説得によって大坂方についたという経緯がある。

左近の頭の上に、ある光景が浮かんでいる。戦図に置いた碁石が細かく震えている。大津に置いていた白い石が黒くなり、関ヶ原に置かれている石が、ある時は白に、またある時は黒に色を変じている。それぞれの石は一見うまく利いているように見えて、実はまるで利いていないようにさえ見えてくる。

やらねばならぬこと、それは、石をできる限り、白に固定すること。そして、細かく震える石を押し留めることだ。

そう心に決めながら敵陣を睨んでいると、杭瀬川の此岸《しがん》に馬に乗る武者が並んでいる光景が見えた。おい、と声を掛けると、二人はこちらに馬首を返して近づいてきた。

その二人は、喜内と孫市であった。

「おお、左近殿ではないか。奇遇であるな」

「二人して、何をしておられるのだ?」

「敵の陣立てを見ておった。――何とも他人行儀な陣立てであるな。どうやら内府の軍も実際には足並みが揃っておらぬ様子」

「確かに」

陣同士の間が開きすぎている。言うなれば、一万程度の兵のひと固まりが、それぞれに独立して陣を張っているような趣だ。あれでは急襲を受けても隣の軍が助けに行くまで時が掛かってしまう。

左近は見立てを述べた。

「敵軍も一枚岩ではないのだろうな」

陣同士が離れているのは互いを信頼していないからだ。裏切るのでは、という疑心暗鬼が蔓延《まんえん》している。

碁石の扱いに難儀しているのは内府も同じだ。

「これから、どう戦うつもりぞ」

「なに、ここからは、石の奪い合いであろうな。ちと、危ない橋も渡らねばならぬか」

喜内が首をかしげる横で、左近は己の心中をたぎらせた。

第五話　石田治部陣借り後編

左近はわずかな手勢を率いて東に大きく湾曲する杭瀬川を渡った。左近の他はほとんどが足軽《あしがる》だ。膝《ひざ》を濡《ぬ》らしながら川を渡り切ると敵陣が目に入った。敵からもこちらの姿は丸見えであろう。

土手を上がると田んぼが広がり、その奥に敵陣がある。すっかり首《こうべ》を垂れている稲は黄金色に輝いて風に揺れ、敵本陣近くの稲が少しだけ刈られ、赤茶けた土が見えていた。

左近は振り返り、足軽兵たちに命じた。

「各々、鎌《かま》を持てい！」

槍《やり》から鎌に持ち替えた足軽たちは、にかりと笑い、慣れた手つきで稲に向かい始めた。各々、稲葉をつかんで鎌で根元を切り始める。そして、背負っている竹籠《たけかご》に収める。刈田だ。戦場においては兵糧《ひょうろう》を得るため、敵に余計な兵糧を与えないための手段だ。

懐かしさを覚えながら、稲を刈る足軽たちを見やる。

かつて大和で戦に明け暮れていた左近にとって、刈田は日々の光景であった。他領の稲を刈る行ないは『この土地は元来我らの物だ』と主張するに等しい。抵抗しない相手からは刈田を既成事実にして知行を切り取り、抵抗してきたなら戦場でさんざんに追い立てたものだ。

左近は稲には目もくれず、敵陣の動きを睨《にら》む。動く気配がない。

足軽に命じ、もっと範囲を広げて稲を刈らせる。足軽兵たちは命をよく聞き、各々距離を置いて鎌を振るい始めた。

これが功を奏したのか、敵陣が動き始めた。敵陣の最前列の一部が雪崩《なだれ》のように突出し、残りの兵がそれに続いている。

左近は手を打った。

もし陣を指揮する将が命じて動いたのならば全軍が一丸となって動くはずだが、敵陣にそんな動きはない。先陣が突出したことにより後詰めも慌てて進軍しているような形《なり》だ。好都合。手を打った左近であったが、まだ刈田は止《や》めさせない。

そうして、敵兵が一町（約百九メートル）、すなわち、鉄炮《てっぽう》の射程内に入ったその時、左近は叫んだ。

「槍を持てい！」

敵兵が騎馬で突撃をかけてくるのが分かる。

「第一隊は槍衾《やりぶすま》を構えい。後詰めは退《ひ》け！」

味方先陣が槍衾を構えるや、騎馬兵は馬首を返して戻っていった。代わりに足軽兵たちが横一線に展開し、槍を掲げながらじりじりと前進してくる。鉄炮などの飛び道具を警戒していると見え、動きは鈍い。

敵足軽隊は槍衾を組んでいた左近たちの軍とぶつかった。敵兵は槍を振り上げ、振り下ろすという動作を繰り返す。隣の人間が槍を振り上げれば、己は振り下ろす。隣の人間が槍を振り下ろせば己は振り上げる。動作はよく練られている。

「ぬう、先手《さきて》、後退！　後退せよ」

味方は少しずつ後ろに退いていく。これを機と見たのか、敵兵たちは、おう、おう、と声を張り上げながら槍を打ち下ろして前進してくる。

矢が風切り音とともに飛んでくる。見れば敵騎馬兵たちが槍から弓に持ち替えている。息を揃《そろ》えて飛んでくる矢の数々は、遠目には千切れ雲が突風にあおられて流れているようにも見えた。

「首をすくめい！」

しばらく後に降ってくる矢の一時雨《ひとしぐれ》。狙《ねら》い引き絞った一撃ではないゆえ殺傷力は低いが、肩口や首を傷つけることの多い軌道でもある。かんかん、という甲高い音が鉢の中で響く。

後退しながらも持ちこたえているうちに、攻めかかってきている一軍とは別に、もう一軍が前進を始めた。千ほどの兵が一丸となってやってくる。先に攻めかかってきた相手とは違い、ある程度冷静なようだ。さしずめ、味方が戦っておるのに静観はできぬ、と将が命じたのであろう。

左近たちの隊は、既に杭瀬川を背にするほどに後退している。土手を降りて芦《あし》の原に陣を敷き直す。しかし、完璧《かんぺき》な布陣は組まない。ところどころに穴をあえて作る。

土手を敵軍が降りてきた。一瞬、芦の原に怖気《おじけ》づいたかのように進軍を止めたが、それでも声を張り上げて迫ってきた。先ほどまでは統御の取れた動きをしていたものの、今は各人が己の意思で動いているように見える。大方目の前の勝利に目がくらんでいるであろうし、助太刀に来た友軍に手柄を奪われてしまうのでは、という危惧《きぐ》もあるのだろう。左近は襲い掛かってくる敵兵を適度に相手させ、味方に杭瀬川を渡らせた。だが、川を渡ってもなお敵は追撃を止めようとしない。

左近は馬にぶら下げていた弓を取り、矢筒から鏑矢《かぶらや》を引き当てた。空に向かって大きく引き絞って放つと、甲高い音を上げながら鏑矢は上へ上へと飛んでいく。

と、その時、おう、おう、と左近の後ろの芦原から鬨《とき》の声が上がった。

芦原に隠れていた数隊が同時に立ち上がり、槍を手に飛び出した。左近の率いているような足軽隊だけではない。騎馬隊や火縄を点じた鉄炮隊の姿もある。

形勢逆転。左近は叫んだ。

「全軍、敵兵を囲め！　一人たりとて逃がすな！　右翼一軍は、後ろに続く軍に鉄炮を撃ちかけよ！」

左近に命じられるがまま、現れた味方勢が敵を打ち払っていく。ぎゃあ、と声を立てて倒れる足軽たち。敵の槍衾が崩れ始め、我先にと足軽たちが逃げ始める。

「左近殿！」

騎馬兵を率いやってきたのは、金砕棒《かなさいぼう》を肩に担ぎ、えらの張った頬《ほお》を満足げに歪《ゆが》める蒲生喜内であった。

「うまくいきおったな。——島左近の軍略、また一つ見させてもらった」

「この程度を左近の軍略と思われては困る。こんなもの、戦のイロハに過ぎぬわ」

左近がやったことは単純な戦運びにすぎない。

田んぼを敵の目と鼻の先で刈って挑発をする。古い武者なら、これを『この土地は我らの物ぞ』と敵方が主張しているとみなしただろうし、己たちを見くびっている、とも感じたはずだ。かくして敵兵を挑発して所定の場所まで誘い出す。気取られぬように、やむにやまれず後退しているように見せかけながら。そうして杭瀬川を渡り切ったところで、芦原に隠れていた伏兵たちを動かす。左近のいた大和では『漁《いさ》り』と称していたし、薩摩では『釣り野伏《つのぶせ》』などと呼ぶらしい。同様の策は、多少戦に通じた者なら思いつくものだ。

だが、肩についた芦の屑《くず》を払いながら、喜内は笑う。

「いや、これほどに図に当たるのが見事というておる」

「あまり褒めんでくれ。これ程度でそやされると居心地が悪うござる」

狼狽《ろうばい》して大混乱の中にある敵兵を睨みながら鼻を鳴らした喜内は左近に水を向けた。

「そろそろ、行かれるのだろう？」

「よくお分かりになられたな」

「それくらい分かる。その手を見ればな」

左近は槍に持ち替えている。柄《つか》を握った手は、じっとりと汗ばんでいる。手は口よりも雄弁らしい。

「行くか？　挙げた首の競争でもするか」

「たまには、よいな」

「ははっ」

馬の腹を蹴《け》って喜内は駆け出した。左近もそれに続く。

そこからは左近たちの一方的な戦であった。左近が縦横無尽に槍を振り回し、騎馬兵たちの胸に突き立てていく。総大将である左近が敵陣に突っ込めるほど、この戦の趨勢《すうせい》はもはや定まっていたということでもある。並み居る敵を打ち払い、斬《き》りかかってくる敵兵に槍を浴びせ、これはという武者の胸を貫いて返り血を浴びる。

大垣城からこの騒ぎを見たのか、味方の兵がこちらにやってきた。紺の地に、白く『兒』と染め抜かれた大きな旗。あれは宇喜多秀家の旗だ。

とてつもない速さで進軍してくる宇喜多勢は、戦場に雪崩込んで敵陣を貫き、二つに割いた。川を渡り切って土手を上るや反転し、陣形を整えた。

悲鳴が上がる。

敵兵たちは突出して、杭瀬川が描く大きな湾曲の中にいる。宇喜多勢の動きは、茶碗《ちゃわん》の形をした地形に蓋《ふた》をするようなものだ。

宇喜多勢は弓を一斉に構え、土手の上から撃ち掛け始めた。肩を射られた騎馬武者が馬から落ち、胸を射られた足軽が悲鳴を上げて地面に崩れ落ちる。

左近は自陣に馬首を返した。あんなものに巻き込まれては損をする。

同じことを考えたらしい、金砕棒の先を血で汚していた喜内も陣へと帰還した。

「おいおい、あんなのありか。途轍《とてつ》もない戦運びをしよる」

「なし、ではなかろう」

だが――。左近は兜《かぶと》の縁を持ち上げて、猖獗《しょうけつ》極まる戦運びに目をやっていた。

敵兵は既に戦意をなくしている。そんな相手に宇喜多勢は雨あられのような矢を射かけ、すり鉢の中で粉微塵《こなみじん》にするような戦運びをしている。

見事ではあるが、あまりに残虐に過ぎる。

と、その時、土手の上、宇喜多の旗印近くに立つ武将と目が合った。兜の代わりに鉢金《はちがね》を締め、黒南蛮胴具足《くろなんばんどうぐそく》に身を包み、鬼気迫る顔で采配《さいはい》を振るその将は、左近に目を向けるや、歯を見せて笑った。功を誇っているようには見えない。むしろ――、愉悦なり、と言わんばかりだった。

「あれはいったい何者であろう」

左近が水を向けると、喜内が答えた。

「ああ、あの黒南蛮胴はおそらく――。明石掃部頭全登《あかしかもんのかみてるずみ》。宇喜多の中でも一、二を争う猛将だ。宇喜多の家老格ではなかったか」

「道理で強いはずだな」

宇喜多は、当主の秀家も果断で豪放な人柄で知られている。そこに集う将なれば、あのくらいの激烈振りは当然なのかもしれない。

左近は全軍に命じる。

「もう終わりぞ。全軍、戻れ」

「も、戻るのか？　鏖《みなごろし》にできるぞ、今なら」

「それが目的ではないゆえな」

左近は槍を掲げ、大音声《だいおんじょう》で叫んだ。

「我が名は石田治部の武将・島左近！　徳川に武者はおらぬか！」

敵軍は静まり返る。

「これでよい」

かくして、左近は陣を引いた。

○

大垣城に戻ると、歓声が左近を出迎えた。

二の丸に詰めている兵たちの顔は心なしか明るい。左近を見るや、満面に笑みを浮かべて頭を下げてくる。左近は手を振って返し、二の丸御殿に上がり込んだ。

その一室、板敷きの大広間の奥に、石田治部は座っていた。

「左近か」

この男の律儀さのゆえだろうか、上座は空けてある。そこは豊臣家のためのもの、という心づもりなのであろう。広い部屋の隅で胡坐《あぐら》を組み、地図に目を落としていた。

「お願いしておいたことは果たされましたでしょうかな」

「ああ、今すぐ全軍を関ヶ原に移動させることができようぞ」

「助かりまする。無理な戦をしてきた甲斐《かい》があるというものにござる」

左近が杭瀬川で戦ってきた理由の一つはこれだ。

敵全軍がここ大垣に集いつつある。

城攻めとなれば大垣城が不利なのは自明のことだ。大垣城は十万を超える兵を受け止めることはできない。したがって、内府の意図が分かった今、いっそのこと大垣城を捨て、関ヶ原へと移るべしと決した。

だが、内府が左様な動きを気取らぬはずはない。全軍が関ヶ原に移動する機を狙い、軍を動かしてくる恐れがあった。その敵軍の動きを掣肘《せいちゅう》せねばならなかった。それがため、わざわざ雑魚をおびき寄せて伏兵に挟撃させるなどという面倒な手を打ったのだ。

敵方の先手の一軍や二軍、左近が兵を率いれば突き崩す自信はある。だが、それでは内府の進軍を止めることはできない。杭瀬川沿いに広がる見通しの悪い芦原に兵が潜んでいるのでは、と徳川方に疑わせ、進軍を緩めさせるのがあの戦の意味であった。

「ただ、あくまでこれはただの時稼ぎに過ぎませぬ。兵を伏《ふく》していないと分かれば、徳川は果断に川を渡ってまいりまする。できる限り早く、全軍を移すべきかと」

「うむ、分かった」

治部は立ち上がり、左近の肩を叩《たた》いた。

「頼むぞ。これからが本番だ」

「はっ」

「そして、そなたが希《ねが》っておった、途轍もなき戦が始まるぞ。そなたのことは頼りにしている」

「承知。この島左近、必ずや内府を破って見せましょうぞ」

左近は己に言い聞かせるように頷《うなず》いた。

左近たち一行は、大垣城を離れて関ヶ原方面へ向かった。本当ならばすぐに関ヶ原に着陣したかったものの、治部がどうしてもと言ってきかず、途中の南宮山《なんぐうさん》に立ち寄った。

関ヶ原の地形を扇に例えるなら、南宮山は扇面に描かれた日輪の丸に位置する山だ。麓《ふもと》には鉱山の神である金山彦《かなやまひこ》を祭る古社、南宮神社がある。まさかこの期に及んで神頼みか、と大鳥居をくぐりながらいぶかしく思ったものの、それは左近の早とちりであった。山を見れば、中腹辺りに夥《おびただ》しい数の旗指物《はたさしもの》が風に揺れていた。

左近たちはある陣幕に入った。何者かと誰何《すいか》されたものの、名を述べるとおとなしく中に通してくれた。

陣の帷幄には一人の老将が座っていた。骨や血管が浮くほどに痩《や》せた顔。剃《そ》り上げた横鬢《よこびん》のあたりを撫《な》でながら、地図に目を落としている。鎧《よろい》を着込み、その上に袈裟《けさ》をまとっているものの、首筋の細さや手足のか細さは隠しようがない。手に数珠《じゅず》を持ち、じゃら、と手慰みに鳴らしている。

ふと、その老将は顔を上げた。

「おお、治部殿ではありませぬか。ようお越しくださった」

「ご苦労にございますな、恵瓊殿《えけいまみ》」

名は知っているが、こうして見えるのは初めてだ。

安国寺恵瓊《あんこくじえけい》。太閤秀吉が中国大返しをしたとき、まさに毛利方の代表の一人として交渉を務めた男だ。その際、『講和がなった以上、我ら毛利は貴殿を後ろから攻め申さん』と重ねて口にし、事実その約束を守った。毛利との戦いを避けられたことで明智を討つことに成功し太閤秀吉は天下人への階《きざはし》を得たわけだが、この信義を秀吉に買われたのか、恵瓊は毛利と豊臣の取次としてずっと活躍していた。

恵瓊は数珠を忌《い》まわしげに手の中で玩《もてあそ》ぶ。

「それにしても治部殿。此度《こたび》の戦、この老骨にはよう分からぬようになってまいりましたぞ。大垣で決戦かと思っておりましたが、まさか関ヶ原まで退くことになろうとは思わなんだ」

「申し訳ござらぬ。先手の様が目まぐるしく変わっており……」

「うむ、それは分かるのだが……、もっと早く伝えることはできなかったかと聞いておる」

「面目次第もない……」

あの治部が始終頭を下げ続けている。恵瓊は治部がまだ取るに足らぬ若造であった頃から太閤秀吉とやりあっていた男だ。治部にとって、目の前の老将は目の上の瘤《こぶ》なのだろう。

恵瓊は、むう、と唸《うな》り、東を見据えた。

「もしかすると、我ら毛利が敵の槍先に晒《さら》される恐れもあるのではないか？　布陣を見た様子ではな」

この南宮山は、扇の日輪部分に立地する山である。大垣側に布陣する恵瓊をはじめとする毛利軍は、大垣城に味方主力があった当時は後詰めという扱いであった。しかし、主力のほとんどが扇の要部分に移動している今、毛利は最前線にある。間違いなく、徳川と最初に槍を合わせるのは毛利であるはずだ。

恵瓊は首を振る。

「我ら毛利には少々不安があってな。戦を知ったる者が随分減っておる。先手を担うにはいかにせん経験が足らぬ……」

恵瓊の不安は己《おの》が軍の貧弱さにあるようだ。だが、それでもこの将から不安が消えぬというのは、毛利家の内部にのっぴきならぬ事情があるということか。

陣立てを見たところ、万を超える動員があるようだ。


そこに左近が割って入った。

「某《それがし》、石田治部殿の陣借り、島左近でござる」

「島左近……？　ああ」恵瓊は少し目を細めた。「噂《うわさ》はかねがね。で、その左近殿が、何か」

「おそらく、毛利軍は先手とはなり申さん。いや、正確には、先手とはさせませぬ。恵瓊殿にお願いがあり申す。徳川と、内通していただきたい」

恵瓊は小首をかしげた。

「とは申せ、それは偽りの内通。それも、内容は〝徳川方が打ちかかって来ない限り、我らは戦を通じて一切動かぬ〟というもので結構でござる」

「ほう、それでどうする？」

「徳川が信じるかどうかは分かり申さぬが、もしその申し出に乗ると決めれば、間違いなく徳川は毛利を素通りして関ヶ原主力の前へと兵を進めるはずにござる。内通すると申し出た者たちを邪険にはしますまい。まずはこれで先手は躱《かわ》すことができ申す」

「なるほど。で、いつまでもそのまま山の上、というわけにもいくまい」

「左様。扇の要に位置する我ら主力が、徳川を攻め疲れさせまする。それを見計らい、背後から徳川を突いていただきたいのです」

「確かに。多少経験が薄かろうが、楽に勝ちは取れよう。面白き策であるな。早速取り入れさせていただこう」

そう言うや、恵瓊は手を何度か叩いて近習《きんじゅ》を呼び、扇を開いてひそひそと何か耳打ちをした。近習は一つ頷いて帷幄の外へ走っていった。

「されど左近殿、一つ忠告ぞ。戦において他人を頼るのはあまりお勧めできぬ。己の力のみで勝てると断じた時にしか戦ってはならぬ」

「ご教示、痛み入りまする」

腹立たしかった。そんな当たり前のことを説かれるほど、この島左近は戦知らずではない。

恵瓊の語る言葉は正しい。だが、せいぜい五千ほどの兵がぶつかり合う程度の戦において、というただし書きが付く。

人間の視界には限界がある。己の兵をすべて把握できるのは、おそらくは五千までといったところであろう。それ以上になると到底己だけでは捌《さば》き切れず、これはと見込んだ者や、世上名高いとされる将の働きに任せることになる。今の徳川内府の十万余りの兵も、そして秀頼君の名の許《もと》に集まる十万の兵も、実態は同じだろう。

もはや、この戦は己の心算だけではどうにもならぬ。ここにいる将兵たちの知略や経験を借り、皆で勝たねばならぬ。

恵瓊は左近の反発に気づいていない。のんびりとした顔で、次に治部に向いた。

「ときに治部殿、最近嫌な噂を聞いたのだ」

「噂？」

「なんでも治部殿が、徳川を滅ぼしたのちには大大名を悉《ことごと》く取り潰《つぶ》しにせんとしておると」

「な。……ただの噂にございましょう」

眉《まゆ》一つ動かさぬ治部の前で、うむうむ、と恵瓊は頷く。

「分かっておる。そなたは様々な家中との取次に奔走しておられた。そのようなお人が左様なことをするとは思っておらぬ。が、そなたのことを知らぬ者からすれば、多少は真実を含んで見えるのやもしれぬなあ」

「……気を付けまする」

「いやいや、ちょっとした噂よ。念のため耳に入れておくぞ」

笑う恵瓊とぽつぽつと言葉を交わしたのち、左近たちは陣を後にした。

恵瓊の陣を離れ、南宮山を横目に道を進みながら、馬に揺られる治部が言った。

「我らの大策が漏れておるのか？」

「の、ようですな。治部殿、あの話は某のほかには」

「誰にもしておらぬ」

無論左近も話していない。

治部は首を振る。

「そなたが誰かに話すとも思えぬ。かといって、私も誰にも話していない。となれば、我らの密談を聞き、噂を流しおった者がおるのであろう」

一瞬、曽呂利新左衛門の影が浮かんだが、今一つ腑《ふ》に落ちない。治部の周りには曽呂利のように不穏な動きを取っている者がかなり紛れ込んでいるのかもしれない。

「忘れましょうぞ」左近は言った。「今は左様なことに気を取られておる暇はないはず。我らはただ、目の前の敵を払わねばなりませぬ。獅子身中《しししんちゅう》の虫は、この戦が終わってからいぶり出せばよろしい」

「であるな」

治部が頷いた時、目の前の景色が開けた。南宮山と尾根の一部を共有している桃配山《ももくばりやま》から向こうには、なだらかに傾斜する平野が広がっている。その奥には大小さまざまな山が並び、その山の麓や上には色とりどりの旗指物が風になびいている。

左近たちが平野に足を踏み入れたその時、山の上から男たちの咆哮《ほうこう》が放たれた。最初はわずかな声だったものが、やがて隣の山の軍、また隣の山の軍へと伝染していき、やがては関ヶ原に布陣する兵全体が声を上げ始めた。

鬨の声が谷間に響き渡る。

地割れのような男たちの声に、治部は目を白黒させている。

士気は取り戻したようだ。

杭瀬川で無理に戦ったのには味方の士気の低さを補う意味があった。このまま本戦になだれ込んでは士気が低いまま戦わねばならなくなる。それではまともに戦うことができぬと危惧していたがゆえ、大勝ちの戦をやってみせたのであった。

「これで万事整いましたな。あとは、どう戦うかでござる」

「ああ。そうであるな」

治部も、力強く頷いた。


その日の夜、関ヶ原に集う諸将により軍議がもたれた。とはいえ、名目上の総大将である毛利は南宮山にいるために参加できない。また、参集を強制することはできず、小早川や島津などは結局やってこなかった。

大将のための一の上座を空けた軍議はどこかしまりが悪い。

大谷刑部の陣で開かれた軍議は、自然と刑部が取り仕切る形となった。杖《つえ》を抱きながら床几《しょうぎ》に腰を掛け、居並ぶ諸将をわずかに頭巾《ずきん》の間から見える目で見まわしながら口を開く。

「さて、徳川内府が関ヶ原まで軍を進めてきおったわけだが……」

すると、下座のほうから、聞こえぬ、と声が飛んできた。刑部は思わず首をすくめる。

卒中の症状が進んでいるようだ。うまく呂律《ろれつ》が回っておらず、今一つ言葉が不明瞭《ふめいりよう》だ。近くで聞いている左近ですら聞き取れぬ時がある。

刑部は首を振り、杖の先を横に座っていた治部に当てた。その意味を察したのであろう、治部は床几を蹴って立ち上がった。

「本日夕方、徳川内府らが関ヶ原に入り、桃配山を背後に陣を敷いた。その数、十万ほどである」

一同、しんと静まり返った。

しばらくして、ある将から疑問の声が上がった。

「徳川は中山道を行く味方を待つつもりはないのか？」

治部が困った表情を浮かべている。代わりに左近が立ち上がり、その疑問に応ずる。

「おそらく、内府に待つという心づもりはないはずにござる。待てばやがて中山道の味方が揃う。されど、さすれば我らにも増援がやってくるゆえ」

田辺城攻めについては最終局面がやってきている。城主の細川幽斎《ゆうさい》が和歌の古今伝授を受けているとかでこのまま戦でむざむざ殺すわけにはいかぬ、と公家衆たちが動き始めた。最初は自身で降伏を勧める書状を書いていたが、取り合わぬと見るや帝《みかど》の手による宸翰《しんかん》を引き出し、細川に送った。近いうちには田辺城は開城するだろう。

京極が拠る大津城についても落ちるのは時間の問題だ。鎮西《ちんぜい》一の猛将と謳《うた》われた立花《たちばな》が大津城攻めに加わった。決して大きな身代ではなかったが、島津相手にも互角以上の戦いを繰り広げていた男だ。京極の城などすぐに抜いてくれよう。

つまり、大坂方も、あと三日もすれば援軍が得られる格好になっている。

徳川内府もその動きは捉《とら》えていることだろう。別動隊を待っていては先に大坂方の味方が到着してしまう、とも考えているはずだ。

左近は座を見回し、宣した。

「短期決戦。恐らくはこの戦運びとなりましょうな」

座がしんと静まり返った。

決戦となれば、血で血を洗う大戦となる。

左近からすれば願ったり叶《かな》ったりだ。どうやら奥州では徳川と内応した伊達や最上が上杉を襲っているらしい。内府を撃破したのちには、上杉を救援するという名目で伊達との戦端を開くこともできよう。

また下座から質問の声が上がる。

「どのように戦うべきか」

左近は答える。

「これほどの大軍でござる。細かな策などもはや通用しませぬゆえ、我々としては、皆にお願いをする形になり申す。この戦、目の前の敵に注力し、ことに当たっていただきたい」

関ヶ原に布陣した段階で、軍略面での大まかな工夫は終わったと言ってもいい。関ヶ原近辺の地形では伏兵を配することはできず、また開けているがために森の中を進軍するなどといった隠密《おんみつ》行動は難しい。あとは軍をいかに動かすかであるが、これは総大将が命じるのではなく、陣立てを仕切る将一人ひとりのその場の判断に委《ゆだ》ねるべきであろう。

が、左近は笑みを浮かべた。

「安心くだされ。某には策があり申す。戦の折々に、皆様にこうしていただきたい、ああしていただきたいとお願いが参る形にはいたす。また、伝令の類《たぐい》も多く飛ばし、互いに互いの情勢を把握できるように努めまする」

そのために結構な数の騎馬兵を母衣隊《ほろ》として編成してある。こと戦となれば母衣隊が戦場を駆け、こちらの意志を明確に伝え、また前線の将の意志を本陣が受け取る形になる。いささか心もとないが、この程度の緩やかな紐帯《ちゅうたい》でしか十万を超える兵は統御できまい。

だが、他の将から疑問の声が出る。

「我らはあくまで豊臣家の御為《おため》にここにおるのであって、石田殿や大谷殿に従っておるわけではない」

「無論の事にござる。ゆえ、某どもの伝令はあくまで求めの形をとることになり申す。戦場ゆえ、時には強い言葉でお願いすることもありましょうが、平にご容赦願いたい」

不承不承気味に質問をしてきた将は、最後には頷いた。しかしその表情には未だに疑惑がくすぶっている。

一味同心といかぬのは仕方ないことだが、徳川内府とて同じ不安を抱えているはずだ。内府の周りを固めているのは豊臣恩顧の大名、内府からすれば外様の大名たちだ。

「何か疑問はございますまいか」

左近が周囲を見渡しても特に声は上がらなかった。

かくして、〝徳川の出方を見て、敵が動き始めたら応じる〟という取り決めだけが為《な》された、実のない軍議は終わった。

帷幄に残された治部は明らかに苛立《いらだ》っていた。床几に腰を掛け、何度も小刻みに足を動かしている。そして、これ見よがしにため息をついた。

「全く、何が〝我らは豊臣家の御為にここにおる〟だ。当たり前であろうが」

「まあまあ、抑えられよ」

刑部の執り成しもこの時ばかりは治部には通用しなかった。

「これだから愚か者どもと話すのは疲れるのだ……！」

治部の顔は怒りのゆえかすっかり青くなり、幽鬼のような有様であった。刑部に勧められて柿《かき》を食らったものの、しばらくすると生気を失《な》くした顔で「失礼」と口にして帷幄の外に駆け出していった。しばらくすると、外からえずく声がした。

刑部は杖を抱きながら、目を左近に向ける。

「どうやら、相当参っておられるようですなあ」

「の、ようですな」

無理からぬことだ。双方合わせて二十万を超えるような大戦を担っている。その重みに耐えかねて気を揉《も》んでいるのだろう。ああして神経を病まぬほうがどうかしている。

刑部は頭巾を歪めた。笑ったのであろうか。

「しかし、貴殿はまるで気負っておられぬ」

「そう、見えまするか」

「ああ。明鏡止水の如《ごと》くに見える」

正直なところ、腹の辺りがぎりぎりと締め付けられるように痛いし、何より、己の力ではどうしようもない策謀が頭の上に飛び交っている現状は恐ろしくもある。捌き切れないほど押し寄せてくる事象に振り回されながら何とか食らいつこうとすればするほど、己の平凡なる頭の出来に鬱々《うつうつ》ともする。

「某も一個の人間。途轍もなく恐ろしゅうござる。十万もの人間の命運を握っておるのです、何も感じぬほうがおかしい。されど——」

「されど？」

「まだ見ぬ戦が、どこか待ち遠しく思えますな」

ようやくここまで来た。万を超える兵を動かす天下の大戦に。戦とは忌むべきことだというが、左近にとってはただ、己の身の置き場に他ならなかった。

頭巾を被《かぶ》る刑部の表情は分かりかねる。目だけがこちらを見据えている。その目は、やがてゆっくりと閉じられた。

「——貴殿は、次の時代には生きられぬ男にござるな」

いつぞや、誰かに似たようなことを言われた気がしたが、今一つ思い出すことができずにいた。そんな左近を前に、刑部は瞑目《めいもく》したまま続ける。それはまるで、瞼《まぶた》の奥に刻まれている光景を言葉で形にしているが如くであった。

「いつ戦が終わるかは分かりませぬ。だが、戦がなくなる時代がやってきたとき、そなたはどうなさるおつもりぞ」

戦なき時代などというものを無理やり思い描いてみた。

きっと、やることがなく部屋でごろごろとする日々だろう。御茶には働けと文句を言われ、新吉には剣の振り方を教えろとせがまれる。もしかしたら、戦の日々のことを聞きたいと人が訪ねてきて、嘘《うそ》か本当か分からぬ大戦の手柄について、身振り手振りを交えて語ったりするのだろう。

つい、鼻で笑ってしまった。

「なんとも、つまりませぬなあ」

「つまらない？」

「左様な世が来たら、狂を発してしまうことでしょうなあ。馬のたてがみに顔をうずめ、槍を抱えて戦場を駆けるが己が生。これ以外の人生など想像もつきませぬし、想像したくもありませせぬな。吐き気がいたしまする」

「そうであられるか」

刑部はそっけなく、ぽつりと言った。

どうやら、刑部の問いはこれで終《しま》いらしい。

代わりに左近が切り出した。

「刑部殿。お頼み申し上げたいことがござる」

「なんでありましょう。わしで聞けることとならば」

「某の嫡男・新吉を貴殿の軍の隣に置いていただきたい。貴殿のこの陣は丁度関ヶ原の真ん中。我らは北側の街道筋を固めているゆえ、離れることができぬのです。息子に、この戦の妙味を教えたく思っておるのです。ゆえに」

刑部は必死で言葉を継ぐ左近を阻んだ。

「無理はなさらずともよろしい。――つまるところ、わしの目付役が欲しい、というところであられよう。貴殿はわしのことを信頼しておられぬ。なぜなら、わしが最初は内府様に参ずるつもりであったことに加え、治部殿を内府様の許へと呼ぼうとしたからだ。未だに、わしと内府様が繋《つな》がっておる、そう疑っておられよう」

　ここまで心中を言い当てられてしまっては、もはや繕うことはできない。

　左近はこの男にある種の逆心ありと見ている。もっとも、徳川と通じている、とまでは思っていない。ただ、刑部の行動は、治部と一味同心しているとは言い切れぬ、薄紙一枚分のためらいがあるように感じていた。

「半分、信じてござる。けれど、半分は疑ってござる」

「なるほど。正直なお人だ。されど、それゆえに治部殿は貴殿のことを買っておるのだろうがな」刑部は呵々《かか》と笑った。「分かった。そなたの息子殿、このわしが面倒を見ようではないか。その代わり、左近殿。我が息子の大学《だいがく》を預かってはくれませぬかな」

「よろしいのですか」

　まさか人質の交換を切り出してくるとは思ってもいなかった。

「ああ。――わしは、治部殿を裏切ることはせぬ。その証《あかし》にござる」

　己の予想は取り越し苦労であったかと小首をかしげた左近であったが、刑部はこうも続けた。

「ただし、治部殿の為に動くことが、必ずしも治部殿の宿意に応《こた》えるものではないと某は思うがな」

「それはどういう意味に……」

　問おうとしたその時、治部が口元をぬぐいながら戻ってきた。青い顔をしている治部は、刑部と左近を見比べて変な顔をした。

「刑部殿、何かあったのか？　左近が何か申したか」

刑部は首を振り、穏やかに応じた。

「いや、明日からの戦、何が何でも負けてはならぬ、そう話しておったのだ」

それで納得したのか、治部は一人頷いた。

治部の顔を見上げる刑部を見やりながら、左近の鼻は何かを嗅ぎ取っていた。刑部は何かを隠している。そして、明日からの戦で何かを為さんとしている。

だが、左近にはどうしても刑部の頭巾の奥に隠れる本音にまで迫ることができそうになかった。


篝火《かがりび》がいくつも灯《とも》る陣は、昼のように明るい。

来るべき戦に際し、将から兵までが駆けずり回る石田治部の本陣に、喜内と孫市率いる兵が戻ってきた。

「戻ったぞ」

二人が戻ってきたのはまさに最悪の機であった。というのも――。

「父上、いったいどういうことでございますか！　大谷刑部殿の軍の与力になれとは！　いくらなんでもそんな命には従えませぬ」

穏やかで感情を露《あら》わにすることも珍しい新吉が、左近に食って掛かってくる。そんな常ならぬ息子を前にして、左近はただただ面食らっていた。

新吉ならば因果を含めれば頷いてくれる、そう思っていた。だが、今まで反抗らしいことをしてこなかった息子が、今日に限っては粘ってくる。

「言うておろう、刑部にはいささか怪しい動きがある。刑部の動きを見極め、何か我らに不利な行動を取ることあらば横から刺してほしいのだ。これはお前にしか頼めぬ大任。だというのになぜ分からぬか」

「分からぬものは分かりませぬ。新吉は父上と共に戦いとうござる」

「なぜ今日に限ってそうなのだ……」

「今日という日だからに決まっておりましょう」

いつまで経っても新吉の激高は収まりそうにない。しばし呆然《ぼうぜん》と左近たちの喧嘩《けんか》を眺めていた喜内たちであったが、やがて二人の間に割って入った。喜内はその大きな体を生かして二人の間に割り込み、孫市は新吉を後ろから羽交い締めにした。

孫市に身の自由を奪われて頭が冷えたのか、新吉はようやくおとなしくなった。

「おい、新吉……」

話しかけても、新吉は何も答えない。顔を伏せ、左近と顔を合わせようともしない。左近は喜内に頭を下げる。

「すまぬが、頼まれてくれぬか。新吉を刑部の陣の脇《わき》に陣取らせることにしたのだが――。新吉を支え、その助けになってほしい」

「合点承知」

「孫市、お前もだ」

新吉を後ろから取り押さえたまま、孫市も頷いた。

「すまぬな二人とも、難しい役目の後に、また面倒なことを頼んでしもうておる」

「何を言うやら。左近殿の軍略、楽しませてもらっておる。――それにしても、そろそろ教えてくれぬか？　わしらにやらせておったあれに、何の意味があったのだ？」

二人に任せていたのは、進軍中の徳川内府軍に対する伏兵と銃の射掛けだ。とはいっても大規模なものではない。百程度の軍を成し、山の中から攻め下り、先手の足軽を十人ほど傷つけたところで即座に帰還する。そんなことを何度も繰り返しているだけだ。敵軍の十万などという兵数を前にすればかすり傷程度の傷しか与えていない。

一つは足止めのためだ。敵の進軍を遅らせることにより、こちらの陣立てをできるだけ優位に展開しようという意図がある。

だが――。孫市が首をかしげる。

「しかし、なぜ『島左近参上』と叫ばねばならなかった？」

そう、喜内や孫市にはこの伏兵を行なう際、己の名乗りをせぬように頼み込み、代わりに左近の名を名乗るように言い含めたのであった。

左近は笑いかける。

「戦になったときに分かる。その際にも、『島左近参上』と叫ぶのだぞ」

その時であった。左近の前に、治部の近習が駆け込んできた。薄い胴、ぺらぺらの籠手《こて》ではあるものの、さすがに鎧姿だ。

「左近殿、殿がお呼びにござる。至急帷幄に戻っていただきたいと」

「あ、ああ、分かった。今行く」

近習が一礼して足早に去っていく。

左近は孫市に取り押さえられたままで顔を伏せる新吉に言い捨てた。

「新吉、わがままは許さぬぞ。お前は今年でいくつになるのだ。まったく、いくつになっても子供であるな――」

下を向いていた新吉が、牙《きば》を剝《む》いて暴れ出した。孫市によって止められてはいるものの、そのくびきから逃れんと息荒く肩をゆする。

「わたしはもう子供ではございませぬ！　ゆえに父上と戦いたいのです！」

「己の果たすべき役割を弁《わきま》えずにわめくのが子供だというのだ！――そのうち、刑部殿の息子の大学殿がこちらにいらっしゃる。それと入れ違いにそなたは刑部殿の隣の陣に行くのだぞ、分かったな」

そう吐き捨てて、左近はその場を後にした。未《いま》だにわめき続ける新吉の声を背中に浴びながら。

点々と篝火が続く陣の中を歩きながら、息子の牙を剝いた表情を思い出す。離れてみると、息子は怒りを発しているわけではないような気がしてきた。それどころか、息子は悲しみ、悩んでいたのではないかと思えてならなかった。

戦場では他人の思いが分からなくなる。

そう信玄公は言っていた。だが――。

まさか息子の心中まで分からなくなってしまうとは思わなかった。

治部の帷幄の前にまでやってきた。数頭の馬が柱に繋がれている。先客がいるのだろうか。肚《はら》の内にため込んでいる息子への思いをどこかへ捨てやって、左近は帷幄に入った。

だが、帷幄の中は帷幄の中で取り込んでいるようであった。

帷幄の奥にいる治部は立ち上がり、赤糸縅《あかいとおどし》鎧《よろい》姿の武士を見上げている。治部より頭一つ大きい武者は治部を見下ろすように睨みつけている。その横には、赤く塗った当世具足をまとう若侍が控え、治部を睨みつけている武者の背中に触れている。後押ししているようにも、留《とど》めているようにも見える。

「島左近、参りましたぞ」

あえて大声を発して割って入る。すると、治部を睨みつけていた赤糸縅がこちらに向いた。

「おお、よいなこち話《ようやく》が分かるもんが来た」

わずかに口角を上げ、自信たっぷりの表情をこちらに向けてきたのは、島津兵庫であった。そして、兵庫の横に控えていたのは、兵庫の甥《おい》、島津又七郎だ。

「どうなされたのですかな、兵庫殿」

「俺《おい》に策がありもす。そいを今、治部殿に談判しちょったたっどん」

「私には策の善し悪しが分からぬ。それゆえ、そなたを呼んだ。もっとも、私が聞いてもなお筋の悪い策ゆえ、断ったのだがな。それに、策があるのなら、夕方の軍議にお越しいただければ良かったのだ。なのに、軍議に顔を出さなんだ上、左様なことを述べられても困る」

「何を言われるか。俺の許には左様な知らせは来んかった」

「いえ、間違いなく、島津殿にも伝令を飛ばした筈《はず》にござる」

取っ組み合いにはなっていないものの、かなりこじれている。

左近は間に入り、島津に向いた。

「どんな策にござろう」

「聞いてくいやんせ」

島津兵庫が言うには……。

島津全軍がこの夜陰に乗じて敵に攻めかかる。必ずや敵兵が崩れる。そこを起点にし、全軍が攻めかかれば出端《ではな》での勝利はこちらのもの。敵とこちらの勢力がほぼ同じであれば、必ずやこちらが勝利する――。

ざっと言えばこのような策だ。

悪くはない。戦は存外に出端の勝負で決まる。戦に明け暮れてきた島津であるからこその生きた策だ。さらに、この献策の肝である奇襲隊を己が担おうとしているところにも好感が持てる。

だが――。左近は首を振った。

「賛成いたしかねまするな」

見る見るうちに兵庫の顔が変わる。鬼のように眉を吊《つ》り上げ、鋭い糸切り歯を見せ、顔を真っ赤にして左近をなめるように睨みつけてくる。

左近は負けじと理由を述べる。

「確かに、この奇襲策は見事な策とお見受けする。そして、島津殿らであれば、十分すぎるほどに成功させることができましょうな。されど」

「なんじゃ」

「この策に、御味方がどこまでついてゆけるか怪しゅうござる」

島津の献策は、奇襲の第一陣と、その奇襲によって生じた敵陣の穴を広げる第二陣の二段構えとなっている。この策を成功させるためには、島津が敵陣を疲弊させた機を見計らって、全軍を動かすよう命じなくてはならない。

この戦は小戦ではない。十万の兵を抱える大戦なのだ。左様な緻密《ちみつ》な策は、せいぜい五千、ないしは一万程度の兵でしか為すことができない。

つまるところ、島津はまだ、十万という味方の大きさが分かっていない。九州の競り合いではできていたことが天下の戦でできぬはずはないと思っているのだろう。

「これほどの大戦、到底左様な策は取れませぬぞ」

「おまんさあがそいを言いもすか。この島津兵庫と寡兵で互角に戦った島左近が。俺が男と認めた島左近はしばらく見ぬ間に臆病者《おくびょうもの》になってしまいもしたな」

「今、なんと申された」

「臆病者ち言いもした」

兵庫の目にはあからさまな敵意が浮かんでいる。

しかし、これを真正面から受けるわけにはいかなかった。

「臆病者結構。されど、この戦、臆病でなければできませぬ。島津殿、その策、到底受けることはできませぬぞ。自重なされ」

「むう……。分かった！　じゃれば我ら島津はこん戦、一切動きもはん！　そんつもいで陣立てを考えったもんせ」

立っていた篝火の一つを足で倒し、兵庫は帷幄を後にしていった。へらへらと楽しげに左近たちの言い争いを見ていた又七郎も、その兵庫の後に続いた。

嵐《あらし》が去った。

左近が息をついていると、治部が暗い顔をした。

「まずいやもしれぬな。島津兵庫といえば、寡兵だが強い」

「ですな。手を打つよりほか、ありますまいな」

左近は治部に一礼し、陣を離れた。倒された篝火からこぼれた炭が、足元で不気味な炎を上げていた。


島津の陣には一種異様な殺気が満ちていた。

雑兵《ぞうひょう》から将に至るまで、やってきた左近に冷たい目を向けている。此度の戦において島津は千程度の兵を率いるのみだが、それゆえか、大将の思いはすぐに下にも届くらしい。もしかすると、大坂方の軍の中で、最もまとまりをもっているのはこの島津の陣かもしれない。

帷幄に入ろうとしたところでひと悶着《もんちゃく》があった。島津の兵たちが左近の前に立ちはだかって何かを言い始めた。兵庫などとは比べ物にならぬほどに訛《なま》っており聞き取ることができないが、ここを通すことはできない、殿に逢《あ》わすことはできない、そう述べているようであった。

だが、兵卒に用はない。

左近は兵どもを突き飛ばし、奥へ進む。

いくつも篝火が焚かれた帷幄の中には、腕を組んで座る兵庫と、槍を振るって汗を流す又七郎の姿がある。どこか飄然《ひょうぜん》としている又七郎とは対照的に、未だ憤懣《ふんまん》やる方なし、を全身で表しながら、兵庫は帷幄の奥を占めていた。

「何の用でごわすか」

「陣中見舞いでござる。酒をお持ちいたした」

左近が顎をしゃくると、小荷駄兵が酒樽《さかだる》を二人掛りで運び、卓の上に置いた。

お、と子供のように顔を上気させる又七郎だったが、やはり酒程度では兵庫の機嫌は直りそうにもなかった。

「――正直、おまんさあにゃ失望いたしもした。俺を追いつめたほどの将が、臆病風に吹かれて策を取り上げぬなど、あってはなりもはん。いや、俺の目が曇っちょったのかもしれん。俺が一目置いた島左近ちゅうのは、かつて戦場で見た幻じゃったのかもしれん」

「そう思っていただいても構いませぬ。そもそも、今おっしゃっておるのは、島津殿が某の見立てを間違えた、ということにすぎませぬ。こればかりは、某にはどうしようもございませぬ」

「ふん」

つまらぬ、とばかりに兵庫は鼻を鳴らした。

だが、左近は逆に笑った。努めて笑みを作る。

「島津殿の策はそのままは使えませぬ。が、別の形であるなら用いることができる。ここに参ったのは、島津殿にそれをお伝えするためにござる」

「なんとな」

「ちと、失礼する」

左近は不機嫌を隠さない兵庫の横に床几を引きずってきて座ると、供回りの者に持たせていた戦図を広げる。斥候《せっこう》たちを叱咤《しった》して何とか形にした関ヶ原図だ。

やはり供回りに持たせていた白黒それぞれの碁笥《ごけ》から無造作に石を取り出し、その図の上に置いていく。

かくして、図の上に今の陣立てが現れた。

「此度の戦は、斯様な陣立てとなり申した。陣そのものを言えば、我らの有利は揺るがぬ。なぜなら、関ヶ原は扇を広げたような形をしておるゆえ――」

「そいなら、寡兵で守るこっができるちゅうことごわすか」

「おっしゃる通り。真正面から戦えば、我らのほうが費《つい》えも少ないはずにござる。いや、正確に言えば……」

左近は敵軍の黒い石を五個、そして自軍の白い石を四個、関ヶ原の中央に押し出した。

敵本陣には黒い石が五個残り、味方本陣には白い石が六個残っている。

「地の利のある我らが、より有利に戦を運べるはず。関ヶ原は西から東にかけてなだらかに坂となっておりまする。敵軍は坂を上らねばならぬのに対し、我らは坂を駆け下りる格好になる。これも大きい」

「うむ。そいは分かっ」

先ほどまで怒りを全身から発していた男とは思えぬ程に、兵庫の顔には喜色が浮かんでいる。やはりこの男は戦馬鹿だ。そして、その戦馬鹿は血によるものらしい。又七郎も戦図を見下ろし、にやにやと顔を歪ませて顎《あご》に手をやっていた。

左近は続ける。

「だが、そのうち、敵も味方も攻め疲れを起こすのは目に見えてござる。そこで我らは——」

左近は戦図の味方本陣に残る石を四個動かし、敵陣に残る石を五個動かす。

「第二陣が当たることになる」

「当たり前の戦でごわすな」

「が、島津殿。これを見られよ」

左近は本陣に残った二つの石を指した。

「おおそうか」兵庫は言った。「我らのほうが地の利がある。じゃっで、余った兵があるはずちゅうこっじゃな」

「その通り。——某が考えている策は、島津殿を、この余った石にするという策にござる」

「戦えんちゅうこったな、俺どんは」

「いや、そうではありませぬ。島津殿には、難しいお役目を願いたい。第二陣がぶつかり、第一陣が後退する、戦場が最も混乱するときを見計らって陣を移動してほしい。どこを移動するかについては戦が始まってみないと分からぬゆえ、おそらくは兵庫殿ご自身のご判断となろう。できるだけ無駄な戦を避けて激戦地を抜け――。徳川本陣を貫いてほしい」

「ほう、面白《おもし》とか策じゃ。じゃっどん、悲しいかな、こん策、少々無理がありもすな」

「どこが、でござる」

「こん関ヶ原はなだらかな坂道とはいえ、ほぼ平野のようなものでごわす。俺どんの動きを、敵が見逃すはずはなか」

「いや、見られぬと思っていただいて結構」

「ないごてそげん言い切れもすか」

「この策は、第一陣と第二陣の入れ替えの際に発動すると申しましたな。当然第一陣は必死で戦っておったはず。さらに第二陣も死力を尽くして戦うことになりますな。敵味方ともに。さすれば、関ヶ原中央は、何も見えなくなるはずでござる」

兵庫の目がこれまでにないほどに大きく開かれた。

「そうか。そういうことにごわすか！　当然、多くの兵が戦うことになれば、鉄炮《テッポ》を沢山使うことになりもすな。そうなれば、必ずや関ヶ原の中央には硝煙《しょうえん》が広がって、目くらましになっちゅう寸法にごわすか」

「左様にござる。もちろんこの目くらましは双方が互いに見えなくなるゆえ、この策の要である島津殿におかれては半ば手探りの形になろうとは思いまするが、それでもこの戦、勝機は十分。なぜなら」

「皆まで言わずともよか。第一陣と第二陣の入れ替え時は、皆自分のこと、目の前のことで手一杯。誰《だい》も不審な動きを取る一軍の動きになんぞ注意を払いもはん」

「――そして、島津殿の電光石火の働きにより本陣を突けば、敵軍は混乱に陥ることでしょうな。さすれば、先手にも必ずや動揺が広がる。そこを突き、主戦場を押さえた後」

左近は関ヶ原図の中央に置かれていた黒い石を除き、白い石を敵本陣に寄せる。

「皆で、徳川内府を討滅しまする。あとは手柄次第」

しばし、兵庫は口をつぐんでいた。思案に沈んでいるらしい。あえて問いかけはしなかった。しばし地蔵のように固まっていたが、やがて、肩を震わせ始めた。目には闘志が満ち溢《あふ》れ、顔が上気し始めた。

「よかよか。よか策にごわす。俺の策より、はるかによか。そいに、こん策なら、俺が討ち取られるちゅう危ない橋は渡らずともよか。こん策、島津、承った」

膝《ひざ》を叩いて兵庫は決然と言い放った。

左近に疑問が浮かぶ。

兵庫は自分の献じた策について、死ぬ恐れの高い策であると見なしていたようだ。だが、島津はあくまで今回の戦は成り行きで大坂方に参ずることになったはずだ。命を懸けて戦う理由は島津にはないはずだ。左近が疑問に思っていると、先回りして兵庫が口を開いた。

「俺どんは成り行きで大坂方に御味方することにないもした。じゃっどん、いや、じゃってこそ、俺どんは命を的にせんと信頼してもらえもはん。ほいじゃっで、俺どんはどん戦でも命を懸ける。命を懸けて戦えば、ともに戦う仲間は信じてくれもす。そげんして、島津は大きゅうなったとごわす」

胸を張って座る兵庫の背後に、多くの古強者《ふるつわもの》の影を見た。

あまりに苛烈《かれつ》な考え方だ。だが、この考え方こそがまさしく武士というものだ。まだ鎌《かま》倉《くら》に幕府があったころ、地頭《じとう》として薩摩の地を安堵《あんど》された古武士の家系である島津が醸成した、家風というにはあまりに単純な処世であろう。左近は島津という家が積み重ねてきた魂の片鱗《へんりん》を見た気がした。

と、兵庫は続ける。

「あともう一つ。何でも、こん戦に勝った暁には、治部殿が大大名を取り潰す、ちゅう噂が立っておりもす」

心の臓が高く跳ねた。

「そんな噂、どこから？」

「何、小耳に挟んだだけの、取るに足らぬものにごわす。俺も本気にはしておらん。じゃっどん、そん噂が本当かどうかはさておいても、島津が生き残るため、島津の武を見せつけておく意味はありもす」

島津はあまりほかの家中と付き合いがないようで、しきりに行き来して意見を交わしている者たちを横目に、まるで亀《かめ》が手足をひっこめるように陣の中に籠《こも》っている。その島津ですら、治部の大策を耳にしている。ということはやはり、治部の考えが漏れているということになる。

一体誰が――。

左近のそんな問いは、兵庫の後ろから顔を出した又七郎によって阻まれてしまった。興味津々に左近を見据える又七郎は、ふんふんと鼻息を鳴らしながら左近に問うた。

「のう、左近殿。左近殿はあの武田信玄公んところに陣借りしておったちゅうのは本当のことでごわすか。中にはそげなた嘘じゃち言う者がおいもす。左近殿はずっと大和におったはずじゃち言うてな。真《まこと》はいかなるものでごわすか」

「これ」

兵庫は甥の不躾《ぶしつけ》な問いかけをたしなめた。

左近は笑って応ずる。

「いえ、構いませぬよ。――又七郎殿。武田信玄公は、それはもう恐ろしいお人にござったぞ。口を開けば軍略のことしかおっしゃらず、采配を振れば味方が雷のように轟《とどろ》き、馬を駆れば戦の山が動いた。あれぞ、戦の神に愛された将であろう」

「ほう!」

又七郎は子供のように目を輝かせた。

つられて左近も思い出す。しかし、いくら思い返しても、信玄公の戦に勝る戦を思い返すことはできなかった。

いみじくも、左近が見たのは三方ヶ原の戦。のちの徳川内府をあと一歩のところまで追いつめた戦いだ。

左近にとってこの戦いは、信玄公に挑む戦いでもある。

もしこの戦に勝ったならば。己は信玄公を超えたということになるのではないか。

左近は脳裏に信玄公の姿を描きながら、又七郎に思い出話を披露し続けた。


次の日の未明、左近は治部の陣にいた。

治部の陣は、関ヶ原北部の笹尾山《ささおやま》にある。ここは近江へと抜ける北国《ほっこく》脇往還を見下ろす位置にある。中山道本道を守っている宇喜多秀家らと共に、関ヶ原における枢要の地に当たる。

左近は笹尾山の上から戦場を見回す。しかし、一人、ため息をつくことになった。

九月ということもあり、昼間はまだ暖かかったものの、夜に至ると急に冷え込み始めた。島津の陣で兵庫たちと盃《さかずき》を交わしたころにはすっかり冷え込み、『酒で体が温まりもす。差し入れまこと痛み入りもした』と兵庫に喜ばれたほどだった。そのせいだろうか、関ヶ原には濃い靄《もや》がかかっており、まるで全体を見渡すことができない。

左近は舌を打った。

すると、後ろから肩を叩かれた。

「とてつもない靄だな」

振り返ると、それは治部であった。だが、左近は思わず言葉を失くしてしまった。

「どうした、左近」

「あ、いえ、失礼をば致しましたな」

一瞬言い淀《よど》んでしまったのは、治部の格好のためだ。

治部はこの戦のために鎧を新調すると言っていた。どんなものを用意したのかと思えば、天を衝《つ》くばかりに屹立《きつりつ》する金色の角を二本生やし、乱れ髪を模した糸が鉢を覆い隠す兜が目立つ当世具足であった。

あまりに突飛だというのは捨て置く。そんなことより、左近を驚かせたのは、一瞬、武田信玄公の姿と治部のそれが重なったことだった。確かに信玄公も似たような兜を愛用していた。だが、いかにも武人然とした信玄公と、祐筆《ゆうひつ》のような体格である治部の姿が重なるはずはなかった。

しかし、その見間違いのわけが、治部の全身から発する気であることに、左近は気づいていた。

治部は要領を得ない左近を笑い飛ばす。

「寝不足か？　そなたも人の子だな」

「見くびられては困りますな。今日もよく寝ましたぞ。治部殿こそ、いかがでござる」

「不思議なものだな。あれほど追いつめられておったのに、今はもう何ともない。不思議と昨日はぐっすりと寝られたぞ」

その言葉の通り、治部の顔には隈《くま》もなければ陰の気一つない。どこか晴れ晴れとした顔で靄のかかった関ヶ原を睨んでいる。

治部は関ヶ原を睨みながら、口を開く。

「ようやく、ここまで来たな。左近」

「はっ」

「近いようで、随分遠くであったようだ。だがこの戦、二十年も三十年も味わうものではないぞ。いくら旨《うま》いからとて、骨までしゃぶらずともよい。脂のついた肉だけ食らえ。よいな」

「無論にござる。この戦が終わっては伊達、そして伊達が終われば黒田。そして黒田が終われば――。島津でござる」

徳川との戦を心ゆくまで楽しみたい。そんな思いも左近の心中にはある。

内府は今や、武田信玄公の軍略の継承者だ。小牧長久手の戦の後に関東に移封となった頃家臣たちの出奔《しゅっぽん》があいつぎ、それまで徳川が取っていた兵法を捨てざるを得なかったことに端を発している。豊臣方に手の内が流れたと考えたのだろう。徳川は領内にいた武田の遺臣をかき集め、信玄公の軍略を再現し、さらには己の工夫も加えて新しい兵法としたという。

信玄公より間近で軍略を教わった身としては、内府は己の嵩《かさ》を測るための尺であると同時に、弟弟子でもある。

心中に立ち上ってくる執着を、左近は無理やりに抑える。

本来ならば一軍を率いて戦いたい。だが、事実上の総大将の軍師という立場がそれを許さない。信玄公は、いったいどうやって己を律していたのだろうか。立ち上ってくる闘志を胸に秘めながら、如何《いか》にして帷幄の奥に座っていたのだろう。己より軍を率いるのが下手な家臣たちにすべてを任せることに、歯がゆさは感じなかったのだろうか。

いくら考えても分からぬ。

この戦に勝った頃《ころ》には見えるはずだ。帷幄の奥で、悠然と腰を落ち着ける武田信玄公の見ていた景色が――。

左近は己のたぎる心中を押し殺した。

「この戦、すぐに終わらせましょうぞ」

「ああ。そなたの軍略に期待しておるぞ」

かくして左近は笹尾山から下り、すぐ下に敷いている己の本陣へと戻った。

銃の手入れをする者、馬に草を食《は》ませる者、槍先の鞘《さや》を外す者、弓に弦《つる》をひっかける者……。着々と戦支度が進んでいく様を見守りながら帷幄へと向かった。その途上、左近に気づいた足軽が声を上げた。

「殿だ。殿が御戻りぞ」

「おお島左近殿じゃ」

「我らが軍神、島左近殿じゃ」

おう、おう、と声が上がりかけるのを左近が押し留める。鬨の声と勘違いさせて味方を進発させてしまっては元も子もない。ただでさえ靄が立ち込めているのだ。不測の戦闘が起こり、そのまま正面衝突となることとてありえる。

興奮しかけた将兵たちをなだめて帷幄へと入る。

中はがらんとしていた。

既に新吉は刑部の隣の陣へと移動させている。喜内や孫市も新吉に連なっている。陣にはぽっかりと穴が開いているようで、何やら寂しい。知らず知らずのうちにあの三人に寄りかかっていたということに気づかされる。

奥の床几に腰かけた左近に、近づいてくる人があった。

表面をつややかに仕上げた白く輝く鎧兜に身を包んでいる。随分と若いが、その武人然とした四角い顔に混じる智の気配は、若かりし頃の父親によく似ている。大谷刑部の息子、大谷大学だ。

「左近殿。此度は宜《よろ》しくお願いいたしまする」

大学の態度は少々ぎこちない。新吉もこのように刑部に挨拶《あいさつ》しているのだろうか。一里（約四キロメートル）にも満たぬ距離のところにいるはずの息子のことを心配していると、未だに声を少し上ずらせ、大学は続けた。

「父より聞いております。左近殿の下に入り、治部殿たちを助けてほしい、と。この大谷大学、粉骨砕身力を尽くしまする」

まだまだ青い。

左近は聞いた。

「大学殿は今年御幾つになられた」

「十八にございます」

左近でいえば、父と一緒に近隣の戦を飛び回っていた頃だ。目の前の若者にはそんな粗暴の色はない。どうやら、知らぬ間に左近のような悪党は減り、折り目正しい大学のような若人が増えている。

戦の時代は終わり、という刑部の言葉が蘇《よみがえ》る。

かもしれぬ、と肯《がえ》んじる左近がいた。

だが、もはや、戦のない時代になど生きられない。

左近は大学の肩を強く叩いた。

「そなたにはあるいは不要なものかもしれぬが……。戦というものをお教えできればと存じておる。年からして、おそらく朝鮮に渡海はなさっておるまい？」

「はい、この戦が初陣にございます」

「左様か……。戦というのは、愉悦なものでござる。この初陣で、それを知っていただきとうござる」

「愉悦……？　戦は忌むべきものではないのですか」

「忌むべき、なのかもしれぬ。されど、こうして陣を張る将兵が戦を忌むわけにはいかぬよ」

「はあ……」

要領を得ない、と言いたげに大学は首をかしげた。

分からずとも仕方のないことだ。左近がそう心中で呟《つぶや》いたその時だった。

遠くから、突如として、やあやあ、という男たちの怒号が聞こえ始めた。

左近は床几から立ち上がり帷幄を飛び出し、陣の最前列にまで速足で歩く。だが、関ヶ原には未だに靄がかかっていてまるで見通すことができない。

何が起こったのか分からずにいるうちにも、声はどんどん大きさを、そして激しさを増していっている。どこかで競り合いが起こったようだ。声の変化からして、最初の競り合いは小さいものであったかもしれないが、これが双方の兵を呼び、大きな激突となったのであろう。鉄炮の音までし始めた。だが、前方が見えぬ中では弾の無駄と断じたのか鉄炮の音自体はすぐに止んだものの、男たちの咆哮《ほうこう》は関ヶ原一帯に響き始める。

「戦が始まったのでしょうか」

後ろについてきていたのだろう。大学が眉をひそめた。

しばらくして、黄色い母衣を背負った騎馬武者が左近の陣へと駆けてきた。伝令のために用意していた騎馬隊の一人だ。

母衣武者は左近を見やるや、馬から降りることなく述べた。

「敵将井伊《いい》と宇喜多が小競り合いとなったところ敵方福島が鉄炮を撃ち、宇喜多勢が前進。戦となった模様！」

宇喜多勢は関ヶ原の中央やや南に陣を構えている。つまり、中央で戦が起こったということになる。そして、敵将の井伊、福島といえば共にその武勇で知られている。井伊といえば小牧長久手の戦で池田恒興《つねおき》や森武蔵《もりむさし》を討ち取った名将であるし、福島といえば豊臣恩顧の大名衆の中でも抜きんでた軍功の主だ。

続き、また母衣武者が駆け込んでくる。

「宇喜多隊に対し、藤堂の隊が陣を進めましたる模様」

「藤堂も、か」

藤堂与右衛門の傷だらけの面体が脳裏に浮かぶ。

あの男を忘れたことはない。ことあるごとに噂を耳にするたび、左近はあの男と轡《くつわ》を並べた日々をふと思い出しては、心浮き立つのと同時にどこか空《むな》しい思いにも襲われた。藤堂は豊臣の大名として復帰したのち、徳川内府に近づき、今や譜代衆であるかのように振舞っている。徳川内府を打倒すると胸に秘めている治部の軍師として戦う以上、藤堂与右衛門との対決は避けられなかった。

惜しいと思う己の心底で、もう一人の己がこう語りかけてくる。

あの男と、戦ってみたいではないか、と。

与右衛門は朝鮮渡海の折に、かの国の城づくりを学んで帰ってきた、という。そうして今や、加藤清正と並んで陣地構築に一家言ある将となった。それも、鉄炮足軽大将であったという己の経験を活かし、鉄炮を防備の核に置いているという。

与右衛門、そなたは、朝鮮でどんな軍略を得た？　そして、どんな戦運びをする？

靄の向こうにいるはずの与右衛門に心中で語りかけていると、ふいに大学に話しかけられた。

「左近殿、いかがなさいましたか」

「いや、なんでもないわ」

「これから、われらはどうしましょうか」

「そうさな。今はただ待つがよかろう」

不意に火蓋《ひぶた》が切られたとはいえ、第一陣の戦が起こり始めている。恐らくこれに反応して前進した将たちが第一陣を成すはずだ。ということは、左近たちはあくまで第二陣として振舞えばいい。ここは静観を守るべきだ。

そう腹に決めた左近の許に、また黄色い母衣武者が駆け込んできた。

「伝令、伝令！」

しかし、この母衣武者は、これまで来た者たちと比べて明らかに余裕がない。声が上ずり、何度も言葉を詰まらせている。

「どうした、何があったか。申してみよ」

ずり落ちるように馬から降りた伝令の肩を左近は摑みさすってやる。しばらく肩を揉《も》んでやると、ようやく落ち着いたのか、伝令は口を開いた。

「報告にございまする……。実は」

伝令の報告に、左近は驚愕《きょうがく》を隠せなかった。

左近は南を見やった。まだ靄がかかっており何も見えない。だが、先ほどまでよりもはるかに高まった武者たちの咆哮に、左近はこの伝令の正しさを認めざるを得なかった。

やがて、日が照り始めたのか、靄が少しずつ晴れていく。そうして少しずつ明らかになる光景は、これまで左近が描いてきた戦図を、根底からひっくり返すものであった。


その直前のこと――。

島新吉は大谷刑部の陣の帷幄で、鬱々《うつうつ》たる思いに襲われていた。

刑部の陣は関ヶ原の中央、宇喜多秀家の陣の南にある。そして、小早川金吾秀秋が拠る松尾山の北に当たる地点だ。

床几に座る新吉は、北東から聞こえてくる男たちの咆哮を耳にした。

立ち上がろうとする新吉を止めたのは、上座の刑部であった。

「まだ、動かずともよいはずぞ。恐らく、先手と先手の戦が始まったのでござろう」

果たして、しばし遅れてやってきた伝令役は、井伊・福島隊と宇喜多隊が激突した旨を述べて他の陣へと駆けていった。

「井伊、福島といえば敵方の猛将。宇喜多隊を助けに行かずよろしいのですか」

「宇喜多殿の陣には、明石掃部頭なる猛将がおる。宇喜多殿から救援の要請が来ておらぬうちは、余計な助太刀は無用にござろう」

「されど……」

新吉は後ろに座る喜内や孫市に目を向けた。二人とも、目で、〝ここは刑部を立てるべし〟と促している。仕方なしに新吉は黙りこくる。

新吉は刑部に視線を移す。頭巾を被っており、その表情を窺《うかが》うことができず、それゆえに肚の内を忖度《そんたく》することもできなかった。

と、刑部は新吉の視線に向かい合った。

「新吉殿。そなたの今の肚の内を言い当てて御覧に入れよう」

「は?」

「いや、ほんの座興のようなものでござる」刑部はのんびりとした口調で述べた。「そなたは、わしのことを疑っておる。そうであろう」

正確には、父親である左近にそう言い含められ、監視をしている。だが、新吉は頷いた。

「はい。刑部殿の動きは少々怪しい。わたしはそう思うておりまする」

「わたし？　それは違うであろう。わしのことを疑っておるのは、新吉殿ではございますまい。そなたの父上である、島左近殿であろう」

ぐうの音も出ない。

父親、左近への複雑な思いが心中で爆《は》ぜそうになる。

前の日、刑部の陣に新吉が行くとなったとき、左近と大喧嘩になってしまった。新吉は、何としてでも左近と共に戦いたかった。そして、左近の目の届くところで大きな功を上げて認めてほしかった。

この新吉、いつまで経《た》っても子供ではない。もう四十二になったひとかどの将である。島左近の盛名と比べれば見劣りするかもしれぬ。それでもそろそろ認めてくださってもよいではないか。

だが、左近はそんな新吉に、刑部の許につけと命じた。

己の思いがすべて踏みにじられたような気がして、周りが真っ暗になっていた。気づけば心の糸が切れ、力の限りに叫んでいた。わめいていた。

わたしは、島左近に認められとうござる。ただ、島左近の称賛だけが欲しゅうござる。

一等大事な言葉が口から出なかった。もしもこの言葉すらも踏みにじられたら、と思うと、いくら激高している新吉でも、喉《のど》まで出かかったこの言葉は飲み込まざるを得なかった。

そうして新吉は刑部の陣にいる。己を軍略の駒《こま》程度にしか考えておらぬ父親の思惑のままに。

と、刑部はふいに声を発した。不思議と胸にしみいる声音であった。

「ふふ、天下の名将島左近も、子の扱いには通じておらなんだ様子」

「なんですと、聞き捨てなりませぬな」

「自分の股肱《ここう》となりうる者を、策のためにむざむざ手放すのだからな」

「それは――」

新吉が言いかけたそのとき、伝令がまたやってきた。それは、前線に藤堂与右衛門が加わった、というものであった。

その知らせを聞いた瞬間、孫市は床几から立ち上がった。

「おい、孫市?」

驚く喜内をよそに、孫市は足早に帷幄から飛び出していってしまった。一瞬だけ垣間見《かいまみ》えた孫市の顔には、常にない動揺が見え隠れしていた。

「待て孫市！　どこへ行く」

振り返った孫市は、梟《ふくろう》のごとき目を新吉に向けた。

「――与右衛門とは長い付き合いだ。あの男には恩がある。あの男を、他の武者に討ち取られたくはない」

「勝手に動くな」

「――すまぬ」

一言残し、孫市は外へと駆け出してしまった。

孫市は以前、藤堂与右衛門の与力として秀長軍にあった。恐らく、付き合いや恩というのはその際に培われたものを言っているのだろう。あの二人がどんな関係で、そしてどんな絆《きずな》を結んできたのか、新吉には分からない。だからこそ、抜け駆けしようとする孫市を押し留めることが叶わなかった。

ははは、と刑部は笑った。

「島左近殿の軍は血気盛んであることだ」

喜内が頭を深々と下げた。

「誠に申し訳ない」

刑部が頷いたその時、一発の破裂音が陣に届いた。

思わず新吉は刑部を見た。刑部の左肩から血が流れている。

ぐ、と唸った刑部は叫んだ。

「浅手ぞ！　――だが、どこから飛んできた？　先手からは離れておるはずぞ。仮に弾が届いても痛くも痒《かゆ》くもないはず……！」

一発の銃声をきっかけに、轟音《ごうおん》が次々に鳴り響く。十や二十という数ではない。そうして遅れること数瞬、一時雨のような鉛玉が新吉たちの頭上から落ちてくる。当たり処《どころ》が悪かったのか、数人の兵が血を吐いて倒れている。

「上からの銃撃だと⁉」喜内は首をすくめて叫ぶ。「ありえぬぞ！　徳川方は我らより低いところに陣を構えておるはず。矢ならともかく、鉄砲玉が落ちてくるはずは……」

近習たちが輿《こし》を運んでくる。その上に乗り胡坐を組み、担がせる形になった刑部は南を睨んだ。

「陣幕をすべて捨て払え！」

「ということは、決まっておろう。裏切りぞ」

「裏切り⁉　一体だれが」

「この位置の我らを銃撃できるとすれば……」刑部は叫んだ。「陣幕をすべて捨て払え！」

雑兵や旗本衆がその言葉に応じ、刑部の陣幕はすべて取り外された。そうして露わになった光景に、新吉はわが目を疑った。

南の松尾山はかすかに靄に覆われている。その山の中腹から、夥《おびただ》しい白煙が上がっている。そして、麓にいる先手勢がこちらめがけて突撃してくるではないか。

松尾山に陣取っていたのは味方であったはずだ。なのにどうして……！　理解が追いつかぬ新吉に代わり、刑部がぼそりと言った。

「やはり裏切りおったか、小早川」

刑部が睨みつけているのは、小早川金吾秀秋の陣であった。確か、治部によって調略されたと聞いていたはずだった。

「元よりあの男は信用できなんだ。それゆえに目をつけておったが、まさか日も昇り切らぬうちに裏切るとは、気が短いではないか！」

新吉は自らの置かれた状況がかなり緊迫していることを悟る。

東の平野では既に激戦が始まっている。南からは小早川の先手がこちらめがけて駆けてくる。そして、己と共に陣にいる相手は、徳川内府と内通しているかもしれぬ男だ。

絶体絶命。

しかし、ここは何が何でも敵を押し留めなくてはならない。

新吉は叫ぶ。

「喜内殿！　ともに兵を率い、小早川を撃滅いたしましょう。敵の数は一万。我らは千。足止めくらいはできましょう」

「が、合点！」

小早川を止めるのが最善の策だ。

だが、帷幄から飛び出そうとする新吉のことを刑部が止めた。

「待たれよ」

「今は問答無用の時のはず。我々は小早川を止めるのみ！」

「そなた、己が役割を忘れておらぬか？」刑部は頭巾の奥の目を細めた。「そなたは、わしの目付役となるべくついておったのだろう。もしわしが徳川と内通しておったとして、下手に突出したらどうなるとお考えか」

間違いなく、刑部の軍と挟み撃ちに遭《あ》う。

刑部は采配を振った。

「こうしよう。わしが小早川に当たる。そなたらはここで待っておられよ。恐らく、我が陣が動けば、これを好機にと敵軍がこの陣辺りを攻めてくるはず。この地点を守っていただきたい」

意外な申し出であった。だが、悪い話ではない。新吉たちに与えられた軍は千余り。対して、刑部の軍はその数倍の規模がある。一万を数える小早川相手には不足だが、それでも新吉達よりは分がいい。

刑部は何度も采配を振り、か細い声を上げる。

「我らは小早川を攻める」

近習の一人が聞き取るや帷幄から飛び出し、大声で触れて回った。大谷全軍は火がついたように鬨の声を上げ、小早川に向かって陣を構え始めた。槍衾《やりぶすま》を南に向け、竹束《たけたば》を前面に置き直し、騎馬武者の軍を返し、鉄炮の砲口を松尾山へと向ける。その最中、部下たちの問いに采配を振って応じていた刑部は、ふとした切れ間に、新吉に目を向けた。

「御覧《ごろう》ぜよ、島新吉殿。確かにわしは治部殿とは考えが違う。次の世は徳川のものであろう。そして、戦で物事を決める時代でもなくなると思うておる。だが――。わしは、治部殿の為に戦うと決めておる。それが為、わしは裏切り者と戦うばかりぞ。そして、できるものならば、新吉殿。ここを守ってほしい。ここは我らの後背であると同時に、宇喜多殿の横腹に当たるゆえな」

ふん、と刑部は鼻を鳴らした。頭巾に覆われて判然とせぬ顔は、笑っているようにも思えた。

「――結局最後は信じるしかない。己以外の者をな。わしもそうであろうし、今はそなたもそうであろう。信じておる」

新吉は軍略に通じぬ半端者だ。それでも、刑部の言葉に、嘘を見出《みいだ》すことはできなかった。そして、信じていいとも思えた。

南に向けた陣立てが終わった。整然と並ぶ大谷軍は、牙を剝いてやってくる狼《おおかみ》の群れのごとき小早川軍を前に咆哮する。

刑部は叫んだ。

「参る！　小早川を断じて許すことはできぬぞ！　敵陣を引き裂け！」

刑部が采配を前に振ると、大谷軍は一斉に前進を始めた。家臣たちの担ぐ輿に乗る刑部の姿はやがて小早川軍にぶつかる刑部軍と一体となり、見えなくなった。

残された新吉は、思わず口を開いた。

「刑部殿は、裏切っておらぬ……？　父上の勘違いであられたのか」

だが、疑問も残る。次にやってくるのは徳川の天下と臆面《おくめん》もなく口にしている。

あの男は、いったい何を考えているというのだろう。新吉の頭には、刑部という複雑怪奇な男の言葉が渦を巻いていた。

だが、そこに喜内が割って入った。

「どうなさる。言われた通り、ここを守るべきか。それとも、どこかに陣を移すべきか。これは新吉殿がお決めなされ。わしにはいかんとも決めがたい」

新吉の脳裏に、「信じておる」と口にした刑部の姿が焼き付いている。

「わたしは、ここを守る。喜内殿、手伝ってくださいますか」

「無論。我らの戦うべきはここぞ」

喜内が金砕棒を振るったその時、厚い雲間から日輪の光が漏れた。東から降り注ぐ日の光はあたりを一瞬白くして、靄を少しずつ払っていく。ひとたび溶け始めるとあとは早かった。あれほど深く垂れこめていたはずの靄は一掃され、すべての風景が露わになった。

思わず新吉は息を飲んだ。眼前に広がる光景は、到底信じられぬものであった。

眼前に広がる関ヶ原の光景に、左近は茫然《ぼうぜん》としていた。

関ヶ原の中央では宇喜多秀家の先手と井伊、福島、藤堂といった兵が入り乱れている。靄が晴れるや互いに鉄炮を撃ちかけ、銃弾が尽きるや槍を合わせ、また弾込めが終われば鉄炮を撃ち、を繰り返している。そこまでは想像の内であった。

想定外であったのは、南の松尾山だ。

小早川の先手が大坂方に向かって兵を進めている。そして、大谷刑部の軍が小早川を何とか抑えているような情勢らしい。あの姿を見せつけられては、「小早川の裏切り」という伝令の報告を信じざるを得なかった。

思い描いていた戦の有様とは大幅な変更を余儀なくされている。

当初は、南宮山にいる毛利勢を除けば、敵を東、味方を西に分けるという単純な陣立てであった。つまり、敵は必ず前面にいる、という前提の許に策を組み立てていることになる。しかし、この戦は途端に難しいものとなった。小早川が横手にいるゆえに、二面から襲い掛かってくる敵に当たらねばならなくなってしまった。

「なんということぞ」

天を恨みたくもなった。

あれほど計略を凝らし、頭をひねり続けて策を成したというのに、天はこの島左近を裏切るのか。たかが一将の裏切りで瓦解するのか。では、軍略とはいったい何なのだ。

左近は思わず横に立っていた馬防柵《ばぼうさく》を叩いた。中が腐っていたのか、馬防柵の柱は左近如きの一撃で表面が割れ、穴が現れた。

違う。軍略は完璧《かんぺき》であった。だが、人がいけなかったのだ。左近は悟る。

軍略とはいわば城の縄張図のようなものだ。それだけでは何の意味もない。実際に石垣を築き、その上に壁や長屋を作り、櫓《やぐら》を作り、建物を作らねばならない。だが、己は縄張図を書くことに必死で、そこから先のことを何もしていなかった。

ようやく気づいた。そして、一人、天に向かって哭《な》く。

「左近」

自分のことを呼ぶ声に振り返る。

そこには、表情をなくした石田治部の姿があった。鬼を模した具足も、肩を落としては威厳も何もあったものではなかった。手にした采配はすっかりしおれている。

「すまぬ」治部は謝った。「小早川を調略できたとばかり思うていた。だが、結局小早川が裏切った。私が見誤った。許せ、左近」

「何を謝るのですか、治部殿」左近の声は震えていた。「まだ戦は終わってておりませぬぞ。左様なことは、勝ってからなさいませ」

「これでは勝てぬ。そなたが一番分かっておろう」

「まだ巻き返しはできまする」

「では左近、策を示せ。この戦を勝ち切る策をだ」

左近は必死で頭を巡らした。そうして浮かんできたのは、島津兵庫の顔であった。

「ならば、まだ動いておらぬ島津に進軍を命ずべし！　さすれば——」

口に出した己自身、策の穴に気づいている。軍を前進させるだけの策など、焼け石に水だ。そんなものを軍略と呼べば、あの世で武田信玄公に笑われる。南宮山の毛利のことなどはもう考えなかった。ここまで旗色が悪い中、出撃してくることはないだろう。

と、東から破裂音がした。向くと、わずか一町半（約百六十三メートル）ほどのところに陣を張っている敵兵たちの鉄炮から白煙が上がっている。遅れ、馬防柵や地面が爆ぜ、左近の鉢がかつんと鳴った。あの銃撃で味方の損耗はない。だが、このままあの軍を放《ほう》っておくわけにはいかない。

「治部殿。某は先手となり、あの敵軍を蹴散らして参る。治部殿におかれましては、島津に前進するよう要請をしてくだされ。その後は本陣へ戻られ、戦を見守っていただきたい」

「心得た」

治部は伝令を捕まえ何かを命じ、己の本陣へと戻っていく。

その背中を見届けた左近は家臣に馬を連れてくるように命じた。左近の愛馬には、吊るせるだけの武器を積んでいる。槍、鉄炮、弓矢、大太刀《おおだち》……。馬はこれらを軽々と鞍《くら》の後ろに載せて、『乗れ』とばかりに顎をしゃくってくる。

左近は馬にまたがって、己の兵に怒鳴りかけた。

「皆の者、我らは目の前にいる敵を払う！　怖い者は逃げよ。ただし、逃げた者はこの島左近がすべて斬る！」

すると軍中から、

「左近様より怖いもんはありませんや」

とぼやきが上がり、軍全体から笑い声が上がった。

馬の上から顔を見やれば、皆、戦の不利を目の前にしているというのに、誰一人として諦《あきら》めていない。

一瞬でも匙《さじ》を投げようとした己が恥ずかしい。

左近は大太刀を引き抜いた。そして、叫ぶ。

「騎馬兵はついてこい！　弓兵は我ら騎馬兵の援護！　鉄炮隊は我らが帰還して、敵が攻めかかってきたところに撃ちかけよ！」

そう命ずるや、左近は馬の腹を蹴り、馬防柵から目の前の敵陣めがけて駆け出した。

一方その頃、柳生又右衛門は徳川方の前線の北、黒田長政の陣にいた。

「まさか、こんなにも接近していたとは思わなんだ」

鎧姿の長政は、一町半ほど前に陣を構えている大坂方の兵どもを睨みながらぼやくように口にした。

「まったくですな。お互いに敵の位置を見失うほどの靄とは、いやはや恐ろしい」

又右衛門も横で頷くしかなかった。

一町半というのは、鉄炮の有効射程にぎりぎり手が届くほどの距離だ。普通はこんな近くに陣を張ることはない。互いに靄の中、距離を測り切れない中で陣を張り、こんな位置関係となってしまったのであろう。

又右衛門は、相対している敵陣――、島左近の陣を見やり、顎に手をやった。

ところで、と長政は聞いてきた。

「確かそなたは島左近を見知っているというが、あれはいかほどの将だ」

「そうですな。あれはなかなかの傑物にございます」又右衛門は正直に答えた。「こと軍略に限れば日本一でございましょうな」

「我が父よりも、軍略に優れると申すか」

「然《しか》り」

この男の父は秀吉の軍師である黒田官兵衛だ。今は九州で何やら策動しているようだ。

長政も、決して凡庸な武将ではない。朝鮮出兵では順当に功を上げている上、父親の官兵衛から譲られた老臣たちをうまく使いこなしている。あと二十年も戦場に立てば、父に劣らぬ大軍師となるだけの器の持ち主だ。

だが、島左近に対するには、まだ足りない。又右衛門はそう見ている。

本来は徳川内府の家臣で、本陣を守ればよい立場であった又右衛門がこうして長政の陣に立っているのは、ほかならぬ内府の命によるものだ。石田治部に過ぎたるものとして佐和山の城とともに数えられた島左近は、この戦における最大の懸念であった。内府自ら又右衛門に調略を命じたのもその一環であろう。こちらに引き込めないとなれば、長政の陣に入りこれを助けよ、と命じた。

『あれは三方ヶ原でのわしを知っておる』

と、嘘か真か分からぬことを又右衛門に耳打ちして。

長政は怒りのゆえか、それとも恐れのゆえか、顔を青くしている。

「父上よりも強い相手か……。敵《かな》う気がせぬ」

「ご安心召されよ。確かに島左近は軍略日本一。されど、戦は軍略のみでするものにはございますまい」

「そういうものか？」

「ええ。もし軍略のみで戦をするのであれば、兵法家が即座に天下を取るが道理。そうは思いませぬかな」

「なるほど、な」

多少顔に血色を取り戻した長政は、馬防柵から飛び出してくる騎馬隊に気づいた。馬の上で采配を振って命じる。

「矢を射かけよ！　鉄炮で撃ち落とせ！　一切敵を陣に近づけさせるな！」

長政の命令通りに弓兵は矢を射かけ、鉄炮隊は口火を切った。

だが、矢の悉《ことごと》く、弾の悉くが当たらない。

大勢になればなるだけ軍は直線を描くような動きしかできなくなる。だが、目の前の軍はさながら大蛇がうねるように進んでくる。矢が降ってくれば散開して躱《かわ》し、鉄炮を撃ちかけられれば馬の進軍に緩急をつけて狙いを外す。

いとも容易《たやす》く敵兵を近寄らせてしまった。

「足軽兵、何をしているか！　早く槍を構えよ！　騎馬隊も攻めかかれ！」

だが、そんな長政の命令の声をかき消すような大音声が敵軍から発された。

「かかれ！」

又右衛門にはその声に聞き覚えがあった。間違いない。左近のものだ。この戦の軍師として参戦していながら前線にも出ているらしい。

左近という男には、何かが欠けている。軍師として大事な大局観。いや、人として必ず持っているはずの恐れがない。大将の軍師にあるまじき振舞は、この期に及んでも左近の本性が表に出たものであろう。

戦の潮目を理解せず、匹夫《ひっぷ》の勇を誇る、これこそが左近の弱点だ。

「今が機にござる！　島左近を討ち取るのです」

「分かっておる。だが……！」

左近率いる騎馬隊はあまりに強い。足軽たちが束になって攻めかかっても包囲はおろかまともに槍も合わせてもらえずに蹂躙《じゅうりん》される。騎馬隊で追いすがっても斬り倒されてしまう。左近の軍はまともに相手ができない。

左近は思い出したかのように馬首を返した。それに続き、軍も突如として反転した。

長政はこれを機と見たのか采配を振ろうとした。

「足軽隊、追え追え。逃がすな！」

「待たれよ！」又右衛門が割って入る。「おやめくだされ。左様なことをすれば敵の思うつぼにござるぞ。島左近といえば、釣り出しの名手でござれば」

「そ、そうであった」

長政は命を取り消した。

が、長政の陣をすり抜け、前に突出する部隊がある。友軍の田中《たなか》と生駒《いこま》の隊だ。

「丁度良い。長政殿、御覧なされ。島左近に追いすがるとはこういうことにございます」

又右衛門がそう口にした瞬間、轟音《ごうおん》が響いた。

島左近を追っていた田中・生駒隊の足軽たちが宙に舞っている。地面がえぐれ、辺りに土が巻き上がった。

田中・生駒隊の足が止まる。そこにずらりと並んだ鉄炮の一斉射撃が始まる。まるで波に洗われる海岸のごとく、二隊はじりじりと鉄炮で削られていく。その間にもくだんの轟音がまた鳴り響き、地面がえぐられ将兵たちが木の葉のごとくに弾《はじ》き飛ばされる。

「あれはいったい……？」

長政は蒼《あお》い顔をしながら戦の推移を見ている。

「あれは、大筒でありましょう」

「大筒？　斯様な威力の大筒があろうものか」

「どこで手に入れたのかは分かりませぬが、厄介なものを用いておりますな」

やがて左近隊は大筒と鉄炮を止めた。既に田中・生駒隊は半壊している。

そこに、退却していた左近が現れた。旗指物を風に揺らめかせながら悠然と展開する騎馬隊を率いる左近は、大太刀を掲げて叫ぶ。

「かかれ！」

騎馬兵たちは死に体の敵に打ちかかり、相手方の軍を四散させてゆく。友軍の悲鳴や怨《えん》嗟《さ》の声もかすかに聞こえる。大きな足で蟻《あり》を踏み潰すような用兵であった。

目の前で広がるあまりに一方的な戦に、長政は声を失っている。強く唇を噛んでいるせいで、口元からは血が滴り始めていた。

「友軍を助けねばならぬ……。助けねば名折れ……。だが……」

長政は敵本陣を睨む。

助けに行ったところで結果は同じだ。本陣から撃ち掛けられる大筒と鉄炮がある限り、迂闊《うかつ》に攻められぬのは同じだ。無理攻めできぬことはないが、左様なことをすれば、目の前で壊滅しつつある友軍と同じ命運を辿《たど》ることになる。

田中・生駒隊が後退し始めた。もはや軍としての体《たい》をなしていない。将兵一人一人が軍の一部としてではなく、あくまで一個の人間として恐れ、脱落していく。

左近の騎馬隊はこれを機と見て前進してくる。

「き、来たぞ」

長政は顔を引きつらせる。

「出番ですね」

又右衛門は立ち上がり、腰の大太刀を抜き払った。

「どこへ行く、又右衛門殿」

「決まっておりましょう?」又右衛門は長政に笑いかけた。「ちと、戦働きをして参りましょうぞ」

狼狽《うろた》えを押し殺しながら敵軍を見やる長政を残し、又右衛門は前線へと向かった。

島左近。因縁と呼べるほどの因縁はない。同じ大和の国衆《くにしゅう》であるから、先祖にまで遡《さかのぼ》ればそれなりの意趣はあるのかもしれないが、あったとしても家同士の婚姻が成り立つ程度の淡いものでしかない。さらに、又右衛門個人の因縁といえば、わずかな期間、同じ大名の許で陣借りをしていたという程度のものだ。

恨み、ではない。

今の己を動かしているのは、島左近という男への興味であろう。そう又右衛門は見定める。

戦の時代は終わる。又右衛門にとっては自明極まりないことだ。そして、時代の潮目を理解しない、いや、そこから目をそらし続けている左近は到底理解できないものの一つだ。この戦を通じて、あの男の肚の内を見極めたいのかもしれぬ、そう又右衛門は独り言ちた。

前線にまでやってくると、足軽たちの緊張感がひしひしと伝わってくる。皆の視線は、ただ一人に集まっている。悠然と馬を進め、肩に大太刀を担ぎ、不敵に笑う島左近の姿に――。

上々だ。黒田長政の軍を馬上から睨みながら、左近は緒戦の成功に胸をなでおろした。あの大筒は喜内から貰《もら》ったものだ。山科羅久呂の置き土産らしい。日本の大筒と比べてもはるかに射程や威力に優れるものだという触れ込み通り、確かに目覚ましい戦果を示してくれた。遠く羅馬に戻ったはずの羅久呂の面影を思い浮かべ、頭を下げた。

策そのものは単純だ。騎馬隊と弓兵で前線を攪乱《かくらん》し、適当なところで引き上げる。追いすがってきた敵に鉄炮と大砲の雨あられを見舞う。そうして死に体になった敵軍に、騎馬隊と足軽兵とで止《とど》めを刺す。

敵の先手は既に崩壊している。だが、単純であるがゆえに破りにくい。

黒田官兵衛の子。この戦を勝ち抜けば、やがて戦うであろう相手だ。いっそのこと、ここで息子を討ち取っておいたほうが後のためやもしれぬ。そんなことを虚《うつ》ろに思いながら馬を進めていると、黒田の陣から左近を呼ぶ声がした。

「島左近、いざ、尋常に勝負」

飛び出してきた男には見覚えがある。軽装の具足に身を包み、大太刀を軽々と構えるのは――。柳生又右衛門だ。

味方の騎馬兵が飛び出そうとしたのを左近は押し留め、声を張り上げた。

「一騎討ちとは風流なことよ。――一合のみ、相手してやる」

間髪入れずに又右衛門は前に飛び出してきた。悪くない判断だ。長引けば長引くだけこちらに考える時を与えてしまう。

柳生には家伝の剣術がある。それだけに、又右衛門の体捌《たいさば》きは俄かに見切れるものではない。五尺（約百五十センチ）はあろうかという大太刀を棒きれのように縦横無尽に振るう又右衛門は、左近の馬に近づくや、跳躍して一撃を見舞ってきた。

左近は馬上から大太刀で切り返す。

又右衛門が着地する。と、その右肩から血が噴き出した。

「勝負ありぞ」

左近は宣した。

又右衛門は承服しない。氷のような表情を変えもせず、左近を見据えている。もう右手は動かぬらしい。左手一つで大太刀を構えている。

「いや、まだだ。剣の勝負は、相手の命を絶つまで終わらぬ」

至言だ。

だが、左近は答えた。

「一合と最初から約したはず。これで終《しま》いぞ」

左近は左手で後ろに控える騎馬隊に前進を命じた。

黒田軍もそれに応じ、足軽兵を前に動かした。海辺の波のようにやってくる足軽の波間に飲み込まれんとする又右衛門は冷たい目で左近を見据える。

「左近殿、勝負せい」

「勝負はそなたの勝ちぞ」

そんな左近の言葉も、味方兵と敵兵の咆哮と槍合わせ、馬の蹄《ひづめ》や札《さね》の音に紛れ、溶けていった。

末恐ろしい男だ。左近が己の左籠手を見やると、刀で斬りつけられた大きな傷が走っている。肉には達していないものの、未だにじんと痺《しび》れている。馬上の相手と互角に戦うためには相当の修練を積み、途轍もない技量を身につけねばならない。もし左近が馬から降りて戦っていれば間違いなく負けていた。

強い男だ。己はあんな男が跋扈《ばっこ》している大和で生きていた。そのことが誇らしかった。

「また見えた時には、互いに武の限りを尽くしたいものよ。なあ、又右衛門殿」

左近は大太刀を振るった。飛びかかってくる足軽どもを撥《は》ね除《の》け、打ちかかってくる騎馬兵の首を刎《は》ねると、左近は大音声で名乗りを上げた。

「石田治部殿陣借り、島左近！　命の惜しくない者はかかってこい！　今日の島左近には軍神が降りておる。そう簡単には討ち取れぬぞ！」

敵がびくりと動きを止め、一歩退いた。

島左近という名に、目論《もくろ》み通りにただ聞くだけで敵を押し留めるものとなっているようだ。

左近はふと、兜の縁を持ち上げて関ヶ原を見渡した。中央部分では福島と宇喜多の激戦が続く。南の松尾山では小早川勢が大谷勢を押し込み始めている。だが、左近の目に留まったのは、宇喜多と大谷の陣の間辺りに陣を張っている者たちの動きだ。

宇喜多勢の横、大谷勢の後ろを占めるこの陣は、南から中央の関ヶ原戦線においての勘所だ。ここを破られれば宇喜多も大谷も一気に崩れる。

当然敵はそこを弱点と捉えているのだろう。激戦地を迂回《うかい》して攻め立てているものの、この陣はうまく持ちこたえている。見れば、時折飛び出してくる騎馬兵たちに敵兵が退く場面すらある。

翻る馬印。島家の家紋である柏紋《かしわ》がはためく。

あれは――。新吉の率いる軍か。

左近はほくそ笑んだ。どうやら、仕掛けていた策が生きているようだ、と。

目の前の黒田勢に咆哮し、太刀を翻しながら迫った。

「島左近、ここに参上！」

喜内が大喝すると、敵兵たちは算を乱して逃げていく。足軽ならまだしも、これに騎馬兵や将までも退いてしまうのだから恐ろしい。

「いやあ新吉殿、すごいですな。島左近の名前は」

「ああ、そうだな」

認めざるを得なかった。

島左近の名を以《もっ》て敵を威《おど》すべし。これは、別れ際の左近が喜内に述べたことだった。曰《いわ》く、前日より徳川勢に伏兵をぶつけ、その度に「島左近参上」と名乗りを上げていた。敵兵たちはこの名を恐れているはず。もし困ったときには島左近を名乗り、敵を押し返すべし――。

事実、この策は図に当たっている。島左近の名を名乗れば敵は潮が引くように退いていく。島左近の名を耳にするや肩を震わせ、何もできないままに討ち取られてしまう。戦場において、名がこれほどに強い力を持っているとは、新吉には思いもよらぬことであった。気は引けるが、助かっているというのが正直なところだ。おかげで寡兵ながらなんとか押し寄せる敵を捌けている。

しかし――。

「孫市が気になる」

飛び出していったきり、戻ってきていない。かなりの数の兵を率いていったはずなのに、その姿は戦場に紛れてしまった。もし孫市がいてくれたのならば、もう少し楽に戦えるものを……、と恨みに思わないことはなかった。

だが、あの孫市の目を前にしては、何も言えなかった。きっと清算しなくてはならないものがあるのだろう、そう思ったればこそ、無理に引き留めはしなかった。

「生きておるとよいのですが」

「大丈夫でしょうよ。孫市殿ほどの将がそうやすやすと首を取られることはございますまい」

まるで自分に言い聞かせるように喜内は言い、水を向けてきた。

「で、これからどうなさる？」

「もう一度、敵に攻めかかりましょうぞ」

「よくおっしゃった」

新吉たちのやるべきことはこの陣を守ることだ。だが、守ってばかりでは敵から侮られてしまう。ときには騎馬を率いて陣から出、敵兵たちを打ち払う必要がある。

新吉が下知を飛ばそうとしたその時だった。

伝令が飛んできた。母衣を翻し、慌てた様子でやってくるや声を震わせながら述べた。

「大谷刑部隊、半壊……。刑部殿、後退を指示した由にございます」

「な、なんだと……」

勇将である喜内も顔から血の気が引いている。

大谷刑部は寝返った小早川の抑えとなっていた。いわば、刑部が小早川への蓋《ふた》となってくれていたおかげで、関ヶ原中央部では激戦ながらも両軍は拮抗《きっこう》を保っていたのだ。だが、もしそこに小早川が流れ込めばどうなるか……。

山の上から怒濤《どとう》の如く押し寄せる小早川は、一個の濁流となって大谷刑部を飲み込み、そのまま宇喜多勢をも食らうことだろう。その間に陣を張る、わずかな数の軍などものともせずに。

「これは、我らの身も危のうござる。ここは決断の時ですな」喜内は言った。「ここは一度北に陣を移し、構え直すべし」

新吉は首を振った。

「なりませぬ」

「なぜぞ。このままでは、我らは小早川に……」

見れば、こちらに退却してくる刑部軍を追い立てながら小早川が攻め寄せてくる。もう、時はない。退くにしてもここに残るにしても決断をせねばならない。

だが、新吉の肚は決まっていた。

「わたしは刑部殿と約束したのです。ここを離れぬ、と」

「もうその約束は反古《ほご》にしても構わぬはず！　刑部は敗走しておる！　なればもう、我らが後背を守る意味はない！」

「いや、意味はありまする。ここは宇喜多勢の横。ここを持ちこたえねば、宇喜多が完全に崩れまする」

「とは申せ……」

喜内の退却策の理は認めざるを得ない。だが、理を受け入れてはならない。理には時として血が通わぬ。ことを成すのは理ではない。

と、新吉の陣に刑部の軍の一部が戻ってきた。

まるで、その姿はぼろ雑巾《ぞうきん》のようだった。帰ってきた者たちは誰一人として怪我《けが》をしておらぬ者はなかった。矢を肩に受けた者、足に銃弾を受けて引きずる者、刀傷を眉間《みけん》に受けて悶《もだ》える者、仲間の手を借りてようやくここまでたどり着いたという体の者も見受けられる。もはや、戦おうなどという気概を持っている者はいなかった。

殿軍《しんがり》で小早川勢と戦っている者の姿がある。輿に乗りながらも太刀を振るい、打ちかかってくる者たちを必死で払っている。あれは大谷刑部だ。

新吉は馬に鞭《むち》を入れようとしたが、喜内が立ちはだかった。

「待たれよ。そなたを行かせるわけにはいかぬ。左近殿に顔向けできぬようになってしまう」

また左近。

己の人生の行く手には、ずっと島左近という父親が立ちはだかっていた。左近という偉大な軍略家の言うがままに従ってきた。それを窮屈に感じ始めたのはいつのことだっただろうか。いつかは父の後についてゆくのではなく、父と肩を並べて戦いたいと願ったのは、いつのことだったろう。

新吉は首を振った。

「喜内殿。喜内殿は父上の許に御戻りの上、父上にご助力願いたい。転進していただけまするか」

「何を言われるか、わしが転進するなら、新吉殿も」

「いや、ここでお別れでございます」

「し、新吉殿？」

「喜内殿に頼みがありまする」

新吉は兜の緒を緩め、脱ぎ払った。母親に調えてもらった蒼い鎧。もうずいぶん使い込み、大小さまざまな傷がついている。新吉が武士として戦を渡り続けていた証であった。

兜を投げやると、喜内は受け取った。

「これを、父上の許に持って行ってくだされ」

「な、まさか」

「島新吉。ここが最期にござる」

新吉は手勢を率い、前に飛び出した。制止する喜内を振り切るように全速で。

新吉は風になる。戦を渡る風になる。

「島左近、参上！　命惜しくば下がれ」

この期に及んでも父の名前を出さねばならぬ己の非力が憎い。皮肉にも小早川勢はたじろぎ、本来なら新吉では歯の立たぬ敵を次々に討ち取ることができる。島左近の名と己の武で道を切り開く。途中、矢がかすめて左肩から血が噴き出す。轟音が鳴り響き頬に鈍い痛みが走る。だが、不思議と怖いものは何もない。

刑部を包囲していた小早川の雑兵たちに一喝して攻め立てる。敵が逃げ出したところに駆け寄ると、輿の上で太刀を振るっていた刑部は頭巾の奥の目を大きく見開いた。

「新吉殿ではあらぬか。なぜここに」

「約束を守っただけではございませぬか」

「約束……。ああ、左様な約束、破ってもらってもよかったものを……。わしは小早川を抑えそこねた。約束を破ったのはわしであろうに」

「武運は時の運にございます」

「……かも、しれぬな」

刑部は肩を落とした。が、そんな己に活を入れるがごとく、膝を強く叩いて小早川軍を睨みつけた。

振るっていた太刀を肩で背負った刑部は突然、口を開いた。

「新吉殿は、もう、この世への未練は断ち切っておいでだな?」

「何をおっしゃる」

はぐらかした新吉であったが、目の前の男に隠し事はできないようであった。呵々《かか》と笑い声を上げた刑部は殺到してくる敵陣を見据える。

「なに、顔を見れば分かる。新吉殿、申し訳ないが、ちとわしのぼやきを聞いてはくれぬだろうか」

戸惑う新吉の前で、頭巾から覗《のぞ》く刑部の目は悪戯《いたずら》っぽく細くなった。

「何、あの世に持っていくには重すぎる。さりとて、この世の誰にも聞かれとうない。左様な話ぞ」

「あ、ああ。聞きましょう」

するとと、刑部はじりじりと歩を詰める小早川勢を睨みながら、続けた。

「わしはな、治部殿と、そなたの父上の企《たくら》みを知っておった」

「企み？　なんですかそれは。この戦のことですか」

新吉にはまったく思い当たる節がない。すると刑部はため息をついた。

「そうか、知らぬか。まあ、あのようなものが漏れたなら大騒ぎとなる。治部殿と左近殿の二人でひた隠しにしていたのだろうな」

新吉が知らぬことは山ほどあるらしい。

「ともかく、わしは二人の秘密を知ってしもうた。だが、二人の企みは、これより何十年にもわたり戦の世となる修羅の道。それに、わしは徳川内府様こそが次の時代の盟主にふさわしいと思っておる。太閤殿下が天下人となったのはその武威によるもの。武威ある者が天下を握るは当然の理、とな」

「では、徳川につけばよろしかったではないですか」

「だが、治部殿は、ずっとわしと共にあった仲間であった。見殺しにすることはできなんだ。わしは治部殿を助けたい一心で大坂方に加わった。されど、治部殿の企みは承服できなかった。ゆえ、わしは、獅子身中の虫を演じることとしたのだ」

「それはいったい」

「治部殿の企みが外に漏れれば、士気が落ちる。それを見越し、これはという武将たちに噂を吹き込んでいたのだ」

左近がしきりに士気が上がらぬとぼやいていた。もし、それが作られたものだとしたら……？　今まで見てきた景色の色が変わるような心地に陥る。

「わしはずっと、兵数からいっても大坂方有利と思っておった。秀頼君も抱えておったからな。が、蓋を開けてみれば、我らは全くの不利であった。わしの為してしまうたことは、結局内府様に利する行ないだったということになる」

「分からない。刑部殿は何を為さりたかったのです」

徳川内府に協力しているようにしか見えない。しかし刑部はその一方で治部のことを友と呼んでいる。その二つがどうして一人の人間の中で両立するのか。

刑部は続けた。

「わしがしたかったのは、小牧長久手の戦の如きことよ」

「む？」

「ご存じであろう？　太閤殿下と内府様の間で行なわれた戦の結末を」

無論の事だ。徳川内府の巧みな用兵により太閤殿下は局地的な戦で負けている。しかし、政略でもって巧みに和睦《わぼく》に持ち込み、あとは武威と官位で内府を屈服させた。あの戦は、軍略では内府の勝ち、大勢では太閤の勝ち、という不思議な戦であった。

「わしがしたかったのはそれぞ。此度の治部殿と内府様の戦、何が何でも引き分けで終えたかった。さすれば、豊臣の天下に内府様が改めて従うことになったはず。そして、治部殿の企みは潰《つい》え、この世から戦が一掃される――。左様な計算をしておった」

あまりに理解できぬことが多いのは、新吉が治部の〝企み〟とやらの中身を知らないからだろう。だが、治部の〝企み〟が今後何十年にもわたり戦を起こす類のものであったこと、友である刑部から見ても無謀であったことが知れる。一方で、徳川内府にも惹《ひ》かれていた刑部は、治部と徳川内府の共存を模索した。それが刑部の不可解な動きであったのだろう。

「だが、もう終わりぞ。もう、引き分けとはいかぬ。この戦、内府様がお勝ち遊ばされることだろう。なれば、治部殿は……」

新吉は笑った。

何がおかしい、とばかりに睨んでくる刑部に新吉は答えた。

「引き分けを狙っていらっしゃるのでしょう？　ならば、やるべきことはまだいくらでもあり申す。我らの手で、小早川を討滅すればよいのです。さすれば、敵の士気は落ち、戦は振り出しに戻りまする」

「正気でおっしゃっているのか。左様なことができるはずもなかろう」

刑部の言葉には苛立ちが滲《にじ》んでいる。

だが、新吉は言い放った。

「百も承知」

「もう、策はない」

策、策、策。新吉は吐き気を覚えた。ずっと己が振り回されてきたのはこれであった、ということにようやく気づかされた。

新吉は吐き捨てた。

「策は所詮《しょせん》どこにも実体のないものにござる。策を生かし殺すは我ら人でしょう。なれば、わたしは最期まで人としてあがくのみです」

策など嫌いだ。父の在りようを否《いな》むためには、ただ、人としてあがくしかない。

「どうしても、行かれるのか」

「でなくば、わたしは、父に否を突き付けることができぬのです」

「……そうであられるか」刑部は瞑目《めいもく》した。「では大谷刑部も、お付き合いいたそう」

「真《まこと》ですか」

「ああ。そなたはわしとの約を守ってくれた。なれば、わしはその信義に応《こた》えよう。そして、ともにこの戦を振り出しに戻そうぞ」

「ええ！」

どこか悪戯っぽく響く刑部の声に新吉が頷いたその時、不気味に止まっていた小早川軍が、のろのろと前進し始めた。

「どうなさる？　わしに策はないぞ」

刑部に、新吉は笑いかける。

「わたしにももう策はないのです。……あ、一つだけあり申す。突撃するときに『島左近参上』と叫べば、敵は退きますぞ」

刑部は大仰にかぶりを振った。楽しげに声を弾ませながら。

「わしはこの面体ぞ。誰も島左近とは信じてくれまい」

「確かに。では、これはわたしのみが使える策でございますね。――では、刑部殿。話は尽きませぬが、きっとこれより、貴殿とは永く語らう間柄となりましょう。残りは三途の川の渡しでの楽しみに」

「そうですな。さらばにござる、島新吉殿」

「何、またすぐ会えまする」

新吉は手勢を率いて小早川軍に向かって馬を進めた。槍を携え、最前を駆ける新吉は力一杯に叫ぶ。

「我こそは島左近！」

大音声が敵陣を割いた。雑兵たちが散って道を作る。その道を伝って敵騎馬兵たちが襲い掛かってくる。

「どけどけ、道を開けよ！　わしが所望するは小早川金吾の首一つ！」

槍のひと薙《な》ぎで騎馬兵三人を地面に払い落とす。その隙《すき》に斬りかかってくる別の騎馬兵を石突《いしづき》で制し、後ろに続く味方に後は任せる。一陣の風となった新吉は陣の奥目指して駆けていく。

戦など何も面白いことはない。手は敵の血でぬめって気持ちが悪い。息もすっかり上がっている。次の瞬間にはあの世に引きずり込まれているのではないかという漠とした不安が全身にまとわりついて離れない。

だが、戦の硝煙と血霞《ちがすみ》の向こうに、振り向かせたい人がいる。

新吉は弱気になっている己を自覚し、吼《ほ》えた。

敵雑兵を蹴散らし、騎馬兵たちを打ち払う。

「我こそは島左近！」

父の名が、己に力を与えてくれる。その皮肉を思いながら、新吉は馬上で槍を振るう。

と、一発の銃声が、戦場を割いた。

体に違和を覚える。突然、手にしていた槍がすべて鉛に変じてしまったかのように重く感じる。さきほどまではまったく何も感じなかった鎧や、それどころか左腰に佩いている太刀にすらも突然重量を感じ始める。足が痺れ、腿《もも》に力が入らない。

どうなっている……？

思わず己の体を見下ろすと、胴に親指の先ほどの穴が開いており、そこから血が流れ始めていた。一発の銃弾が臍下《せいか》丹田《たんでん》を射抜いていたのだった。

まずい……。

太刀の重さに引きずられるように馬から落ちてしまった。だが、俄かに立ち上がることができない。ここは敵陣の真ん中だ。じりじりと敵が近づいてくる気配がある。まずい、まずい、まずい……。

分かってはいる。だが力が入らない。

「ここで、終わりか……」

うつぶせに倒れている新吉は己に問う。

いや、終わりであっていいはずはない。

残っている力をすべて振り絞り、握っていた槍を杖代わりにして立ち上がった。

雑兵たちは遠巻きに新吉を囲んでいる。騎馬武者たちはどこか余裕を見せた顔で、新吉を馬上から見下ろしてくる。

そのうちの一人が前に出てきた。

「見事な武者振りよ。島左近というのは嘘偽りであろうが、その名を騙《かた》るには十分な武勇よ。真の名を名乗ったらどうだ」

「……左近」

「何？」

新吉はとめどなく流れる血を左手で押さえながらも、必死で叫んだ。

「我こそは島左近！　死にたい者からかかってこい！」

敵陣がどよめく。

馬上の武者は、ふんと鼻を鳴らした。

「何が貴殿をそこまで突き動かすのか……。まあよい。死んでもらおう、島左近を騙る強敵よ」

騎馬武者は無造作に槍を繰り出してくる。新吉にはその一撃が見えている。

どこにそんな力が残っていたのか、新吉にも分からない。とっさに飛《と》び退《の》いて、馬上の武者の首元めがけて槍を繰り出した。馬上の武者が避ける間もなく、新吉の槍先はその喉笛を貫いた。

槍を振り、武者を地面に落とす。心の臓を槍先で刺し貫いてやると、苦しげにあえいでいた武者はついに絶命した。

ふらつきながらも槍を構え直す新吉は、首を振った。

もう、よいやもしれぬ。

叫んだ。

「島左近が子、島新吉！　今のわたしは、毘沙門天《びしやもんてん》でも討ち取れぬぞ！」

己の名が戦場に響くのは、何と愉快なことだろう。

万の敵を前にしても、何も恐ろしいことはない。むしろ、二万もの瞳《ひとみ》に見据えられているという事実が、己の背に一本芯《しん》を通す。

だが——。本当は、二万の瞳すらも、新吉にとっては塵芥《ちりあくた》程度の重みしかない。はるか北で戦っているだろうあのお人。神のごとき軍略で敵兵たちを退けているのだろう。きっと、こちらに目を向けることはない。

だが、それでも。

「さらばにござる、父上」

新吉は万の敵兵を前に両腕を広げた。松尾山の上には日輪が輝いている。正午までもうすぐだ。

左近は何度目かの突撃を終えて陣に戻った。

見渡すと、味方にも攻め疲れが見え始めている。騎馬兵たちの中には欠けている者がある。鉄炮兵たちは焼け身になっている銃身に水をかけ、必死で撃ちかけている。硝煙のせいか顔は真っ黒だ。弓兵たちは既に手持ちの矢が切れたのか弓を捨て、投石に転じ始めている。

「左近殿、よくぞご無事で」

心配げに眉をひそめる大谷大学が左近を迎えた。このお人はあくまで刑部からの預かり人であるゆえ、前線には出していない。さりとて何もさせぬわけにはいかず砲の指揮を任せてみたが、大学の的確な大筒指揮には何度も助けられた。やはり、智者と名高い大谷刑部の子だ。

「指揮、お見事にござる」

「む、左近殿、その肩の傷は」

今まで気づかなかったが、左肩に矢が刺さっている。大方、退却の時に食らってしまったものだろう。鎧のおかげで致命傷にはなっていない。それに、どうしたわけか痛みもない。邪魔になるものでもなし、そのまま捨ておくことにした。

今までさんざんに打ち払ってきた敵軍に振り返る。

連中はだいぶ陣を後退させている。あの距離では砲も届くまい。

だが、彼我《ひが》の軍の間は地獄絵図のようであった。折れた旗が墓標のように立ち、微風にそよいでいる。その下を見れば、夥しい死体が泥にまみれて転がっている。ほとんどは敵軍のものだが、中には味方の死体も転がっている。死の川が両軍の間に流れ、此岸《しがん》と彼岸《ひがん》を分かっている。

おかげで、敵の動きがしばし止んだ。

近習に水を所望する。受け取った竹筒の水を半分ほど飲んで口元を拭《ふ》き、空を見上げる。

関ヶ原中から湧《わ》き上がる硝煙のせいで霞《かす》んでいるものの、日輪は南中している。

正午だ。

戦場はどうなっている？　目を凝らすものの、靄に代わって硝煙が立ち込める関ヶ原は見通しが悪い。

と、その時、猛烈な風が吹いた。北から吹き下ろす風は、左近本陣に並べられていた指物をいくつも吹き飛ばし、南の空へと運び去っていく。立ち込めていた硝煙がすべて一掃され、露わになったのは――。

左近は思わず竹筒を取り落とした。馬の足元に落ちた筒が水たまりを作る。

関ヶ原中央の情勢は変わっていない。だが、南の情勢は大きく動いていた。松尾山に陣を張っていた小早川は既に山を下り切っており、抑えに当たっていた大谷刑部勢をほぼ壊滅させていた。小早川勢は早くもまるで蛸《たこ》のように中央の宇喜多勢に向けて手を伸ばさんとしている。

小早川勢の裏切りは、戦場の様相を確かに変えてしまった。

左近の馬の横に呆然と立っていた大学は、両膝をついた。

「父上……」

大谷勢が潰走《かいそう》しているということは、もはや刑部の命運は定まっている。

瞑目した左近は、己の見立てが間違いであったことを知った。

刑部は最後の最後まで、大坂方のために戦ってくれた。あの男には、何らやましいところはなかった。

左近が南の隊に首を垂れたその時、ある一隊が南から左近の陣へと帰還してきた。

金砕棒を振りながらやってきたのは——喜内であった。

「喜内殿か！　よく戻られた！　お主が戻ればまだ戦える！」

そう声をかけた左近であったが、喜内の顔が浮かないことに気づく。どうなさった、そう声を掛けると、左近の許まで近づいた喜内は鞍の後ろに括《くく》り付けられていた蒼い兜を差し出してきた。

これは——。

「新吉殿の兜でござる」

そう言われて初めて、これが己の子の具足であることに気づいた。

「新吉は、どうした……？」

喜内は苦悩を顔にたたえながら、苦々しく口を開いた。

「小早川を抑えんがため、残られた……。今頃は、刑部殿と共に……」

「なぜ、喜内殿がいながら、左様なことに」

「わしは言ったのだ。もはやここは支えきれぬ。我らは十分義理は果たした。事ここに至っては、左近殿の許へと戻り、陣を立て直すべし、と。しかし、新吉殿は聞かれなかった」

つくづく息子のことが分からなくなった。

あれは、子供のころから今に至るまで、父である左近の言いつけをよく守り、従っていた孝行息子だった。なのに昨日今日に限ってなぜ……。

左近の喉から声にならぬ声が上がった。

心中に様々な思いや記憶が巡る。新吉はいつも父の顔色を窺《うかが》い、物憂げにこちらを眺めていた。思えば、あの息子の優柔不断な表情が厭《いや》で、よく顔を背けてしまっていた。

「馬鹿者が……。陣を退いて立て直せばよかったものを。これだから、あの息子は……」

その時だった。喜内の拳骨《げんこつ》が左近の頰を捉えた。岩のように大きな拳《こぶし》が左近の左頰にさり、ごり、と嫌な音を立てた。

しばし呆然としていた左近であったが、やがて、喜内に向いた。そして何かを言おうとしたものの、左近の意気は削《そ》がれてしまった。

喜内は泣いていた。両の目から涙を流し、鼻水まで垂らしている。顔をぐちゃぐちゃに歪め、左近に憐憫《れんびん》にも似た目を向けてくる。

「左近殿は、新吉殿の思いが分からぬのか。新吉殿は、貴殿に認められようと戦っておったのだぞ。それを、なんという言い草であるか……」

左近は何も言えなかった。

この期に及んでも、新吉の思いが分からない。いや、分かりたくもない。軍略に照らせば、あんなところで犬死する意味などどこにもない。兵を退かせて仕切り直すべきだったのだ。

心の声を聴いた瞬間、左近は悟った。己は、人に非《あら》ざる何かだったのだと。

人ならば、子の思いを汲《く》もうとするだろう。頭では分かっていた。だが、左近は肚の底から子を思うことができなかった。己の策のための駒と見なし、戦わせていた。

そなたは山犬ぞ――。

蒲生少将が吐き捨てた言葉が脳裏に蘇る。

そうだ、わしは山犬であったのだ。そう心中で呟く。

子を失った左近にとって、この自嘲《じちょう》は逆に力を与えるものだった。

己を縛るものはない。あとはもう、縦横に軍略を吐き出すのみ。

暗い愉悦が浮かび上がるのを、押し留めることができなかった。

「さ、左近殿」

顔を覗き込んでくる喜内に対し、左近は冷静に、言葉を重ねた。

「子が死んだは残念ぞ。だが、やらねばならぬことがまだある。某は軍師として、この戦をひっくり返さねばならぬのだ」

「左近殿……」

恐らく、気丈にも子の死を飲み込んだのだろう、と合点してくれたようだ。涙を払い、喜内は左近の肩を叩いた。

「何をすればよい」

「喜内殿には、騎馬隊を率いてほしい。大学殿はこのまま大筒を率いてくだされ」

二人が頷いたのを見た左近は、関ヶ原中央に目を向ける。

形勢は刻々と変じつつある。中央の宇喜多隊は、福島、小早川による二正面攻撃を受けている。南の味方はもはや壊滅状態、中央に陣している味方も、最も奮戦している宇喜多勢が倒れればそのまま壊滅だろう。そして、敵方の中央から南にかけての二陣は、北に向かって少しずつ進軍を始めている。すなわち、左近や治部をはじめとする陣に向かって……。

これはまずい。

と、左近はあることに気づいた。

「島津勢がまだ出陣しておらぬ」

治部に出陣を求めるよう頼んだはずであった。だが、島津勢はまだ左近たちの陣と道を挟んだ山の上に陣を張ったまま、まるで動いていない。

左近は治部の本陣、笹尾山を見上げた。

舌を打った左近は喜内に「ここをお任せいたす」と言い残し、すぐ近くの笹尾山に向かった。治部の兵に馬を預け、山を駆け上がる。山とはいっても大した標高ではない。しばらく急な坂道を上ると、頂上に張られた本陣に足を踏み入れた。

その最奥に、治部の姿があった。

目の前の関ヶ原の光景を眺め、無言で床几に座っている。だが、やってきた左近に気づくや、すくりと立ち上がった。

「ご苦労である。左近」

殊《こと》の外《ほか》落ち着いている。いや、落ち着きすぎている。左近は嫌な予感を覚えた。

事実、その予感は当たった。

治部は兜の緒に手を掛けながら、生気のこもらぬ声で言った。

「よいところに来た。左近、私を介錯《かいしゃく》せよ」

「なんですと」

「もう、戦は終わった」治部は関ヶ原の光景を横目に続ける。「天運、我になし。地の利と人を得ながら、勝てなんだ。残念なことだ。あとは己の名を惜しむのみ。ここで腹を切り、すべてを終える」

左近は首を振った。

「なりませぬ。総大将とは、最後までしぶとく生きるものでござる。たとえ戦に負けても、再起を期して命を捨てぬものですぞ」

「だが……」

「でなくば、この島左近、貴殿の許にいる意味がござらん。貴殿はお約束くださったではございませぬか。一生、戦ばかりの日々に誘うと」

「そうで、あったな……」治部の目は、もはや虚ろだった。「すまぬ。約束は守れそうにないのだ」

「おやめくだされ。そんな言葉は聞きとうござらん！」

いつも主君はそうだ。最後になって梯子《はしご》を外し、家臣を切り捨てる。これまでに仕えてきた主君、ほんの少しの間だけ陣借りをした大名たちの顔が脳裏をかすめる。そのどれもが、最後には左近を持て余し、手放してきた。思えば幸せな別れ方をした秀長とてそうだ。己の病を理由に、天下の陣借り御免状などという紙切れを渡して厄介払いをしたではないか。

左近は怒鳴るように口を開いた。

「某には策があり申す！　まだ腹を召すには早《はよ》うござる」

「なんだと？」

「こうなったときのための用意がござる。佐和山城にござる。関ヶ原を西に落ち延びれば佐和山城はすぐにござる。佐和山城は天下の堅城。ここに籠れば勝てますぞ。未だ攻城戦に追われておる田辺・大津両城の大名を糾合し、佐和山城に籠るのです。そして、攻め込まんとする敵兵を道の途上で抑え込めば、長い間戦い続けることができ申す。さすれば、治部殿の政略の出番でござるぞ。秀頼君に働きかけてもよし、徳川と偽りの和睦を組むもよしにござる」

「悪くはない策だ」治部の言葉はどこか皮肉っぽく響く。「だが、どうやって？　敵兵はもうここまで迫っておる。今から逃げても追いつかれるぞ。まずは敵兵を足止めする必要がある」

「この島左近、必ずや時を稼ぎましょうぞ」

左近がそう言い放った時、治部の愁眉《しゅうび》が開かれた。

しばし、治部は何も言わなかった。遠くに鉄炮の音が聞こえる。だが、ややあって、治部は頷いた。

「よかろう。ならば、そなたに任せる。その代わり、一つだけ、約束してはくれぬか」

「なんにござろう」

「生きて、佐和山城へ戻れ。そして、佐和山で共に戦ってほしい。私は佐和山で待っている」

先ほどまで腹を切ると言っていた男が、今度は左近に対して生きろと口にする。面白い御仁だ。だが――。戦う、と約してくれた。己の拠って立つ場所を守る、と。

左近は頷いた。

「必ずや、戻りまするぞ、殿」

治部は目を瞬かせた。左近の言葉の意味を察したらしい。

少し気恥ずかしくなった左近は、懐《ふところ》からあるものを取り出した。それは、秀長が書いてくれた陣借り御免状であった。

篝火《かがりび》にくべる。一瞬だけくしゃりと曲がった文は、すぐに灰となっていき、そして消えた。


戦の大勢が決しつつある。関ヶ原の中央後詰めにいた藤堂与右衛門は空を見上げる。日輪は西に傾き始めているが、まだ日没には早い。

目の前の戦はほぼ収まった。福島、そして寝返った小早川が、あれほど精強であった宇喜多勢を押しやった。戦っていた明石何某《なにがし》なる猛将もさすがに勝負にならぬと諦めたか戦線を離脱したと斥候から知らせが来ている。宇喜多勢はもはや脅威ではない。

虎《とら》ひげを撫でながら、与右衛門は北を睨んだ。

北には街道が走り、その奥に笹尾山なる小山がある。その一帯にだけ、未だに士気衰える気配なく、戦を繰り広げている一軍がある。あれが戦下手と名高い石田治部の軍だとは、この戦に参加していない者は誰も信じないだろう。

顔の古傷がうずく。それほどに、苛烈な戦ぶりだ。

ふと目を移せば、敵の飛び道具も届かぬ処にいくつかの陣が下がっている。もはや軍の体をなしていない。治部の軍を舐《な》めてかかり、逆襲されたのであろう。

与右衛門は、思わず感嘆の声を上げていた。

「さすがぞ、島左近」

最初はさほど苦戦するとは思っていなかった。というのも、突然挙兵した大坂方に特段の用意がなかったからだ。政変を仕掛けるならば、もっと事前に手を打っておくべきだったのだろう。だが、内府の会津親征という千載一遇の機に我を失い、中途半端に謀議を発してしまった。もし、この挙兵が突発のものではなく用意周到に練られたものであったなら、徳川内府と雖《いえど》もひとたまりもなかったはずだ。

ゆえに、この〝政変〟の事実上の首魁《しゆかい》である大谷形部、石田治部を低く見誤り、戦が起こっても百戦錬磨の内府の武威で押し切れる、そう高をくくっていた。

だが、杭瀬川の戦、そして続く関ヶ原での戦で、考えを改めなくてはならなかった。戦を率いているのは治部ではない。あの男は戦下手で有名だ。よほど腕のいい軍師を迎えたか。そう踏んでいた与右衛門だったが、戦の最中に流れてくる噂を耳にして、ようやく納得できたのであった。

島左近が、石田治部の陣についている、と。

納得できると同時に、なぜあれほどの男が治部などの許にいるのだという疑問が頭を掠めた。

あの男はことあるごとに「武田信玄公直伝の軍略」云々《うんぬん》と言っていたが、あながち法螺《ほら》ではないのかもしれない。であればなおのこと、あの男の軍略は高く売れたはずだ。内府に売り込んでいれば、今頃徳川の采配を握るのはあの男であったかもしれない。なのに、どうして――。

与右衛門は考えるのを止めた。

いくら己の頭で考えても分かるはずはない。そう断じたゆえだ。

与右衛門は全軍に移動を命じた。無論、進路は北、石田治部の陣だ。

この変事の中心にいるのは石田治部だ。あれを討ち取れば戦は終わる。

しばらく軍を進めると、北に陣を張っていた黒田の陣に行き当たった。

黒田長政といえば朝鮮出兵でも活躍した猛将で、他の大名たちからも一目置かれている。

だが、その黒田軍は、まったく気勢が上がっていない。見れば怪我をしている者も多く、槍と着物を組み合わせて仲間を運んでいる者もいる。かなり戦で傷んでいる。それが与右衛門の見立てであった。

と、黒田の陣から一人の徒歩《かち》武者がこちらにやってきた。負傷しているのか右腕を力なく下げている男は、与右衛門の名を呼んでいる。ふと見れば、それは顔見知りであった。家臣に「あれを通してやれ」と命じると、しばらくして、その武者が与右衛門の眼前に現れた。

その男は柳生又右衛門であった。

「久しゅうございます」

与右衛門は柳生庄の若造の怜悧《れいり》な顔を見下ろしていた。

この男とは、大和にいた頃に知り合った。秀長の代官として国衆の差配をしていた頃、柳生庄国衆の子として引き合わされて以来だ。尤《もっと》も、大和豊臣家が潰れてからは、ほとんど往来は絶えていた。

何か言いたいことでもあるのか。子供の頃から変わらぬ、底の読めぬ表情を見下ろしていると、又右衛門は口を開いた。

「島左近は、強うございまするよ。何せ、この柳生又右衛門から一本取ったのです」

「何？　ではその傷は」

「左様。左近殿に斬られてしまいました。もしも籠手をつけていなければ、今頃右腕を失《な》くしていたことでしょうな」

柳生の一族はめっぽう剣に強い。それは家伝の剣法があるからだが、その一族である又右衛門も相当の剣腕を誇っている。その又右衛門も退けたということは――。

「侮りがたいな」

与右衛門はそう口にした。だが、悔しそうな顔をしてしかるべき又右衛門は、むしろ晴れ晴れとした綺麗《きれい》な顔を敵陣に向けていた。

「――これは、剣を交えたうえで感じたことですが――。もしかすると左近殿は、今、軍略家としての命を燃やし尽くそうとしているのかもしれませぬ」

「む？」

「ああ、久しいな」

「私はこれでも柳生新陰流《しんかげりゅう》の免許皆伝。軍略では歯が立たぬとしてでも、一武者としてならば左近殿如き討ち取ることができると見積もっておりました。が、あの男に、我が剣は届かなかったのです。間近で見たあの男は、まるで己が命を燃やして、動いているように見受けられました」

「それはつまり、左近殿が、この戦で死ぬと思い定めておるということか」

「然《しか》り」

頷く又右衛門。

だが、思わず心中で与右衛門は吐き捨てた。

若造に何が分かるというのだ。あの男はそんなに容易く諦めるような男ではない。事ここに至ってもなお、起死回生の一手を打つに違いない。

と、その時だった。

味方から悲鳴が上がる。

足軽十人を束ねる頭の一人が突如倒れた。横鬢《よこびん》に小さな穴が開いており、そこから血が流れている。

また味方から悲鳴が上がった。

やはり、雑兵ではなく、軍の率い手が斃《たお》れる。

馬から降りた与右衛門は身を伏せる。

「身をかがめい！　狙われておるぞ」

そうこうしている間にも、一人、また一人と鉛弾に撃ち抜かれてゆく。その狙いは正確無比だ。

身をかがめた又右衛門が顔をしかめた。

「何者だ？　あのような針に糸を通すが如き銃撃など、そうそうできるものではないはず」

「何者？」与右衛門は鼻を鳴らした。「あんなことができる者は、日本広しといえども一人しかおるまい」

あの男のことは心の陽にずっと置いていた。

己が紀州の雑賀庄から見出し、ずっと世話をしていた男。秀長の子である秀保が死んで、菩提《ぼだい》を弔おうと仏道に入った後、あの男のことは噂程度にしか耳にしなかった。栄達にはまるで興味を示さず、武庫に仕舞われる鉄炮が如くに日々を送っている、と。だが、埃《ほこり》をかぶっているはずの鉄炮は、伏見城での戦で蘇った。そして今、戦場を恐怖で彩ろうとしている。

又右衛門は地面を叩いた。

「敵はどこにおるのだ……」

「関ヶ原の中央。そのどこかに奴《やつ》はいる」

与右衛門は弾道から計算されうる敵の位置を睨む。この戦が始まった頃、福島が陣を張っていた辺り。そのどこかにあの男がいる。だが、目であの男の姿を見出すことができない。

与右衛門は馬首を返した。

「全軍！　関ヶ原中央に移動するぞ」

「全軍ですと？」又右衛門はいささか意外そうな顔をした。「遊兵ならば、軍を分けて一部を送ればそれでよろしいではないでしょうか」

「いや、あの男は、一軍を以て相手せねばこちらの費えが重なるばかりぞ」

馬にまたがり直した与右衛門は、首をかしげる又右衛門を残して駆け出した。全軍がそれに続く。

風切り音がした。身をよじらせると、脇腹のあたりで、ちっ、という音がした。わずかな衝撃も感じる。

あの男と、決着をつけなくてはならぬ。

与右衛門は肚の内で覚悟を決め、得物の大槍を強く握った。


敵陣に動きがある。北に集いつつあった敵軍の一部が既に大勢が定まっている中央に移動している。あれは藤堂与右衛門の軍だ。

左近はその様を眺めながら、天の助けと思った。時を稼がなくてはならぬという役割を思えば、与右衛門の不可解な行動は大助かりだ。

馬を走らせながら横目で関ヶ原の陣を眺めていた左近は、島津の陣へと到着した。

島津の陣はしんと静まり返っていた。足軽から将に至るまで、口を真一文字に結んで関ヶ原を見下ろしている。その不気味さを思いながら、左近は帷幄へと入った。

「兵庫殿！」

果たして、そこには島津兵庫がいた。石突を地面に刺した大薙刀《おおなぎなた》を握り、仁王立《におうだ》ちする兵庫は真《ま》っ直《す》ぐな目で関ヶ原の戦況を見やっていた。その横には、大太刀を腰に吊るし、にやにやと戦を見やる又七郎の姿もある。

「おお、左近どんか。見事な戦ぶり、こん陣から拝見しておりもす」

「左様な世辞はどうでもよいことでござる」左近は吐き捨てた。「兵庫殿、さきほど治部より求めがあったと思いまするが――。なぜ動いてくださらぬ」

すると、兵庫は少しだけ顔を曇らせた。

「もう終わりでごわす。いや、俺どんが加わる前に終わってしもうた、というほうが正しゅうごわすか。もうこん戦、大坂方の負け。わざわざこん戦で戦う意味はなか。そう断じたがゆえ、俺は治部殿の求めを蹴りもした」

「考え直してはいただけませぬか。もしかしたら、島津殿の武で……」

「もはや、俺どんの武ではひっくり返りもはん。こん戦、野分《のわき》になってしまいもした」

「野分？」

「もう、人の手ではいかんともできもはん。ただ、一つの向きに向かって流されるだけにごわす。いくら手足をじたばたさせても、人は野分には勝てもはん」

言い得て妙だ。

そもそも、この戦は最初から人の手を離れていた。手綱を握って何とか己の望む方向に引っ張ろうとしても、また別の問題が起こって策が完成しない。そして戦が起こってみれば、もはや左近の手に負えない化け物となっていた。確かにそれは、突如として現れ風雨をもたらす野分そのものだ。

だが、左近は約束したのだ。

敵を足止めする、と。

そして、生きて帰る、と。

左近は聞いた。

「……では、これから島津殿はどう動かれる？」

「ここで、戦が終わっとを待ちもそ。そいで、あとは内府様に己の首を捧《ささ》げるしかあるまい。元々俺らは内府様につくはずでありもした。そいが、伏見城の鳥居殿が手違いなすったせいで、大坂方に加わる羽目になってしまいもした。申し開きすれば、内府様も許してくれもんそ。俺らの首が打たれたとしても、島津さえ残ればよか」

左近はあえて笑って見せた。島津の言をあざ笑うように。

「何《ない》がおかしとか？　俺は何も冗談は言いもはん」

「笑わざるを得ませぬな。果たして内府が、己に歯向かった者をそのままに致しますかな。無論、この戦に負けた治部はもちろん、他の大名たちも無事では済みますまい。これを口実に、取り潰しになるところも出てきましょうな」

「何？」

「特に、この戦でふがいない働きをした者、そもそもまるで働こうとしなかった者などは舐めてかかり、強気に出るはずでござるぞ」

「むう……」

「島津殿。ここは、島津の武威を見せつけなくてはなりませぬ」

左近は迷いの浮かぶ兵庫、そして楽しげにその様を見ている又七郎の顔を見比べている。

ここまで述べたことは、あくまで左近の想像、しかも、島津をある方向へと誘うための詭弁《きべん》だ。これで、やる気になってくれるかどうかは分からない。だが、口を動かすだけならば労力はそうかからない。やらぬよりやったほうがよい。

兵庫は左近をねめつけてくる。

「……贅は、ありもすか」

食いついてきた。左近は頷いて、策を示した。

「一石二鳥の策がござる。この戦から抜け、かつ、島津の武威を示す策が。これは、島津殿にしかできませぬぞ」

「にう？　教えてくれやんせ」

乗ってきた。左近は背中に汗が流れるのを感じつつ、続ける。

「正面突破。これにござる。今、敵軍は北に集まっておりますな。裏を返せば、南側の布陣が甘くなっている様子。そこを一気に駆け抜けるのです。さすれば、伊勢街道に達しまする。伊勢は我ら大坂方の大名地が多い。そこから逃げれば、本国まで戻れましょう」

「机上《きじょう》の空論にごわすな」兵庫は鼻を鳴らした。「いくら関ヶ原の南の陣が手薄と言うても、それでも兵はおりもす。こん者たちはどうしもそか」

「簡単でござる。島津の武で、一気に引き裂けばよい」

「な？」

「立ちはだかる敵を鏖《みなごろし》にせよとは申しませぬ。要は、道ができればそれでよいはず。全速前進で敵陣に真正面から当たり、道を作ればよろしい」

「正気ごわすか。そげな引き揚げ、聞いたことはごわはん」

「前代未聞ゆえ、敵の目を欺くことができましょうな」

　左近と兵庫の視線が交錯する。鬼のような表情で左近を見下ろしていた兵庫であったが、やがて、豪快な高笑いをした。そして、脇に侍《はべ》る又七郎に向いた。

「聞きもしたか又七郎！　こんお人は、島津に死ねと申されちょっど。面白か冗談でごわすな」

　くくく、と又七郎も忍び笑いを浮かべる。

　どう受け止めたのか、左近は測《はか》れずにいる。

　しばらくすると、兵庫は笑いをひっこめて、左近の右肩を強く叩いた。

「が、そん冗談が、ないごてここまで輝かしく思ゆったろか。……分かりもした。俺たちは左近殿の策を採って逃ぐっことといたしもす」

「兵庫殿――」

　良心に咎《とが》めるものがあった。こんな策、策ですらない。もはや大勢の決している戦場に、目的が不明な一軍を解き放ち敵軍の混乱を誘う。そして敵の進軍速度を緩めようというのだ。兵庫たちのことなど一切考えない、独りよがりの突貫であると言える。

　が、兵庫はにたりと笑った。

「俺が、おまんさあの下心に気づかんと思っておりもすか？　すべて飲み込んだ上で、俺はこん策を受け入れたのでごわんど」

「な、どうして」

兵庫は家臣たちに下知《げち》をしてから左近に向いた。

「そうよのう。おまんさあの姿を見ておって、抗《あらが》ってみようと思いもした。おまんさあは野分のごとき戦の中でも、まだ諦めておいやらん。野分に抗い、己の我を通そうとしちょいもす。俺も、そん馬鹿にあやかって、少し暴れてやろかいち思いもした。そいだけのことでごわす」

見れば、足の曲げ伸ばしを繰り返す又七郎も、にやにや笑いながら頷いている。そして、豪壮な太刀を一気に引き抜いて、白く光る白刃を露わにする。

しばらくして、島津の陣の用意が終わった。千人余りの一団は、錐《きり》の様な陣形を描いた。

兵庫は左手に采配を握り、右肩に大薙刀を背負った。そして、左近に向いて白い歯を見せた。

「おんしと、また見《まみ》えたいものでごわすな。そんときには、茶の湯でも馳走《ちそう》したいものでごわす」

「兵庫殿は茶もたしなまれるのか」

「田舎と馬鹿にしてはいけもはん。薩摩には、天下のすべてがありもす。焼酎《しょうちゅう》は飲んだことありもすか。昨日受けた酒の返礼をせねばなりもはん。——左近殿、また会いもんそ。仮に、次は敵同士だとしても。約束でごわすど」

「はっ」

左近は頭を下げた。

馬に飛び乗った兵庫は采配を振った。

「俺どん島津は、これより南の伊勢街道に向かいもす！　立ちふさがる敵は皆蹴散らして進めい！」

島津の精兵たちは兵庫の放った気に応じ、鬨の声を上げた。

「おさらばでござる、左近殿」

「また戦場にてお目にかかりましょうぞ、兵庫殿」

馬上の兵庫と別れの言葉を交わした。兵庫が采配を前に振ると、鬨の声を上げる全軍が関ヶ原に飛び出し、北にいる敵兵を尻目に南に進路を向けるや雷電のごとき速さで駆け抜けていった。

これでよい。一人取り残された左近は頷いた。

かくして敵軍は一時隊伍を乱す。そこに付け入る隙があるはずだ。そしてここからは――。

左近は独り言ちた。

「島左近の武を、ただただ見せるばかりか」

○

左近が己の陣へ戻ると、大学が迎えてくれた。

「さすがは左近殿、島津殿を動かされたのですね」

「ああ。なんとかな。で、先手はどうなっておる?」

左近が本陣から戦の様を見下ろす。縦横無尽に駆け回る千ほどの一隊が、真正面にいる敵を攪乱《かくらん》している。あれは喜内の軍であろう。ある軍が前に飛び出そうとすれば横腹を突き、他の軍が突出すれば頭を叩く。そうやって孤軍で大軍を相手にしている。

南に目を向ければ、島津軍が立ちふさがる敵軍めがけて突撃をかましている。千ほどの兵が善戦、いや、それどころか万を超える敵を圧倒せんとしている。敵亘が二つに割《さ》かれていくのを目の当たりにして、左近はつくづく島津の武の精強さを思った。

やがて、喜内の軍が戻ってきた。すかさず大学は鉄炮や大砲で援護を命じる。しばらくすると、鎧を傷だらけにした喜内が戻ってきた。金砕棒は既に真っ赤になっており、鎧までも返り血に染まっている。ぐいと拭いた頬は、怪我をしているのか、それとも返り血によるものなのか、とにかく真っ赤だ。

「切りがないな」肩で息をしながら喜内は敵軍に振り返る。「いくら押しても手応えがない。ま、左近殿、貴殿の策は本当に効くな」

「む?」

「『島左近を名乗れ』という策ぞ。皆、貴殿の名前に震えておる。——が、それでもいつまで保《も》つかは分からぬがな」

左近は大学に向いた。

「玉薬《たまぐすり》はどれほど残っておる」

「はい。あと、一刻(約二時間)ほど戦えるだけ残っております」

一刻……。目の前が真っ暗になる思いだ。今、この陣がそれなりに持ちこたえていられるのは大筒や鉄炮あってのことだ。矢はもう尽きている。

戦において飛び道具は命の綱だ。陣を構えている敵兵を崩すため、また、崩した敵兵に飛び込んでいった味方の援護をするため、そして退却する味方を無事に戻すため。飛び道具は戦のいかなる場面においても活躍する。

裏を返せば、飛び道具が使えなくなった時点で、この戦は詰みとなる。

大学は不安げな表情で問うてくる。

「どう、なさいますか」

しばし、左近は考えを巡らせた。

「策がある」

左近は指を一本立てた。

藤堂与右衛門は、鉄炮に誘われるかのごとく関ヶ原の中央部にまで戻ってきていた。宇喜多隊との激突があった地には、夥しい旗指物が折れ、その下には泥にまみれた死体が川を成していた。その川の向こう岸に鉄炮を構える一隊がある。八咫鴉《やたがらす》の旗指物。間違いない。孫市の軍だ。

向こうの敵は決して姿を隠してはいなかった。遠くから鉄炮を撃ちかけていたゆえに、姿を見誤っていた。

その数は百ほど。皆馬に乗って横一列に並び、鉄炮を構えている。そしてその最前列には、朝顔のように銃口の開いた長い銃を構える孫市の姿があった。

与右衛門は鉄炮隊を前進させ、戦の用意をさせた。

だが、こんなものは気休めにすぎない。

敵軍が動いた。

鉄炮を構えたまま、全速前進で馬を走らせる。斉射を命じるものの、こちらの弾道はすべて読まれている。軍は二つに分かたれ斉射を躱すや、二隊がハの字の陣形を取った。そして、構えていた銃を斉射してくる。

味方兵たちが次々に倒れていく。

雑賀の鉄炮用兵はただ事ではない。与右衛門は心中で唸った。

普通、鉄炮隊は徒歩武者で編成される。だが、あの隊は騎馬だ。それゆえに、本来は防衛の手段として用いられることの多い鉄炮の役割が大きく変わり、攻めるための武器となっている。その命中精度も桁《けた》が違う。

だが、鉄炮の弱点そのものは変わらない。

「足軽兵、騎馬兵、前に出よ！　敵を打ち払え！」

次弾装塡《そうてん》までに時間がかかる。鉄炮の宿命だ。そこを突く。

だが――。

孫市が構えていた鉄炮を仕舞い、代わりに大筒と見紛《みまご》うような鉄炮を構えた。

「しまった、全軍止まれ！」

手遅れであった。孫市の大筒が火を噴いたその時、前進していった足軽たちが地にのたうった。

あの鉄炮は、普通の鉄炮よりも多くの火薬や弾が込められるようになっている。夥しい数の鉄炮弾が飛び出し、雨あられのように降り注ぐ。今まであれは何度も間近に見てきたはずだったが、すっかり忘れてしまっていた己に反吐《へど》が出る。

孫市は硝煙の上がる大筒を馬の鞍の後ろにくくり、代わりに二連の鉄炮に構えなおす。と、突如、一人で駆け出した。

突出、だと？

命じて鉄炮を撃ちかける。だが、馬を走らせる孫市には当たらない。足軽たちに命じても、あの大筒を恐れてか二の足を踏んでいる。

「与右衛門。いるだろう」

馬を疾走させたまま鉄炮を構える孫市が叫んだ。あの梟の如き目が、与右衛門のことを捉えている。

あの男は呼んでいる。そして、戦え、と言っている。

与右衛門は味方から鉄炮を奪い取ると前に出た。制止する味方を払いながら。

半町（約五十五メートル）ほどの距離にまで馬を進めた孫市は、そこで馬を止めた。

「ここにおるぞ」

「与右衛門。お前と敵味方になるとは思わなんだ」

「なぜお前がそっちにいる？　まさか、豊臣への忠義なぞとは言わぬよな」

長い付き合いで、目の前の男にそんな殊勝な心掛けなどないことくらい分かっている。

だからこそ知りたかった。なぜ、あえて大坂方についた？

すると、孫市はしばしの沈黙の後、答えた。

「お前は、犬だろう？　だが、俺は、硝煙の匂《にお》いのない世には生きられぬ、八咫鴉だからだ」

「——そうか」

それで充分だった。与右衛門は鉄炮を構えた。

「死んでもらうぞ、孫市」

「お前に俺は殺せない」

孫市は馬の腹を蹴って殺到してきた。与右衛門はあえて動かず構える。

だが。

突如、一発の銃声と共に構えていた鉄炮が手から弾かれ落ちた。見れば、孫市の二連装の鉄炮の一方から煙が上がっている。間違いない、孫市に撃たれた。

与右衛門は刀を抜いた。だが、孫市のほうがはるかに速い。孫市の鉄炮が火を噴いた。

死んだ。与右衛門は覚悟した。

だが、わずかな痛みが頬に走るばかりだった。

見れば、左頬に弾が掠《かす》めただけだった。

外した？　いや、あの孫市が仕損じるはずがない。しばしその意味を考えていると、鉄炮の構えを解いた孫市が、衒《てら》いのない表情でこう口にした。

「さらばだ、与右衛門」

そうか。ようやく悟った。孫市は、別れを述べに来たのだ、と。

「別れは言わんぞ」与右衛門は返した。「いつか、俺の許に戻ってこい」

その言葉に答えることなく、孫市は与右衛門の陣をすり抜けて、北へと走り始めた。それに孫市の兵たちも続く。

味方がすぐその後を追おうとしていたものの、与右衛門は止めた。

「もう、戦も終盤、か」

既に激戦と言えるほどの激戦は関ヶ原の北部にしか残っていなかった。

と、その時、味方から悲鳴にも似た声が上がる。騎馬兵の一人が槍先で指す方向を見据えれば、北部から突如として千ほどの一隊が飛び出し、猛烈な勢いで味方の陣にぶつかる様が目に飛び込んできた。

あれは島津の軍。この期に及んで攻めてきたのか……？

だが様子がおかしい。

陣を破った島津軍は追い打ちをかけることなく猛烈な勢いで南に向かっている。いくつもの陣が挑みかかっているものの島津の勢いは止められない。

「な、なんだあれは」

味方に加勢するべきか考えた。だが、島津の狙いが分からない上、戦の大勢には影響を与えまいと判断し、あえて捨て置いて孫市の消えた北の激戦地に軍を差し向けた。

黒田の陣に戻った柳生又右衛門は左近の陣の変化に気づいた。

敵陣から、大筒や鉄炮の音が止んだ。

不気味な沈黙が戦場に垂れこめる。時折吹く風がかさかさと芒《すすき》を鳴らす。

「おお、戻られたか又右衛門殿」長政が迎えてくれた。「敵兵が鉄炮を止めおった。どういうつもりであろうか」

又右衛門は顎に手をやる。

「一つ考えられるのは、玉薬が切れたということでしょう。朝からずっと鉄炮を撃ちっぱなしなのです。弾切れになったとしてもなんら不思議ではありませぬ。が……。島左近ともあろう者が、果たして地金を晒すものかどうか」

これを機と見たのか、味方の三つの陣が進軍を始めた。

「では、何か策があるというのか」

又右衛門は剣術の術理で考える。

完璧な構えで敵を迎え討たんと剣客が対峙しているとする。しかし、共に隙がないのだから切り込むことができない。そこで、あえて隙を見せてやって相手の攻撃を誘うのは常道ではなかろうか。さすれば敵の動きを限定し、先読みして返すことができる。

もしや、それではないのか。

又右衛門が、まずい、と思ったときには、射程に入っていた友軍が敵の鉄炮や大砲の餌食《じき》になっていた。迂闊に前に飛び出していた軍は、這《ほ》う這《ほ》うの体でこちらに戻ってくる。

これは、不味《まず》い局面になってきた。又右衛門は臍《ほぞ》を噛む思いだった。

と、そんな又右衛門が属する黒田隊の横に、ある陣が並んだ。それは、先ほど関ヶ原の中央に向かったはずの藤堂与右衛門の一隊であった。

又右衛門は藤堂の陣へと走る。陣の中をしばらく進むと、馬上の藤堂与右衛門に話しかけた。

「藤堂殿、お戻りでしたか。先ほどの鉄炮兵は見つかりましたかな」

「見つかったが逃げられた。それに、島津が関ヶ原の中央を掻き回してくれたおかげでそれどころではなくなってしまったわ。仕方なく、こちらへ戻ってきた」

「なるほど」

それにしても、なぜ与右衛門ともあろう者が、はぐれ鉄炮兵ごときに全軍を動かしたのだろう。疑問は尽きない。だが、今はそれどころではない。

「左近殿の采配、実に見事ですな」

そう声を掛けると、与右衛門はこう返してきた。

「そうか？」

虚勢はない。心から、又右衛門の言葉を疑っているように思えた。

では、と又右衛門は切り出した。

「これほどの敵軍を足止めしているのですぞ。やはり、左近殿は見事と……」

すると、与右衛門は、はっ、と笑った。

「柳生の若造はまだまだ浅いな」

「なんですと」

怒りがとぐろを巻いて鎌首をもたげる。

だが、そんな又右衛門のことさえも、与右衛門は笑った。

「そんなことでは、島左近には届かぬよ。あれを斬るは、この藤堂与右衛門だ」

「おお、凄《すご》いな。敵兵が退いていくぞ」

喜内が馬防柵越しに戦場を見やっている。

「しかし、斯様な策、よくぞ通用しますね」

大学の言葉に、左近は頷いた。

「終盤ゆえに通用する策よ」

弾が切れていると見せかけ、迫ってきた敵にしたたかに飛び道具を撃ちかける。かの蜀《しょく》の軍師・諸葛孔明《しょかつこうめい》が用いた空城計《くうじょうけい》の変形だ。

この策の成功は大きい。

「これで、相手はしばらくこちらに攻めて来られまい」

「なぜです」

「こちらが鉄炮をしばらく使わずにいても、相手は『また我らを罠《わな》にはめる気だ』と考えて迂闊に攻めてこないはずぞ。時間稼ぎをしたい我らにとって、敵がそう早合点してくれれば儲《もう》けものよ。弾や火薬の節約にもなる」

「なるほど」

目に見えて敵の動きは鈍化している。これは、こちらの沈黙を策と見なしてくれているがゆえのものだ。このまま膠着《こうちゃく》が続けばありがたい。時を稼ぐことができればできるだけ、治部の脱出に一役買う形になる。

このまま、膠着が続けば。

だが、喜内が敵軍を指して悲鳴にも似た言葉を上げた。

「おい、あれを見ろ。前に出てくる一団があるぞ！」

金打ちされた蔦《つた》の家紋を翻しながら前進してくる兵。あれは――。

藤堂与右衛門だ。

ちっ。思わず左近は舌を打っていた。

「くそ。あの男を騙すことはできなんだか」

射程に入った藤堂軍は展開し、鉄炮を撃ちかけてきた。馬防柵や地面が爆《は》ぜる。左近は思わず身をかがめた。

「いかがします？　我ら、弾薬が少のうございます。使わずに凌《しの》ぎますか」

「いや、そうはいかぬ。撃ちかけよ。敵が崩れたら――。わしと喜内殿とで出る。よいな、喜内殿」

「無論ぞ」

左近は近くに結わえておいた手綱を外し、愛馬にまたがった。

藤堂与右衛門は、いささか反応が鈍い島左近の陣を見やり、疑惑を確信に変えた。

左近の陣の弾薬は残りわずかだ。

全く残っていないわけではないらしい。敵陣から鉄炮が撃ちかけられてくる。だが、先ほどまでの時雨のような弾幕とはなりえていない。

弾切れを装って敵を釣り出すなどという策を用いた時点で、相手の真意が透けて見えるというものだ。弾が潤沢にあるのなら、そんな策を採る意味がない。今まで通り、敵軍に向かって雨あられのように銃弾を浴びせてやればよいのだ。

このような策を採るということは、弾薬を節約したい……。つまりは弾薬に困っているということになる。

今が攻め時だということだ。

午前中から果敢に攻め続けた味方のおかげで、左近の陣の弾薬は尽きんとしている。ならば、ここで力攻めをしてでも敵の弾薬をすべて吸い出してしまえば、敵軍は完全に沈黙することになる。これ以上の機はない。

与右衛門は騎馬兵に突撃を命じる。

全速で敵陣へ向かう騎馬兵たち。左近の陣から鉄炮が撃ちかけられるが、騎馬兵たちはたじろぐことはない。鉄炮の的になりがちな騎馬兵の鎧は分厚い鉄で拵《こしら》えている。

左近の陣からも騎馬兵が出陣してきた。

さすがは左近の兵であった。二手に分かれた一手がこちらの騎馬兵隊を一瞬で壊滅させた。そしてもう一手がこちらに迫ってくる。一番前を走る騎馬兵は、頭上で身の丈はあろうかという金砕棒を振り回しながら此方に突撃をかけてくる。

「我こそは島左近であるぞ！　命惜しくば退け！」

味方の兵たちが恐れをなしている。

だが、与右衛門はその言を鼻で笑った。近習から十文字槍を受け取ると、突出して襲い掛かってきた金砕棒の武者に向かった。

与右衛門の一撃は金砕棒に止められる。だが、これは挨拶だ。石突を返し払いのけ距離を置くと何度も槍先を突き出した。結構な巨体を誇る相手だが、殊の外俊敏に槍先を躱す。

与右衛門は皮肉をぶつける。

「島左近を名乗るだけあって、それなりにやるようだな」

「わしが島左近でないと知っておるか」

金砕棒の男はやけに嬉しそうに相好を崩した。

「ああ、左近殿とはそれなりに縁があったものでな。――名乗りを聞いてやる」

無造作に金砕棒を振るい、飛びかかる雑兵たちを打ち払いながら、その武者は名乗った。

「わしは蒲生喜内。かつては蒲生少将様の許で戦い、今は石田治部様のところで戦っておる。島左近殿とともに、ここを守る」

聞いたことのない名前だった。大名になっている与右衛門からすれば、他の大名家の陪臣などいちいち覚えてはいられなかった。だが、斯様な勇将が未だに埋もれていたということに心が浮き立つ。

「蒲生喜内か。その名前、覚えた。もしこの戦を切り抜けたら、藤堂与右衛門を訪ねよ。そなたの腕、高く買おう」

半ば戯《ざ》れ言《ごと》だ。ここまで戦った将が無事で済むはずはない。

一方で、目の前の男にかつての自分を重ねている与右衛門がいた。功名を求めて戦場から戦場に渡り、食うや食わずだった身を大名にまで起こした己と。

喜内を名乗った武者は、にかりと笑いながらも首を振った。

「残念にござる。わしは、もう、他の家中に仕える気はござらん」

「それほど、石田治部はよき主君か」

大名の間では評判のよくない石田治部も、あるいは家臣には愛されているのかもしれない。そう疑っての問いだった。

だが、目の前の将は、力なく笑いながら、涙を流した。一粒流した涙は頬を伝い、この男の兜の緒へと吸い込まれていった。

「石田治部殿の人となりは知らぬ。されど――。わしは、島左近殿のおらぬ戦などもう考えられぬのだ」

島左近。与右衛門は心中でその名を呼んだ。

「わしは、左近殿の軍略に惚《ほ》れてここまできてしもうた。そして気づけば、わしはもう左近殿から離れられなくなっておる。……その左近殿が諦めぬというのならば、わしも退くわけには参らぬ。左近殿が次に目を向けぬ限り、わしも左近殿と同じく、この戦を睨むばかりぞ」

「そうであるか」

罪作りな男だ。与右衛門は呟く。

あの男には妙な力がある。そう気づいたのは、あの男が秀長の許から去った頃のことだろうか。最初はただ軍略にうるさいだけの男だと思っていた。だが、いなくなって初めてあの男がいないという空白の重さに気づかされた。ぽっかり空いた深い穴をずっと覗き続けるうちに、頭の悪い与右衛門も、あの男の持つ特質に気づいた。

島左近という男は、あまりに純粋であった。

軍略家、といったところで、所詮煎《せん》じ詰めれば一人の人に過ぎない。他の人間と同じく所帯を持ち、飯を食らい、女を抱き、子を慈しみ、仲間と騒ぎ、時には人と諍《いさか》いながら生きているはずだ。だが、島左近という男には、軍略以外の何物も存在しない。軍略のために己の体を作り、軍略のために家族を作り、軍略のために仲間と共にある。それが島左近という男だ。

ともすると歪《いびつ》な存在ではある。だが、志という旗を立てて天下に挑んだ者にとって、その姿はあまりに清々《すがすが》しく、そして美しい。かくあれたら、と憧憬《どうけい》すら覚える。目の前の喜内なる男が左近に惹かれているのも、左近の純粋さに共鳴するものがあったのだろう。

一方で、与右衛門の理性が叫んでいる。もう、あのような男は生きてゆけぬ、と。

三十年前ならばそれでよかったやもしれぬ。尖《とが》った才により世に認められ、仕官が決まった者たちはたくさんいる。それどころか、黒田官兵衛のように調略の腕一つで大名となった者すらある。だが、もう左様な時代ではない。求められているのは牙を抜かれた犬だ。決して、歯を尖らせ、里山の人々を襲う山犬ではない。山犬は、狩られ、消えていく。それが定めだ。

与右衛門は十文字槍の切っ先を喜内に向けた。

「そなたがそうであるなら――。気が変わった。そなたにはここで死んでもらおう」

与右衛門が軍を動かそうとした瞬間だった。

味方の軍から夥しい悲鳴が上がった。

血の雨が降るとはまさにこのことだった。

周りを固めていたはずの馬廻《うままわ》りたちが赤く変じた地面を舐めている。何が起こったのか分からずに呆然としていると、近くにいた部下が叫んだ。

「殿、危のうございまする――」

その時、一発の銃声が響いた。

与右衛門の兜が途轍もない衝撃と共に飛んだ。頭に残る衝撃に身悶えしながら音のほうに向くと、半町ほど先に馬に乗った武将が立っていた。その男の手には、大筒の如き鉄炮と、二連装の鉄炮が握られていた。

この期に及んで、現れたか。

与右衛門を見据えるその目は、梟のように大きく見開かれていた。

馬上にあって与右衛門の別動隊を撃破した左近は、一発の銃声に気づいた。音のほうに向くと、鉄炮を構えて与右衛門の軍を睨む、雑賀孫市の姿があった。そしてその後ろには、筒を構える百余りの雑賀鉄炮衆の姿もある。

そうだった。孫市がいた！

左近は手を叩きたい思いだった。

先ほどから姿を見ていなかった。あの男は武名に比べて印象が薄い。あれほどの戦場においてどうやってあんなに兵を隠していたのかも分からない。だが、不利な時に兵を隠せるというのも一つの軍略、才覚だ。今はとにかく、援軍がありがたい。

左近は後ろに続く兵たちに下知する。

「藤堂軍を引き裂く！　皆、一丸となって攻めるのだ！」

左近軍が前進を始めたその時、敵軍にも動きがあった。

左近の陣から二町（約二百二十メートル）あまりの地点でまごまごしていた敵軍が前進を再開したのであった。どうやら、孤立しつつある藤堂軍を助けんとしているらしい。

もし、已に戦場に響き渡る大音声があったならば、孫市に命じて後詰めに回らせるはずであった。そうすればこの戦線は維持できようものを……。

すると、孫市は左近の意を汲むように軍を左近の本陣の前に移動させた。馬から降りた鉄砲隊は、横二列に並び、銃撃の用意を始めた。

「見事ぞ、孫市！」

これで後顧の憂いはなくなった。左近は前進してくる敵勢にぶつかっていく。

敵勢は午前中から左近が相手していた軍だ。もはや鉄炮弾も矢も尽きているらしく、弓兵も腰の刀を抜き放って攻め寄せてくる。

「島左近を舐めるな。考えなしの突撃で、この島左近を崩せると思うな」

左近は敵軍の中央に分け入って、内側から敵を切り裂いた。

いったいどれほど戦っただろうか、もはや喜内には分からない。時の感覚が薄れている。目の前の敵は藤堂与右衛門隊ではない。無我夢中で戦っているうちに後ろに下がってしまった。攻め掛かってきたるは織田有楽《うらく》の軍勢だ。午前中から今に至るまでほぼ無傷でやり過ごしてきた軍勢は、寡兵とはいえ中々に戦い応えがある。疲弊し、動きが鈍くなり始めている味方を叱咤《しった》しながら、自身も金砕棒を振り回し、雑兵たちを打ち倒していく。

「我こそは島左近！」

名乗るたびに、敵の士気が目に見えて削がれていくのが面白い。

喉がかれかけ、うまく声が出ない。馬に括り付けてある竹筒の水筒を傾けながら、打ちかかってくる敵騎兵を殴り倒す。と、喜内は水筒が空になっていることに気づき、無造作に捨てた。

敵兵を打ち据え、砕く。

今此処《ここ》こそが己の命の燃やし処と定め、力の限りに得物を振るう。

だが、武器が先に音を上《す》げた。

ある騎馬兵を殴り棄てた時、ふいに手応えの違いに気づいた。何かがおかしい。愛用の金砕棒を手元に引き戻すと、ちょうど真ん中あたりから折れ、先がどこかに消えてしまっていた。

若い頃からずっと用いてきたものだ。時代遅れと揶揄《やゆ》された武器であったが、手放すことができずにいた。

「今までご苦労であった。よくぞわしとともに戦ってきた。ゆっくり休むとよい」

長年の忠勤を賞した喜内は、襲い掛かってくる雑兵に折れた金砕棒を投げつけ、その隙に腰の太刀を抜いた。大した差料《さしりょう》ではないが、この刀もずっと共に戦を渡ってきた仲間だ。剃刀《かみそり》のような切れ味はない代わり、斧《おの》のように扱える豪刀だ。

「まだ、戦えるぞ。さあ、死にたいのは誰だ」

敵兵たちは得物を構えながらも、喜内の間合いに踏み込んで来ようともしない。

雑魚が、と毒づきながらふと遠くを見た喜内の目に、ある将の姿が入った。敵雑兵や騎馬武者の波間に漂う、織田木瓜《もっこう》の紋を前立てにした兜を重そうに被る老人だ。

間違いない。あれは織田有楽だ。

その時、喜内の心中に最期の功名心が湧いた。

織田有楽といえば、あの織田信長公の弟君。もし討ち取らば、己の武名は未来永劫《えいごう》に語られることであろう――。

そう思い定めた喜内は、己を押し留めることができなかった。

「どけどけどけどけぃ！　どかねばこの蒲生喜内、あの世に案内してやるぞ！」

雑兵どもを蹴散らし、かかってくる騎馬武者どもに太刀で応じる。

だが、喜内の馬が突如として前足から崩れ落ちた。

前に投げ出されてしまった喜内は即座に受け身を取って振り返る。見れば、愛馬の脳天に小さな穴が開いており、そこから血が流れている。ぶるぶると震え、怯《おび》えた目で喜内を見据えている。

どうやら愛馬もここまでのようであった。

「ご苦労。あの世でも、わしに背を貸してくれよ」

愛馬に別れを告げた一個の徒歩武者は、迫りくる雑兵を一人、また一人となで斬りにしていった。そして、確かにその双眸《そうぼう》に捉えた織田有楽めがけて駆けていく。

「織田有楽!」

気づけば、喜内は敵軍の中枢にまで至っていた。軍の中でもひときわ重装なのは有楽の馬廻り。そして、馬印を掲げる徒歩兵の脇に、物憂げな顔をした身なりのいい、織田木瓜の前立ての兜を被った騎馬の人があった。

馬廻衆を突き飛ばし、追いすがってくる者を斬り倒す。

喜内には見える。敵の首までの道のりが。

力の限りに叫びあと一歩のところにまで至った喜内は、跳躍し、太刀を両手で拝み持ち、有楽めがけて振り下ろした。

「覚悟せえ、有楽!」

太刀の下にある有楽の顔は恐怖に歪んでいる。

だが、喜内の切っ先は、わずかに有楽の左腕を切り裂いたのみであった。

間合いを間違えたのか。

喜内は嘆息するものの、すぐに悟った。間合いを間違えていたわけではなかった、と。

激痛に襲われ、下を見た。腹のあたりから、血にまみれた槍先が伸びていた。

腹の底から熱いものが込み上げてくる。呑《の》み込むこともできずにいると、真っ赤な血が口から溢《あふ》れ出して地面に血だまりを作った。

槍が腹の中に消える。

体からふっと力が抜けた。

気持ちが悪い。寒くなってきた。だが、それでも喜内は太刀を地面に刺して耐えている。

敵兵どもは襲い掛かってこない。遠巻きに見ているばかりだ。

深く息をついた喜内は、ふと横を眺めた。

馬を駆り、大太刀を振るって敵兵を斬り倒している左近の姿がある。そしてそのすぐ近くで馬に曲乗りしながら鉄炮を放ち、左近の援護に回っている孫市の姿もある。二人とも、まだまだ戦っている。

ならば、まだまだ――。

と、敵が喜内に向かって斬りかかってきた。恐れ混じりの切り込みは、喜内からすれば隙だらけだ。

太刀を使うまでもない。喜内は敵の一撃を躱し、敵の首に腕を回した。そしてそのまま腕で抱いて首の骨を折り、棄てた。

「かかってこい。この蒲生喜内、左近殿が諦めぬ限り、この首、くれてやらぬぞ」

敵に四方八方を囲まれている中、喜内は豪放な笑みを作った。

左近が本陣に戻ると、大谷大学がある知らせを寄越した。

大学の暗い顔を見れば、話を聞かずとも大体の内容は想像がついた。

「蒲生喜内殿、討ち死にの由。織田有楽に首を挙げられたと……」

「そうか」

予感はあった。ある瞬間から敵軍の布陣が途端に厚くなった。先ほどまでは斬り込めていたものが、まるで歯が立たぬようになってしまった。この局地戦での片翼を担ってくれた男の脱落の穴があまりに大きいがゆえだろう。

やがて、孫市が単騎で本陣に戻ってきた。

「雑賀の鉄炮隊を後退。左近殿の鉄炮隊と並べる形を取った――

相変わらず、鉄炮のことに関してだけは途轍もない冴えを見せる男だ。

喜内が脱落した以上、押し上げた戦線を保つことは難しい。無理にそのままにすれば、味方の手駒がない中、広い面を守る羽目になる。やがてはその無理が破綻《はたん》を生み、最後には軍の壊滅を生む。ならば戦線を捨て、守るべきところを固めるというのが正解だ。

左近は笹尾山を見上げた。もう既に治部の大一大万大吉の旗は見当たらない。

「治部殿は、逃げ切ったであろうか」

「伝令が申すには、山を越えている由にて」

「そうか」

もうこれで、治部を逃がす時を稼ぐという己の役目は終わりのようだ。あとは、この戦をどう収めるか、だが……。

左近は関ヶ原を見下ろした。なだらかに続く平野に、雲霞《うんか》のごとき敵兵がここ笹尾山を囲んでいる。いかに守るに易い地形といえども、ここを二千にも満たない兵で支えるには無理がある。

「ここまでよ」

左近は首を振った。

「な⁉」左近の言に反応したのは大学だった。「諦めるのですか⁉」

「そうは言うておらぬ、大将である治部殿は御逃げになられた。あとは、大津や田辺に展開している仲間を糾合し、佐和山にて籠城をすればよい。――この関ヶ原を捨てる、と申しておる」

「では！　我が父の死は何であったのでしょう！　我が父、大谷刑部の死は犬死でございましょうか！　いえ、この関ヶ原で散った数多《あまた》の命は、無駄であったというのでしょうか」

「そうは、申しておらぬ」

だが、もう一人の左近は、然り、と頷いている。

戦の死人《しびと》たちは、後の世に何も残さない。せいぜい戦場や首実検の跡地に首塚や鼻塚が作られ、物好きな旅人たちにかつて猖獗《しょうけつ》を極める戦があったと物語るばかりだ。勝者は敗者の怨嗟《えんさ》の声を土の下に閉じ込め、その上に新たな秩序を作り出す。それゆえに、戦には勝たねばならぬのだ。

痛いほど戦の無常を知り尽くしている左近は、それゆえに、打ちひしがれていた。

大負けだ。

これほどの大負けは、のちの戦略にも影響を与える。佐和山に籠城するといったところで、士気が上がらずまともな戦いにならぬかもしれぬ。頼みにしていた大津や田辺の味方も、この関ヶ原での大敗を知って旗幟を翻すかもしれない。そして、治部に助力を約束していた大坂方とて、この敗北を受けて態度を豹変《ひょうへん》させるかもしれぬ。

「諦めてはならぬ」

左近は言った。いや、自分に言い聞かせた。

「そなたの父の死を、我らで生かさねばならぬ。そのためには、我らはなんとしてもここを生きて切り抜けねばならぬのだ」

だが、と水を差したのは孫市だった。ふと見れば、孫市の顔にも無数の傷がついていた。

「この戦場を、生きて切り抜けることができるのか」

「やるしか、あるまい？」

「策はあるのか」

策。左近は考えた。つまりは、退却戦における策を考えろということだ。だが、どんなに頭をひねっても、出てくるのは単純な策しかない。

「殿軍を設け、その隙に他の隊が逃げる。これしかあるまい」

孫市は目を伏せた。

「うまくいくものかな」

古今東西、退却戦は難しい。勝ちに乗って進撃してくる敵方の追撃を躱《かわ》すために殿軍が置かれるわけだが、敵の勢いを抑え切れず撃破され、結局本隊も敵に飲み込まれるなどよくある話だ。

誰が殿軍に当たるか。左近は決めていた。

「だからこそ、わしが当たる」

「な、なにをおっしゃるのです！」

大学は驚愕の声を上げ、左近に摑みかかった。

「貴殿は石田治部殿の為になくてはならぬお人。もしものことがあってはなりませぬ。私が……」

「正直に申し上げる。殿軍は、己と同等、あるいはそれ以上の将に任せねば、おちおち安心できぬもの。大学殿では後ろが気になってまともに逃げられぬ」

大学は押し黙ってしまった。

下を向く大学の肩を摑んだ左近は、優しく揺さぶった。顔を上げる大学に強く頷きかける。

「大学殿。貴殿はあの大谷刑部の子。途轍もない軍略家となられることであろう。ここは逃げられよ。そして治部殿を己が父と仰ぎ、佐和山での戦では力を尽くされよ。もし、佐和山で戦が起こらなんだ時は――。次の乱の気配を読みつつ、心して伏せなされ」

「まさか、左近殿、ここで死ぬおつもりでは」

「馬鹿を申されるな。まだ某にはやらねばならぬことが残っておる。ゆえに、最後まで、ここで戦うのみにござる」

「左近殿――」

「さあ、退く用意をなされ」

不承不承ながらも大学は頷き、己の率いてきた兵たちの許へと走っていった。その背中を見送っていると、孫市が冷ややかな目を向け、密《ひそ》やかに笑った。

「そなたが、他人に情けを掛けるのを見るのは初めてだ。そなたには左様な心がないものと思っておったよ」

やはり、そう見えておったかと左近は心中で独り言つ。己には心など必要ない。今ここで、一生分の慈悲を絞り出してしまってもよいと心定めた。

新吉の顔が頭をかすめる。

だが、左近は朧《おぼ》ろにしか思い出せぬ我が子の影を振り払った。

「孫市。頼みがある。――大学殿を、落ち延びさせてやってはくれぬだろうか」

「構わぬ。だが――。一つ約束してくれ。必ず、生きて帰れ」

「分かった」

すると、孫市は肩に背負っていた三丁の鉄炮のうち、二連装の鉄炮を投げ渡してきた。ずしりと重いその銃身には、〝愛山護法　海〟と銘が切ってある。

「貸しておく。これは、――兄の形見だ」

「そんな大事なものを？　よいのか」

「だから、貸すと申したのだ。いつか返せ」

「分かった。――大学殿を頼む」

心得た、そう口にした孫市は、大学の向かった陣へと走っていった。

その背中を見送った左近は、預かった孫市の鉄炮に弾込めをし、鉄炮兵から火縄を取り上げて引き金を引いた。

一回引くと左側の銃身から。二回目には右側の銃身から火を噴いた。未だかつて、こんな精緻な絡繰《からくり》をした鉄炮は見たことがない。

左近は鉄炮を背負い、腰の大太刀を抜いた。

刃こぼれしていないところを探すのが難しい。無銘だが堺で見つけたこの掘り出し物は手になじむ逸品だと気に入っていたが、戦場において愛用している武具への執着は死への一里塚だ。

陣の隅に置かれていた武具箱を開く。そこには、未だに使われることなく眠っている武器が転がっている。数年前から治部が集めに集めていた武具の数々だろう。中には鎧や兜まである。だが、ほとんどは数打ちで、しかも刃がついているのかどうかも怪しい刀ばかりだった。そんな屑《くず》のような刀を選《よ》り分けているうち、左近はある異形の刀を見つけた。

それは、毛抜形太刀《けぬきがたのたち》であった。左近も実物を見たことはない。何せ桓武《かんむ》天皇の御代《みよ》の太刀形式だ。柄《つか》の部分に毛抜きのような形をした透かしがあるのが特徴で、柄巻はない。昔、古老が、この太刀の透かしは何かを斬ったときの衝撃を和らげるためのものだと言っていた。

だが、長さが尋常ではない。左近が使っていた大太刀は四尺（約百二十センチ）程度。しかしこの刀は五尺ほどもある。毛抜形太刀はそこまで長くはないはずだ。応仁の頃にでも、物好きな刀工が毛抜形太刀を模した大太刀を打ったのであろう。

錆《さ》びてはおらぬかと疑い、鞘から抜いてみる。そうして現れたのは、曇り一つなく、傾きかけた日輪の光を反射する刀身であった。古《いにしえ》の作の写しであるにも拘《かか》わらず、この太刀には一種の狂があるように左近には感じられた。

妖刀《ようとう》の類やもしれぬ。

一度は箱の中に戻そうとした左近であったが、炎がうねるような刃紋に魅せられてしまった。ぼろぼろになって使えなくなってしまった愛刀の代わりに腰に佩いた。

大学たちの軍が西に向かって逃げ始めた。

左近は東を睨む。

どうやら、最後の戦いが近づいているようだ。左近は肚《はら》に気を充《み》たした。

大坂方に動きがあった。一部が分離して佐和山方面に逃げ始めた。

これを捉えた藤堂与右衛門は全軍の前進を命じた。

もはや戦はほぼ終わらんとしている。味方のほとんどは戦を終えて既に戦勝気分の中にある。宇喜多と激闘を演じた福島隊や、島津の猛攻撃に半壊した軍が中央から南にかけて陣を張っている様が、傾きかけた日輪に照らされている。北の陣にあっては未だ功を上げていない軍と、功を上げて満足げに後ろに下がっている軍、壊滅して軍の体を成していない軍がないまぜになっている。

途中、織田有楽の軍とすれ違った。その先手が、挙げた首を槍先に括り付けて悠々と後退している。一番高く掲げられた首に見覚えがある。眠るような死相を浮かべるのは、蒲生喜内の首であった。

「死んだのか」

やるべきことをやりきった、と言わんばかりの死に顔に、思わず羨望《せんぼう》を覚えた。

自分は、あのような表情を浮かべて死ねるものだろうか、と。

まだ、与右衛門にはやらねばならぬことがある。

この戦において、まだ何も功を上げていない。前半に宇喜多隊に挑みかかったものの、その功績自体は福島隊のものだ。中盤からは石田治部勢と戦ったが、結局は敵の猛攻にあって軍は半壊してしまっている。この戦でかなりの数の兵が死んだ上、一門衆にも死者が出た。ついてこい、と命じても、今一つ動きの鈍い軍に、与右衛門は辟易《へきえき》していた。

この戦で功を稼ぐとすれば、あと一刻が最後の機だ。それどころか、もう、この後には戦らしい戦は起こらないであろう。

この関ヶ原での大戦は徳川内府軍の大勝で終わる。未だに石田治部は捕まっていないが、もう一人の首魁である大谷刑部は死んだという。また、西軍の主力であった宇喜多勢は全壊している。こうなってしまっては、もはや生き残ったところで治部に再起の道はない。仮にどこかの城に籠ったとしても、もはや勝敗は揺るがない。

かくして、豊臣の日輪は墜《お》ち、徳川の武威による時代がやってくる。そこには戦の香りなどなく、あくびの出るような太平の日々が刻まれていく。

与右衛門には異存はない。だが――。最後の戦ならば、せめて最後にふさわしく、功を飾りたい。

否――。

与右衛門の目には、敵軍の陣の最前線で、太刀を振るいながら味方を鼓舞する男の姿が映る。すっかり真っ白になった髪の毛を揺らし、重そうな鎧を引きずり、肩に矢が刺さったままにも拘わらず、戦い続ける将だ。

「左近殿が殿軍か。あのお人らしい」

左近は常に最前線にあった。危ういお役目であっても必ず矢面に立っていた。目の前の敵軍の一部が離脱した時、残っているのは左近だろうとは思っていたが、その予感は当たった。

「攻めかかれ！　島左近の首は何としても取れ！」

おお！　味方から鬨の声が上がる。だが、既に攻め疲れをしている様子で、あまり力が入っていない。

と、敵方の騎馬武者が戦場の真ん中に馬を進め、こちらに大喝を放った。

「我こそは島左近。この首取って手柄とせよ！　ただでは取られぬがな！」

違う。あれは島左近ではない。

だが、味方は偽左近に向かって進軍を始めてしまった。

「戻れ！　あれは偽者ぞ！」

そう呼びかけても、目を血走らせている味方の耳には届かない。

左近の策だ。

島左近は宇喜多中納言秀家と並んでこの戦を面倒なものとした。もし、首に値がついているならばこの戦においては石田治部に次ぐものであるはずだ。

それを見越し、偽者を立て、目くらましとするとは……。

左近の軍略は尽きてはいない。

左近の策に、他の友軍も引っかかっている。ところどころに湧く島左近を名乗る兵に惑わされ、目の前の戦場は混乱をきたしている。雑兵たちが命令も聞かずに己の意志で前に飛び出しているせいで騎馬兵が前に出ることができない。

与右衛門にこの策は通じない。なにせ左近の顔を知っている。

目の前にいる雑兵どもを馬で蹴散らしながら、味方と共に前に走る。もう既に敵の鉄炮や大筒の射程に入っているが、砲口は沈黙している。間違いない。敵の弾薬は尽きている。

十文字槍を手に、与右衛門は敵陣へ一直線に駆ける。

敵陣から二十名ほどの騎馬武者たちが迎撃に現れ、こちらに突撃してきた。その最前には、二連装の鉄炮を構えて馬を走らせる島左近の姿があった。

二発の銃声が立て続けに響いた。

一発目は肩を掠め、後ろの騎馬兵の顔面を捉えた。

二発目は、危難を知って与右衛門を庇《かば》った供回りの腹に命中した。

二連装の銃を鞍の後ろに括り付けた左近は、腰の刀を抜いた。五尺はあろうかという大太刀だ。まだあの男は諦めていないらしい。

「左近殿」

両軍が激突する。与右衛門は味方を盾に最後尾にいる。それに対し、左近は最前に立って味方兵たちを鬼の形相で斬り払っている。白髪を振り乱し、血霞の中を舞う。そのなりふり構わぬ様は、もはや人ではない何かであった。

供回りたちでは相手にならないらしい。命じて下がらせた与右衛門は、一騎で左近に迫り、十文字槍を横一文字に振るった。

その一撃を大太刀で受けた左近は、にたりと笑った。

「与右衛門殿か。久しいな」

「ああ、久しぶりだな、左近殿」

「首が要る」左近が暗い声を発した。「敵の進軍を止めるための、猛将の首がな。まさか、与右衛門殿が出てくるとは思わなんだ。――が、戦場のこと、お許しいただきたい」

与右衛門の背中に冷たいものが走る。

だが、悟られてはならぬ。努めて余裕を見せる。

「はっ。意気軒昂《いきけんこう》なことだ。まだそんなことを言うておるか。貴殿には見えぬのか？　もう、この戦は終わりだ。石田治部の企みはもう潰《つい》えた。そして、貴殿のような陣借り武者が生きていられるところももうじきになくなる」

「あいにく、某は、もう陣借りを止めておる。秀長様から頂戴した御免状も燃やしてしもうたよ。今の某は石田家家臣。一石《こく》とて知行されてはおらぬが、殿と約束したのだ。必ずや生きて戻る、そして殿の企てに最後まで従う、とな」

「分からぬ。石田治部とはそれほどの仁か」

秀長様よりもよき主君なのか。さすがにその問いを発することができなかった。

すると、左近は戦場に似つかわしくない、悪戯っぽい表情を浮かべた。

「決してよい主君ではない。途轍《とてつ》もない悪人やもしれぬ。が、某に夢を見せてくれた。そして未だに夢を見せ続けてくれておる。ゆえ、某はあの主君と共に天下を望むばかりよ」

羨《うらや》ましかった。

秀長が死んだ後の与右衛門には、左様な主君は現れなかった。あるいは秀長の養子の秀保がそういう存在になっていくはずだった。だが、秀保は死に、もはや天下に心酔できる主君はどこにもいなくなっていた。今は徳川内府に従っているが、あくまでその忠は理に裏付けされたものにすぎない。つまるところは餌《えさ》を貰っているがゆえに必死で尻尾《しっぽ》を振り続けている。

「さあ、問答は終わりにしようぞ」左近は大太刀を振るった。「死んでもらうぞ、藤堂与右衛門」

「ああ。ただし死ぬのは貴殿ぞ、島左近」

与右衛門は槍を振るった。十文字槍の刃先で斬りつけ、石突を切り返し、さらには突きを放つ。出来うる限りの工夫を繰り出していく。だが、左近には当たらない。今の左近は軍神であった。多彩な槍の攻撃をすべて捌《さば》き切り、五尺もの古風な形の大太刀をまるで木切れのように振り回す。間合いはこちらのほうが長いはずであるのに――。

「ちいっ！」

与右衛門は渾身《こんしん》の力を込めて槍を突き出した。狙うは左近の顔。突きは受けるのも躱すのも難しい。これで終いにするつもりであった。

だが――。左近はその一撃を止めた。

十文字槍の刃先を、兜で受けたのだ。

た。

のおかげで怪我はしていない。だが、馬はそうはいかなかった。突如として馬が暴れ始め

げるような一撃は馬の腹を傷つけ、さらには与右衛門の胴から肩にかけて傷を作った。鎧

て口から血と共に十文字の穂先を吐き捨てると、返す刀で斬り返してきた。下から擦り上

その隙に、左近は十文字槍の刃先を噛んで止めた。流れるような所作で柄を切り落とし

「馬鹿な」

にたりと笑った左近はこちらに迫ってくる。大太刀を振りかぶりながら。

与右衛門は死を覚悟した。己は斬られるのだ、あの化け物の如き武を誇る男に――。

だが、そうはならなかった。

見るに見かねたのか、散っていた供回りが左近と与右衛門の間に割って入った。そして、

馬をなだめながら、お引きください、と与右衛門に進言してくる。

「どけ！　俺はあの男と戦いたいのだ。島左近と戦いたいのだ！」

なりませぬ！　供回りは必死の形相で押し留める。

左近は供回りどもをものともせず斬りかかってくる。

「かかれ！」

目の前の武者を斬り払いながら左近がそう叫ぶ度、味方に緊張が走る。見れば、もはや

左近に従っている兵など一人としていない。ただ一人、島左近のみ戦っている。

だが、与右衛門には見える。左近の後ろで牙を剝いている、数多の亡者の群れが。そし

て聞こえる。天下泰平などくそくらえだ、まだ戦い足りぬ、そう地の底から漏れ出る、武

運拙《つたな》き男たちの悲鳴が。

「あれを斬れ！　斬らねば百年の禍根が残るぞ！」

　大太刀を振るって供回りを一掃した左近はわずかに距離を置いた。追いすがってくる者どもを一喝で退散させ、馬に背負わせていた弓と矢を取り出した。太刀を右手に軽く握ったまま弓に矢をつがえて放つ。一陣の風となって飛んだ矢は与右衛門の右肩に衝撃と共に刺さった。

「ぐおっ！」

　殿！　殿！　ご無事でござるか！　供回りたちの悲鳴が上がる。

　思わず与右衛門は左近を睨んだ。

　だが、左近は不思議な表情を浮かべていた。

　決して険しい顔はしていなかった。まるで何かを懐かしむようであり、また、誰かを悼むようであった。

　あの顔を表現するにぴたりとくる言葉を、しばし見失っていた。

　だが、左近はそんな与右衛門を待ってくれなかった。与右衛門の軍が後退するのを見届けるや馬首を返し、自陣へと戻っていった。

　どんどん小さくなっていく左近の背中を眺めながら、ようやく左近のあの表情にぴたりと合う言葉を思い出した。

　そうか、あの表情は、惜別なのであった、と。

　遠ざかる左近の背を見据えながら、与右衛門は叫んだ。力の限り。

日は随分と傾き、関ヶ原には早くも冷たい空気が流れ始めている。帰趨《きすう》がもはや定まった戦の中、ただただ与右衛門だけは、己が認めた男に手が届かなかったことを自覚しながら、多くの骸《むくろ》と共に眠りに落ちようとしている関ヶ原の光景を目に刻んでいた。

○

左近は、松倉右近の肩を叩いた。

「いやあ、楽勝だったぜ」

「そうだな」顔に皺《しわ》一つない右近は左近の肩を叩き返す。「徳川三河、どれほどのものかと思っておったが、大したことはなかったな」

三方ヶ原で徳川と戦った。徳川といえば、飛ぶ鳥落とす勢いの織田と同盟を組んでいる大名だ。かなりの戦上手であると噂に聞いていただけに、わずかに突いただけで崩れてしまう姿を前に、どこか拍子抜けの感は否めなかった。

二人して兜を抱えて篝火の焚《た》かれた帷幄《いあく》に入る。その中に床几は並んでいたが、ほとんどの将は不在にしていた。恐らくは皆己の陣にいて戦を睨んでいるのだろう。近習たちがせわしく行き交う帷幄の中、一番奥で風林火山の采配を持つ将が左近たちに気づいた。

「おお、陣借りの。ご苦労」

「はっ」

左近たちは頭を下げる。

その大将は獅子《しし》の前立てに白い乱髪を鉢に張り付けた兜を被っている。濃いひげを生やし、二人をねめつけるように見据えた年の頃五十ほどの将は、顎を撫でながら続けた。

「ざっとこのようなものぞ。この武田信玄の戦、堪能していただけたかな」

「そ、それはもう……」

恐縮しない筈はない。目の前の男は、甲斐の虎《とら》と呼ばれた大大名、武田信玄だ。

信玄はいささか上機嫌のようであった。左近たち軽輩に親しげに声を掛けてくる。

「そなたら、何かわしに聞きたいことはないか。今日は機嫌がよい。いかなることにも答えてやろうぞ。ほれ、まずは左近、そなたから」

左近は、心に浮かんだ疑問をそのまま口にした。

「信玄流軍法の極意とは何でございますか」

「少々漠とした問いよのう。もちっと軍略を学べ。さすればもっと実のある問いができたろうが……。まあよい、答えてやろう。信玄流軍法の極意は軍略にはない」

「え……？　それはいったい……」

「軍略は、どんなに極めたところで理屈でしかない。純粋な軍略のみで戦えるのは、千程度の戦よ。が、大戦であればあるほど、理屈では動かぬ。もし人が動くとすれば、それは人の思いが積み重なり、怒濤《どとう》の鉄炮水となったときであろう。戦もそうだ。味方の思いを積み重ね、時が満ちたときに堰《せき》を切ってやればよい」

「軍略は無意味、と？」

「かも、知れぬ。大きな戦になればなるほど、戦の帰趨は神仏のみ知るものとなる。大戦は面白いぞ、股肱《ここう》と思っておった味方の肚の内すら分からなくなる。あれはおそらく神仏の神通力によるものであろう。神仏に対するには、弱き我ら衆生は束になり抗わねばならぬ」

「は、はあ……？」

若い左近には、その意味を摑《つか》むことができなかった。軍略日本一とまで謳われている信玄の口から軍略を否定する言葉が出ること自体が驚きだというのに、さらには神仏だの堰を切るだのと、どこか漠とした言葉が出てきたのは拍子抜けであった。

だが、そんな反応を予想していたのだろう、信玄は眉一つ動かさなかった。

「さて、次は右近。そなた、聞きたいことはあるか？」

と、右近の目が白刃のようにきらめいた。

「ありまする。というよりは、お願いにござるが……。当然、信玄公はご存じのことと存じまするが、我らは大和の筒井家家臣にござる」

「知っておるが」

「では、我が主君筒井順慶が、松永弾正と争っていることはご存じであられましょう？」

「無論ぞ」

早くも、信玄は右近が何を話そうとしているのかを理解し始めているらしい。まるで子供が粗相《そそう》しているのを見るような目で右近を見据えている。

「そして、信玄公は、松永弾正と気脈を通じ、上洛《じょうらく》せんとしている。これに間違いはございますまいな」

「うむ。まるで間違ってはおらぬ。わしは松永弾正殿と諮《はか》り、織田を討つべく上洛をせんとしておる」

楽しげに口にする信玄の姿に、どこか違和感を覚え始めた。

右近は続ける。見れば、横鬢《よこびん》から汗を一筋流している。

「信玄殿にお願いしたいのです。上洛を、取り止めていただけはしませぬか」

その時だった。信玄の全身から、周囲を圧倒する気が放たれた。

「断る」

「なぜ?」

「決まっておろう。盟約は人と人との約定《やくじょう》。これなくば、我らは大戦に挑むことができぬ」

武田信玄といえばその人生において何度も盟約を反古にし、その度に盟約を組み直した男だ。その男の口から出てきた言葉だとは到底思えない。

信玄は、にたりと笑った。

「冗談ぞ。わしはただ、尾張の織田と戦ってみたかっただけかもしれぬ。〝尾張の弱兵〟などと言われたかの地から出たにも拘わらず、今や天下布武《てんかふぶ》などと言ってのけるまでに至った男の武を、我が目に収めてみたかった。ゆえに、松永弾正如きと通じたのだ」

「止まって、下さいませぬか。ならば」右近の目が光り、懐に手を差し入れた。「こちらにも考えがあり申す」

まだ、武田の近習たちは何も気づいていない。

信玄は右近を恐れた様子はなく、それどころか、なんと兜の緒を自らほどいた。すっかり剃り上げた頭を手ぬぐいで一拭きすると、兜を脇の卓に置いた。

と、信玄の口から咳《せき》が漏れた。いつ止まるとも知れぬ空咳が響く。やがてその咳に重みが増していくのを感じ取っていた左近だが、手を貸すこともできずに見ているしかなかった。

やがて咳が止まる。見れば、口元から血が滴っている。指で無造作に拭いた信玄に、ようやく左近は声を掛けることが叶った。

「血、でございまするか」

「おや、見られてしまったか。左様、わしも長く生きた。体ももう若い頃のようにはいかぬ。遠からぬうちに、死ぬことであろうよ」

「死ぬ……?」

「ああ。ゆえ、松倉右近。そなたの願いに、わしは心ならずも応えてしまうことになるのう。わしは死ぬ。京に至ることはあるまい。筒井順慶殿におかれては、心安んじられるよう、お伝えくだされよ」

にわかには信じられぬ、という表情を浮かべる右近。当然だ。何せ相手はあの信玄公だ。嘘をついていることだって十分にあり得た。

「はは、天下に嘘つきで通ると、真のことを申しても誰も信じてくれぬ。まったく、軍略家になるというのも、考えものよな」

力なく笑った信玄公は、卓の上に乱雑に置いてあった巻物を手に取ると、左近に投げやった。見れば、そこには〝六韜註《りくとうちゅう》〟と書いてあった。

「それは、わしが六韜に註釈をつけたものだ。左近、わしの軍略に興味がある様子。それを呉《く》れてやろう」

「よいのですか。俺は――」

「よいよい。そなたはわしから見れば子犬の如きものよ。わしの軍略を学ばれたところで、何も恐ろしくはない」

自信の裏返しであったようだ。信玄は相好を崩した。左近は気が引き締まる思いがした。

だが、その左近を前に、信玄は相好を崩した。

「それに、わしはもうこの世におらぬようになる。そなたがもし軍略家として名を成したとしても、その頃わしはあの世に勝ち逃げよ」

「では、ありがたく頂戴《ちょうだい》いたす」

「ああ。そうだ左近、その六韜註だが……、読み終わったら燃やしてくれ。わしは神仏になどなりとうない。人として、ままならぬ戦の主でありたい」

言っていることの意味が分からない。だが――。

「信玄公、わしは、天下一の軍略家になってみせます。この六韜註で学び、信玄公の軍略でもって、天下に名を轟かせる軍略家となりましょうぞ」

「わしを超えるつもりか。まあよかろう。あの世の岸から、そなたの軍略を見守るとしようか。――さて、お二方、そろそろ大和へ戻られるとよい。大和についた頃には武田軍は進軍を止めておる。さすれば、松永弾正は慌てふためいて変な動きをするやもしれぬぞ。筒井殿の力になってやれ」

左近は頭を下げた。その手には、信玄から譲られた巻物が握られていた。

○

左近は目を開いた。目に飛び込んできたのは、真っ暗な森と、葉の間から覗く満天の星であった。少し寒い。だがそんなことより、全身がひどく痛い。少し動いただけでも足が悲鳴を上げ、腰がじりじりと痛む。

三方ヶ原の夢か……。全身の痛みにさいなまれながら、左近は独り言ちた。思えば、無邪気に軍略を学んで気炎を上げていたあの頃が一番平穏で幸せな日々だったかもしれぬ、と独り言ちた。

左近と右近が武田に陣借りしたのは、もう二十年以上前のことになる。あの頃、筒井を圧迫せんとしていた松永弾正が武田信玄に上洛を唆《そそのか》していたと知り、その動きを掣肘《せいちゅう》せんがために陣借りと称して武田家に身を寄せた。今となっては、あの出会いが今の己を作っていたものであった。

今、何をしていた？　昔の夢を見ていたものだから、今を忘れていた。

やがて、寝ぼけていた頭が、現に引き戻される。

関ヶ原の殿軍を何とか果たし、脱出できたまではよかった。だが、佐和山にまで至る山道を進む途上、追撃してきた兵に馬を射られ、敵軍の只中《ただなか》で孤立してしまった。そこで仕方なく山の中に逃げた。もちろん敵兵は追ってきたが、左近に追いつくほどの健脚はいなかった。鎧を脱ぎ捨て、小具足《こぐそく》を外し、ひたすらに逃げて敵を撒《ま》いた頃、疲れがどっと出て眠ってしまったと見える。

手には孫市から借り受けた二連装の鉄炮が握られていた。

痛む体に鞭を入れ、何とか立ち上がる。

行かねばならない。

某を待っている人がいる。

某を必要としてくれている人がいる。

まだ、某の軍略は終わってはいない。

魂だけになったとしても、佐和山に戻る。

戻りたい。あの主君の許へ。そして、同じ夢をまだ見ていたい。

足を引きずりながら森の中を歩く。不思議と生き物の気配はない。

どれほど森の中を彷徨《さまよ》っただろうか。やがて、山の尾根に至った。ここからは西に近江を望むことができるはずだ。

左近は西を見やった。そこには、見たくもなかった光景が広がっていた。

琵琶湖の東にある佐和山城が、数多くの篝火に囲まれている光景であった。しかも、外の篝火は大手門を破り、あれほど登るのに難儀していた大階段を登っている。二の丸からは火の手が上がり始めて煌々《こうこう》と夜空を照らしている。どう見ても、劣勢であった。

あそこには、石田正継をはじめとする治部の一門衆がいたはずだ。逃げおおせたのだろうか、それとも、城と運命を共にしたのだろうか。

治部は、「待っている」と言っていた。御茶も、「戻ってこい」と言っていた。だが、二人がいるはずの佐和山の城はもう、戻るべき場所ではなくなっている。
左近は哭いた。

終

錫杖《しやくじょう》を鳴らしながら、急速に夕暮れのせまってくる関ヶ原の風景を眺めた。数多くの骸《むくろ》の上で、烏《からす》が群れを成している。群がりはじめた野犬を追い払った雑兵《ぞうひょう》が死体から金目の物を引き剝《は》がしている。戦とは、己の立つ場所が変わればまるで様相が変わる。こんな光景を作り出した者たちは、この地獄を見ようともせずに先へ先へと向かってしまう。かつて将であったゆえに、将たちの身勝手なものの考え方も分かる。そして、将を辞《や》めて一人の民となったがゆえに、下から見た戦の苛烈《かれつ》さも嫌というほど分かる。

酒巻靱負は、関ヶ原に渡る風を体で受けながら、前に抱える骨壺《こつつぼ》の木箱を撫《な》でた。

「殿……。我らが戦った相手は、途轍《とてつ》もない男であったようですぞ」

もし主君、成田肥前守が生きていたのなら何と言ったであろうか。そんなどうしようもない問いを重ねながら風に吹かれていると、死体から刀や鎧《よろい》をはぎ取ろうとしている三人組の雑兵に行き当たった。

何やら喚《わめ》いている。その腰の刀を寄越さば命だけは助けてやる、などと言っておるようだ。

靱負は聞いた。

「そなたら、島左近をご存じないか」

「島左近？　ああ、石田治部んところの将だろう？　確か死んだんじゃなかったか」

「いや、なんでも逃げ延びたっていうぜ」

「西に逃げたんだっけか」

西、か。靫負は闇《やみ》の中に沈もうとしている山を睨《にら》んだ。と、雑兵たちが何やら話しかけてくる。何でも、話してやったのだから腰の刀に袈裟《けさ》も置いていけ、さらには後生大事に抱えているその木箱。よほどの値打ちものが入っているのだろう、などと喚いている。

無視を決め込んで西に歩いていこうとすると、雑兵たちが前に立ちはだかってきた。

「忠告するぞ。もしこれ以上邪魔立てするなら、斬《き》る」

雑兵たちはいきり立って得物をこちらに振り下ろしてきた。

錫杖を鳴らして地面に突き刺すと、腰の刀を抜き払い、一人目を斬り倒す。何が起こったのか分からずに呆然《ぼうぜん》としている二人目の首を刎《は》ね、ようやく状況を理解して斬りかかってきた三人目の手首を斬り飛ばして心の臓を突いた。

三人が同時に倒れる。

血振るいをした靫負は刀を鞘《さや》に納め、合掌をした。

「南無」

欺瞞《ぎまん》であることは靫負自身が最も理解している。だが、人は何かを喰《く》らって生きている。この戦国の世においては、他人を喰らわぬことには生きてゆけぬ。左様な者たちに喰われるわけには断じていかぬが、喰った者たちに同情を寄せねば禽獣《きんじゅう》に等しいものとなってしまうであろう。

靫負は錫杖を取った。しゃん、と音が鳴る。そして、小さな骨壺の木箱を撫でる。

「殿、参りましょう。もうそろそろ、我らの旅も、終わりに差し掛かりましょうぞ」

関ヶ原を西に歩いていくと、笹尾山が見えてきた。ここは石田治部が本陣を構えたところだ。鉄炮《てつぽう》傷や刀傷がついた馬防柵《ばぼうさく》や掻楯《かいだて》などがそのまま残っている。夕方の風に揺れる旗は、さながら卒塔婆《そとば》のようであった。この旗を己の魂に結わいつけ、戦に飛び出していった者たちにはお似合いの墓標かもしれない。

わずかに兵が残っている。徳川方の雑兵たちであろう。治部が遺《のこ》していった大一大万大吉の旗を踏みつけて歓声を上げている。

そんな禽獣どもを横目に山道に入った頃には、日も暮れてしまった。

夜に山道に入るのはさすがに勇気の要ることであった。まだ、落ち武者狩りをしている者どもに出会うやもしれぬ。あるいは野生の生き物と行き当たるかもしれぬ。しかし、靫負の足は決して止まることはなかった。野生の生き物のほうが人に敵意がない分ましと考えた。日本中を行脚している最中に何度も足を踏み入れた実感に従い、靫負は山に分け入った。

鳥一羽鳴かない森の中、錫杖の音だけが響き渡る。落ち葉が積もった上を、まるで雲の上を歩むがごとく、一歩一歩、踏み締めるように登っていく。動物の気配はまるでない。つい今しがたまで戦が近くであったゆえ、鉄炮の音を恐れ、山の奥へと隠れてしまったのだろう。

しばらく山を登っているうちに、尾根へと達した。

西の空が明るい。

夜だというのにどうしたというのだろう。怪訝《けげん》に思いながら目を向けると、郭《くるわ》が焼け、夥《おびただ》しい光点に囲まれる佐和山城の姿があった。

「これで、終わりですなあ。殿」

骨壺の入った木箱を撫でながら、靭負は佐和山城を睨んだ。

今際《いまわ》の際。主君、成田肥前守は、最期には昏睡《こんすい》に入っていた。このまま火が消えるように死ぬのだろう、と周りが当てをつけていた中、突如、何の前触れもなく、主君は目を見開いて、はっきりとした声で言った。

『平穏であった我が人生を踏みにじった石田治部の最期を、見届けたかったものよ』

そうしてこと切れた成田肥前守の苦渋に満ちた顔を改め、見開かれた眼《め》を閉じたのは、外ならぬ靭負であった。

肥前守の気持ちは痛いほどに分かる。

この主君は、乱世でなければ裏庭に咲く徒花《あだばな》の如き平穏な生涯を送ったはずだ。当主が戦により不在の中城が囲まれるという事態に際し、あれよあれよといううちに大輪の花に祭り上げられてしまった。

靭負とてそうだ。本来ならば、民心穏やかな忍の地で生きる小さな国衆《くにしゅう》の一人であった。野心らしい野心もない。ただただ、父祖伝来の地を守り、自らを領主と慕う民と共にもっこを担ぐ生涯が広がっているはずであった。

忍の戦は、すべてを変えた。

忍城近くの肥沃《ひよく》な田は泥にまみれ、故郷はその姿を変えてしまった。

靱負には百姓になるという道しか残されておらず、わずかな土地を耕す道を選んだ。そこで妻《めと》を娶り子を育て、静かに生きようと決めた。だが、忍の戦の折に死んだ主の言葉が耳朶《じだ》から離れることなく、主君の骨壺とともに流浪する日々を選ばざるを得なかった。忍の戦は、土に根を張っていたはずの靱負の運命を何度も変えた。

恐らく、肥前守は見たかったのであろう。己の運命を変えた戦をもたらした男が、いったいどのような命運を辿《たど》るのか、を。

これで、終わったのだ。

錫杖を鳴らす。鎮魂の音が木々の間で響き、消える。

と――。

靱負の耳に、獣の咆哮《ほうこう》が飛び込んできた。

が、しばらくするうちに、その叫びが人のものであることに気づく。

まさか。

予感があった。尾根伝いに声のほうへと向かう。

いつしか森は消え、岩場になっていた。その上をしばらく歩くと、膝《ひざ》をつき、佐和山の城を見やりながら絶叫している男の姿があった。白髪を振り乱し、鼻水を垂らし、涙を流し、涎《よだれ》まで口からこぼしている。まるでそれは、山犬が一匹、咆哮しているようであった。

具足《ぐそく》をつけずに大太刀《おおだち》だけ佩《は》き、鉄炮を握るその男は、以前見《まみ》えた時よりもはるかに老いさらばえてはいた。だが、あの頃《ころ》と変わらない。

思わず、声を掛けた。

「左近殿、だな」

何度か呼び掛けて、男はようやく靱負に気づいたらしい。泣き腫《は》らした眼をこちらに向けた。最初、呆然と此方《こちら》の顔を見ていたものの、靱負が笠《かさ》の縁を持ち上げると、ようやく、ああ、と嗄《か》れた喉《のど》を震わせた。

「まだ、夢を見ておるのか……っ 酒巻殿の姿が見えるとは……」

「現《うつつ》にござるよ、左近殿」

もはや、左近は戦を耐えに耐えた搔楯のようになっていた。身なりもそうだ。ところどころほつれて破れ、土や血にまみれている。顔や手などにも夥《おびただ》しい生傷がついており、左肩には矢が刺さったままだ。だが、目に光が宿っていない。これが、天下の名将と謳《うた》われた男の末路とは思えなかった。

「乱世の最後まで、よくぞ戦われましたな、左近殿。お見事な戦ぶりであられた」

正直な感想だった。そこには皮肉も衒《てら》いもない。あの戦は左近が己の軍略の限りを尽くし、魂を燃やしきった戦であったろう。武運拙《つたな》く負けてはしまったが、のちの史家はこの男の武勇を特筆せずにはおれまい。

「もう、よいのだ左近殿。そなたはそなたのすべてを燃やし尽くされた。もう、何も残っておらぬはずぞ」

「何も、ない……?」

「何もない。もう」

靫負は懐《ふところ》に隠している小刀に手を伸ばす。石田治部最後の火種。ここで断つのが我が務めかもしれぬ。あるいは、神仏の定めたもうた宿業であったのやもしれぬ。そう覚悟を決めて。

左近は、呆然としながらも言った。その、あまりに透き通った瞳《ひとみ》を靫負に向けて。

「いや」

「む？」

「まだ、ある。俺には、やらねばならぬことがある」

「もう、何もない」

「いや、ある。あるのだ……。俺は、佐和山の城に行かねばならぬ」

口から飛び出すのは、うわごとのようであった。

もはや何も見えていないらしい。あるいは、絶望の淵《ふち》に落とされて己の心を自ら打ち砕いてしまったか。いずれにしても、あの軍略家、島左近はもういない。

靫負は叫んだ。

「もう終わりぞ。そなたらの如《ごと》き、平和に暮らす人々を喰らう山犬が跋扈《ばっこ》する時代は終わったのだ。最後の山犬よ、諦《あきら》められよ」

「……諦めぬ。ようやく、俺には見えたのだ。信玄公の見た景色が。そして、治部殿と夢見た戦の策が」

靫負は嘆息して、懐から小刀を抜いた。これで、もうよい。

「ご覚悟、島左近殿」

最後の山犬よ、安らかに眠れ。そして、そなたら山犬に蹂躪《じゅうりん》された者どもの痛みを身に刻むがよい。

そう念じながら駆け寄り、小刀を突き出そうとした。

が、目の前の山犬は予想だにしない行動を取った。

牙《きば》を剝《む》き、靱負の突き出した腕に嚙《か》み付いた。みしみし、と骨が軋《きし》む音がした。焼けるような痛みが腕に走る。

「ごああああ!」

思わず小刀を取り落としてしまった。

身をよじり、なりふり構わずに山犬を振り払う。涎を口から流し、岩場の地面に倒れた山犬は、ひゅう、ひゅう、と息をついて、口を利いた。

「俺は、届いたのだ。信玄公の軍略に。まだ、死ねぬ」

靱負は一つ大きな勘違いをしていたことに気づいた。一武将としての靱負は、忍の戦で死んだ。将器の中に貯《た》めていたものを、すべてあの戦で燃やしきった。

己がそうであったとて、なぜ左近もそうであると言える?

言えるはずはなかった。

この男は、人ではなかったのだろう。

言うなれば、乱世という時代が生んだ、災厄そのものであったのだ。

一個の災厄がぬらりと立ち上がると、右腕を押さえる靱負を途轍《とてつ》もない力で突き飛ばした。人のものとは到底思えない、丸太の棒を打ち据えるような力に、なすがままにされてしまう。

「戦は、終わらぬ。俺が、終わらせぬ」

人の声とは思えぬ程の低い声を発した左近は、影を引きずるようにして山を下りていった。足を引きずりながら、時には坂道を転がりながら落ちていく男の背中は、陽炎《かげろう》を放っている。

天に向かって、山犬が低い声で吼《ほ》えた。

一人、満天の星の下に残された靫負は、骨壺の入った箱を撫でた。

「どうやら、まだ、乱世は終わらないようにございますぞ、殿……」

左近の姿は、眼下の森の中に消えた。

折しも佐和山城の二の丸御殿の屋根が崩れ、一瞬だけ大きな炎が上がった。消えるかに見えたが、やがてほかの建物にも移り始める。そんな様を、靫負はただただ、骨壺の箱を撫でながら、見やることしかできなかった。過去現在未来の三世にわたり戦の災厄に翻弄《ほんろう》され、奪われ続けた者たちの魂が風に揺れている。夥しい死人《しびと》たちが上げる怨嗟《えんさ》の声が、いつまでも耳の奥でこだまし続けていた。

解説

細谷正充

奴《やつ》が来る。……間違った、正しくは谷津が来る。面白い作品を引っ提げて、谷津矢車がやって来る。だから歴史時代小説ファンは、この俊英の訪れを、常に歓迎せずにはいられないのだ。

谷津矢車は、一九八六年、東京都に生まれた。駒澤《こまざわ》大学文学部歴史学科考古学専攻卒。中学生の頃《ころ》から小説を書き始めたという。インターネットの小説投稿サイト「小説家になろう」で作品を発表したこともあるが、注目されることはなかった。二〇一二年、第十八回歴史群像大賞優秀賞を「蒲生の記」で受賞。翌一三年、『洛中洛外画狂伝《らくちゅうらくがいがきょうでん》 狩野永徳《かのうえいとく》』を書き下ろしで刊行し、作家デビューを果たした。以後、さまざまなタイプの歴史時代小説を、次々と上梓《じょうし》。絵師物と戦国物が比較的多いが、特定のジャンルに囚《とら》われない、いい意味での八方破れな作風が、大きな魅力となっている。

さらに、小説以外の活動も留意すべきものがある。ツイッターやノートというウェブ上の媒体を通じて積極的に発言しているのだ。自身の思うところを率直に語るために、ちょっとした炎上が何度かあったが、大きく広がることはなかった。作者の人柄によるものだろう。また、イベントにも積極的に参加し、存在をアピールしている。現代のエンターテインメント作家は、自己のキャラクター化が求められる面があるが、従来の歴史時代小説作家は、その認識が薄かった。しかし若手を中心に、意欲的なアピールをする作家が現れるようになったのである。その先陣を切っているのが作者なのだ。

いうまでもないが、そのような活動が注目されるのも、作品の面白さがあってこそだ。これがもう抜群である。一作ごとに盛り込まれるアイディアや人物造形に、瞠目《どうもく》せずにはいられない。二〇一七年六月、角川春樹事務所から刊行された書き下ろし戦国小説『某《それがし》には策があり申す 島左近の野望』も、もちろんそのような作品である。

大和国の大名の筒井順慶に仕えていた島左近は、信長亡き後の天下の行方を決する山崎の戦いで、洞ヶ峠に布陣した主君が動かなかったことに失望。順慶が亡くなると筒井家とも上手《うま》くいかず出奔した。縁あって豊臣秀長に仕えるが、主君というものに隔意を抱くようになった左近は、客将となる。天下の大戦に魅入られている彼の目的は、数万の兵を使って、天下の趨勢《すうせい》を動かすことである。

豊臣秀吉の九州仕置に加わった左近は、軍才と武威を示し、敵である島津兵庫（義弘）に認められた。藤堂与右衛門（高虎）や雑賀孫市とも知遇を得る。病に倒れた秀長のもとを離れ、蒲生氏郷の客将になると、忍城攻めで窮地に陥った石田治部（三成）を助ける。また、蒲生喜内や山科羅久呂といった蒲生家の武将と肝胆相照らす。なお、左近の傍《そば》には、常に息子の新吉がいるのだが影は薄い。

蒲生家で活躍していた左近だが、氏郷と揉《も》めて退出。今度は石田治部の食客となる。治部の父親の正継と書類仕事をする左近は、自分は隠居だと嘯《うそぶ》く。だが彼の目的は変わらない。治部の大望を知った彼は軍師となり、徳川家康を相手にした戦へと邁進《まいしん》していくのだった。

「三成に過ぎたるものがふたつあり、島の左近と佐和山の城」と謳《うた》われた島左近は、義の武将といわれている。火坂雅志《ひさかまさし》の大作『左近』は、左近の人物像に独自の味付けがなされているものの、やはりベースになっているのは義の人であった。これが一般的な左近像なのである。だが本書の彼は、まったく違っている。天下の大戦を動かすことを夢見て、ただそのためだけに、流浪の人生を歩むのだ。しかも人格が練れていない。「武田信玄公に軍略を教わった」「三方ヶ原の戦いに参加した」と、大言壮語を繰り返す。その言葉に背中を押されるように、大和国の小競り合いしか知らなかった左近が、関ヶ原の戦いの軍師にまでなるのだ。癖のありすぎる主人公の魅力を活写できたのは、曲者《くせもの》の作者だからであろう。

そういえば治部の大望を知った左近は、その言葉に理路が存在しないと思いながら、

〝己の見ていた景色が幻であったということに己の実感として気づかねば、この夢からは醒めない筈《はず》だ〟

と考える。しかしこれは天下の大戦を望む左近にも当てはまるではないか。時代の流れに逆行しても、自分の求めるものを追わずにはいられない彼は、まさに戦国のドン・キホーテである。だが、それだからこそ左近のキャラクターが輝くのだ。

ちなみに三方ヶ原の戦いのとき、まだ若い左近は大和国にいたはずである。ならば彼の言葉は嘘《うそ》なのか。この疑問が読者の興味を惹《ひ》くフックになっている。こうしたエンターテインメントの手法（詳しく書けないが、治部の大望も凄《すご》い！）が、実に達者なのである。

さて、主人公の左近に焦点を合わせてきたが、ここで息子の新吉に目を向けよう。谷津作品の重要なテーマに、父親と息子の関係があり、幾つかの作品でさりげなく提示されている。本書も、そのひとつといっていい。島左近という巨大な存在の陰に隠れてしまっている新吉。左近自身も息子を、凡庸だと思っている。こうした関係性が、息子の治部が自分よりも遥《はる》かに才能を持っていると認める正継との対比により、際立ってくる。

だが新吉は左近の操り人形ではない。関ヶ原の戦いの中で、自分の想《おも》いを尊敬する父親にぶつける。それでも息子の気持ちが分からない左近は、作中で書かれているように、人として何かが欠けているのだろう。一方の新吉だが、小早川秀秋の裏切りに追いつめられ、「もう、策はない」という大谷刑部（吉継）に、

「策は所詮《しょせん》どこにも実体のないものにござる。策を生かし殺すは我ら人でしょう。なれば、

わしは最期まで人としてあがくのみです」
と応《こた》える。この言葉と本書のタイトルを比べてほしい。戦の混乱の中で新吉は、ようやく父親の影から踏み出したのだ。こうした父と息子の関係も、物語の読みどころになっているのである。

何度か左近と出会う酒巻靱負の扱いや、左近と妻の御茶とのやり取りなど、他にもたくさんの読みどころがあるのだが、とてもではないが書ききれない。読者自身の手で発見してもらいたい。ただ、ひとつだけ指摘しておきたいことがある。雑賀孫市を主人公にした『三人孫市』と、曽呂利新左衛門を主人公にした『曽呂利 秀吉を手玉に取った男』を未読の人は、本書と併せて読んでほしいのだ。そうすれば谷津戦国ワールドが、より深く楽しめるだろう。一冊で収まりきれないほどの〝策〟を弄《ろう》する作者は、やはり曲者というしかないのだ。

本書以後も作者は、順調に作品を発表している。二〇一九年二月に刊行した短篇集《たんぺん》『奇説無惨絵条々《きせつむざんえじょうじょう》』では、グロテスク趣味を前面に押し出し、新たな境地を示していた。これからもきっと、読者の想像の埒外《らちがい》にある物語を、書き続けてくれるだろう。谷津がやって来る。面白い作品を引っ提げて、これから何度でもやって来る。とても嬉《うれ》しいことである。

（ほそや・まさみつ／文芸評論家）

参考文献

『島左近のすべて』　花ヶ前盛明／編（新人物往来社）
『戦国大名論集16　島津氏の研究』　福島金治／編（吉川弘文館）
『奥羽仕置と豊臣政権』　小林清治（吉川弘文館）
『中世奥羽の世界』　小林清治、大石直正他／編（東京大学出版会）
『敗者の日本史10　小田原合戦と北条氏』　黒田基樹（吉川弘文館）
『小田原合戦―豊臣秀吉の天下統一―』　下山治久（角川書店）
『仙台領の戦国誌―葛西大崎一揆を中心とした―』　紫桃正隆（宝文堂）
『新解釈　関ヶ原合戦の真実　脚色された天下分け目の戦い』　白峰旬（宮帯出版社）
『関ヶ原前夜　西軍大名たちの戦い』　光成準治（ＮＨＫ出版）
『義に生きたもう一人の武将　石田三成』　三池純正（宮帯出版社）
『石田三成「知の参謀」の実像』　小和田哲男（ＰＨＰ研究所）
『日本の戦史　関ヶ原の役』　旧参謀本部／編（徳間書店）

本書は二〇一七年六月に小社より単行本として
刊行されたものに加筆・修正いたしました。

時代小説文庫
や 16-1

某《それがし》には策《さく》があり申《もう》す 島《しま》左《さ》近《こん》の野望《やぼう》

著者　谷《や》津《つ》矢《や》車《ぐるま》

2019年5月18日第一刷発行

発行者　角川春樹

発行所　株式会社 角川春樹事務所

〒102-0074 東京都千代田区九段南2-1-30 イタリア文化会館

電話　03(3263)5247[編集]　03(3263)5881[営業]

印刷・製本　中央精版印刷株式会社

フォーマット・デザイン＆シンボルマーク　芦澤泰偉

ISBN978-4-7584-4261-9 C0193

http://www.kadokawaharuki.co.jp/[営業]

fanmail@kadokawaharuki.co.jp[編集]　ご意見・ご感想をお寄せください。